KB266044

야구 앤솔러지

혹시, 야구 좋아하세요?

야구 앤솔러지

혹시, 야구 좋아하세요?

야구 앤솔러지

현대문학

차례

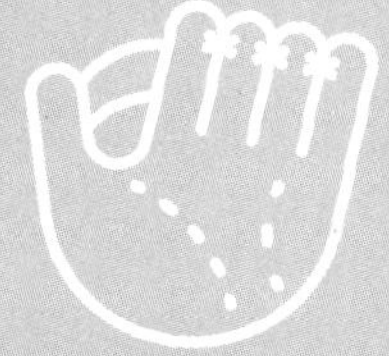

우리 인생의 목격자

김연수

김연수 1970년 경북 김천 출생. 성균관대 영문과 졸업. 1994년 『작가세계』 등단. 소설집 『스무 살』 『내가 아직 아이였을 때』 『나는 유령작가입니다』 『세계의 끝 여자친구』 『사월의 미, 칠월의 솔』 『이토록 평범한 미래』 『너무나 많은 여름이』. 장편소설 『가면을 가리키며 걷기』 『7번 국도』 『꾿빠이, 이상』 『사랑이라니, 선영아』 『네가 누구든 얼마나 외롭든』 『밤은 노래한다』 『원더보이』 『파도가 바다의 일이라면』 『일곱 해의 마지막』. 〈동인문학상〉 〈대산문학상〉 〈황순원문학상〉 〈이상문학상〉 등 수상.

2025년 가을

네가 전화를 걸었을 때, 나는 김라경 선수가 어떻게 됐는지 궁금해서 막 유튜브를 보려던 참이었어. 그 순간 핸드폰 액정 창에 네 이름이 뜨길래 반사적으로 전화를 받았는데, 넌 꽤 놀라더구나. 망설임 끝에 용기를 내어 전화한 것인데 내가 바로 받아 당황했다고 했지. 무슨 말을 하려나 싶었는데 사는 게 너무 힘들다는 말이었어. 이제 그만하고 싶다고, 지쳤다고, 다 끝났는데 자신만 모르고 있는 것 같다고.

네가 말하는 게 무슨 뜻인지 금방 알겠더라고. 밤이면 잠을 거의 못 잔다는 말도, 그렇게 전화하는 것도 엄청난 에너지와 용기를 내야만 한다는 말도. 그게 뭔지는 나도 잘 아는데, 쉽게 입을 떼진 못하겠더라. 무슨 말을 해도 싸구려 위로처럼 들릴까봐, 밖으로 나와, 밖으로, 그렇게밖에 말할 수 없었는데, 너는 만나서 얘기하자는 뜻으로 이해했지.

어디서 볼까요, 라는 네 말을 듣자마자 며칠 전에 서촌의 한 카페에 갔다가 통창으로 본 은행나무가 떠올랐어. 나무 전체가 노랗게 물들어 너무 아름다웠거든. 네게도 나무를 보는 일이 도움이 될까 싶어 그 카페에서 만나자고 했지. 전화를 끊고 나니 오래전의 일들이 생각나는 거야. 그래서 옛 물건들을 넣어둔 곳으로 갔어. 내가 찾는 게 거기 있었거든.

너는 물속에서 눈 뜨는 법을 아니? 간단해. 물속에 들어가서 눈을 뜨면 되는 거야. 물속에서 눈을 뜰 수 있는 남자애들이 있다는 사실을 알자마자 나는 바로 물속에 머리를 집어넣고 눈을 떴어. 처음에는 모든 게 흐릿했지. 겁이 났어. 당장이라도 눈을 감고 싶고 물 밖으로 나가고 싶었지만, 나는 버텼어. 눈이 따가워도 참았어. 그러자 흐릿한 풍경이 점점 또렷해지면서 뭔가가 보이기 시작했어. 가재와 송사리 같은 것들이. 물속은 죽음이 아니라 생명으로 가득했던 거야. 다시 물 밖으로 나왔을 때, 나는 물에 들어갈 때와는 완전히 다른 사람이 됐지.

"나도 눈을 떴어. 눈을 떴다고. 내가 봤어. 물귀신 같은 건 없었어."

손으로 얼굴에 묻은 물기를 닦아내며 내가 소리를 질렀지.

같이 물놀이를 간 외사촌들이 나를 돌아봤어. 못 말리는 애라고 생각했을지도 몰라. 나는 젖은 얼굴로 거기 서서 하늘을 올려다보며 생각했어. 내 인생의 목격자는 너희가 아니라 바로 나라고. 그때 나는 열두 살이었지. 그 뒤에 일어난 모든 일들은 아직 가능성의 구름 속에서 떠다니고 있었고. 구름 속 수증기 중에서 어떤 것이 빗방울이 되고 어떤 것이 눈송이가 되는지, 공기 중으로 흩어지는 건 무엇이며 영영 허공 속을 떠돌아다니는 건 무엇인지. 나는 보고 싶고 알고 싶었어. 떨어지는 것과 흩어지는 것, 남는 것과 사라지는 것의 운명을 하나도 빼놓지 않고 지켜보고 싶었어.

그렇게 목격한 것들은 모두 '나의 운행 일지'에 적었어. 신문이나 잡지에서 읽은 것은 오려서 붙이고, 어른들과 친구들에게 들은 것은 나름대로 살을 붙여 옮겨놓았지. 그러다가 슬픈 일이나 기쁜 일이 생기면 사라에게 털어놓았어. 사라는 '나의 운행 일지' 속, 나만 아는, 나의 비밀 친구야.

옛 물건들 사이에서 내가 들고 온 건 글러브와 그 운행 일지야. 노트를 펼치니 열두 살을 지나가고 있던 내 모습이 거기 있더라. 그 아이가 미래라고 생각한 시간들은 지금의 나에겐 과거가 됐어. 이제 나는 이 인생에 대해 많은 것을 알게 됐지. 할 수만 있다면 노트 속으로 들어가 말해주고 싶어. 너는 네가 상상하지도 못하는 삶을 살게 될 거라고. 네가 살고 있는 그 좁고 답답한 세상이 영원하리라 생각하지 말라고.

다시 쓰기 : 1981년 여름에서 가을까지

그해 여름, 아빠의 택시에 한 손님이 타면서부터 모든 일은 시작됐다. 다음은 아빠의 운행 일지에서 나의 운행 일지로 옮겨 적은 내용을 다시 쓴 것이다.

그 손님은 아빠의 말투를 듣고는 고향이 덕원이냐고 물었다. 아빠가 그렇다고 하자, 그 남자는 한동안 말이 없었다.

"그럼 수도원과 신학교를 기억하시오?"

한참 뒤에 그가 말했다. 아빠는 백미러로 그를 보며 고개를 끄덕였다.

"어릴 때 아버지를 따라가본 적이 있었죠."

"나는 거기에 있었소. 사제가 되려고 했었지."

그리고 남자는 다시 말이 없었다. 역에서 시청까지는 금방이었다. 아빠는 차의 속도를 늦췄다.

"수도원 신부님들이 어떻게 됐는지 아시오?"

그 남자가 물었다.

"그때 어려서 잘 모릅니다. 전쟁 나고 다들 왜관으로 내려오신 거 아닌가요?"

"인민군이 그분들을 끌고 갔소. 기도하시고 땅을 일구시던 분들이었는데……. 총에 맞아 돌아가신 분도 계시고, 얼어 죽으신 분도 계십니다.”

그건 신부님들만이 겪은 일은 아니지 않을까요…… 아빠는
그런 생각을 했다고 한다. 당장 아빠부터가 부산으로 내려와
죽을 고생을 했으니까.

“그때 하느님은 뭘 하고 계셨던 것인지…….”

남자가 중얼거렸다. 딱히 질문은 아니었지만 아빠는 대답
해야만 할 것 같은 기분이 들었다. 정확하게 그 질문은 아니었
지만 비슷한 질문을 아빠 역시 수없이 던졌으니까. 이러고도
살아야만 하나? 이런 세상에 나는 왜 태어났는가? 고통뿐인
인생…….

“신앙이고 뭐고 다 소용없다는 걸 그때 알았소.”

남자가 계속 말했다.

“집안은 흩어졌고, 동생은 어디서 죽었는지도 내사 모르오.
다 정해진 거였소. 누구는 죽고 누구는 살고. 그게 답디다.”

그러는 동안 택시는 시청에 도착했다. 택시비를 낸 남자는
거스름돈을 사양했다.

“이런 곳에서 덕원 사람을 만나니 기쁘오.”

그러나 덕원 출신에게 그가 베푼 호의는 거기서 그치지 않
았다.

“지금 나는 서커스단에 있소. 매니저라오. 시청에서 허가가
떨어지면 여기에서도 공연할 예정이니 그때 가족들 데리고 찾
아오시오. 재미난 것들을 보여주겠소. 택시 타는 사람들한테

소문도 많이 내주고.”

아빠가 자신을 쳐다보자 그가 덧붙였다.

“신학 공부하다가 서커스단 매니저라고 우습게 여기진 마시오.”

“전쟁 통에 인생이 바뀐 사람이 한둘인가요. 저만 해도 경상도에서 택시 운전을 하며 살게 될 줄은 전혀 몰랐는데. 그게 아니라 그간 덕원 사람이라고 덕 본 게 하나도 없어서……. 서커스단이 오면 꼭 가겠습니다.”

아빠의 말이 끝나자 손님은 문고리를 잡았다.

“그런데 말입니다.”

아빠가 말했다.

“덕원에 살 때 저는 열 살밖에 안 됐을 때라 신학교나 수도원에 대해 기억나는 건 거의 없습니다. 그런데 이거 하나는 또렷하게 기억납니다. 수도원에 딸린 과수원 말이죠. 아버지를 따라갔을 때 본 광경이 지금도 생생합니다. 저는 전혀 몰랐거든요. 거기서 일하는 사람들이 서양에서 온 신부님이라는 걸. 동네에서 보던 사람들과 똑같았으니까. 바로 앞에 계셨는데도 설명을 듣고서야 알았습니다. 찡그리기도 하고, 웃기도 하는 얼굴들이었는데, 답을 모르긴 그분들도 마찬가지가 아니었을까요?”

“답? 무슨 답 말이오?”

“무슨 답이든 말입니다. 다른 농사꾼들처럼 그냥, 그냥 일하실 뿐인 것 같았거든요."

남자는 고개를 끄덕였다고 아빠는 운행 일지에 써놓았다.

그 서커스단이 들어오던 날은 지금도 기억난다. 그때 나는 평소 야구를 하던 공터로 갔는데, 아무도 없었다. 들고 간 야구 배트와 글러브를 내려놓을 때 어떤 목소리가 들렸다.

"서커스단이 들어왔다고 다른 애들은 다 거기 가던데."

돌아보니 성당으로 향하는 오르막길에 젊은 남자가 담배를 피우며 서 있었다. 덥수룩한 머리에 뿔테 안경을 낀, 어쩐지 우울한 눈빛의 얼굴이었다. 그 남자가 며칠 전부터 야구하는 우리의 모습을 지켜보고 있다는 것을 나는 알고 있었다. 아이들 말로는 주임신부님의 막냇동생으로 서울에서 명문대에 다닌다고 했다.

"나는 벌써 알고 있었어요. 서커스단이 온다는 거. 아빠가 말해줬거든요."

"니네 아빠, 경찰이시니?"

그가 물었다.

"아니요. 택시 운전사예요."

"그래. 넌 오는 거 알면서 왜 구경 안 갔어?"

"난 야구가 더 좋으니까요."

내 말에 그는 생각에 잠겼다가 담뱃불을 바닥에 비벼 껐다.

"넌 참 유니크한 아이야, 그치?"

“유니크? 그게 뭐예요?”

“U. N. I. Q. U. E. 유니크. 세상에 하나뿐이라는 뜻이지.”

“내가 왜 유니크……해요?”

“야구를 좋아하잖아.”

“야구는, 다른 애들도 다 좋아해요.”

내가 항변했다.

“여자애들은 다른 걸 더 좋아하지 않나? 공기놀이 같은 거 말이야.”

야구선수가 되는 건 오빠의 꿈이었다. 내가 야구를 시작한 것도, 야구를 할 수 있는 것도 모두 오빠 덕분이었다. 동네 애들이 오빠의 야구 배트와 글러브를 빌리러 찾아왔을 때 내가 말했다. 나도 끼워주면 빌려줄게.

“오해하지는 마.”

생각에 잠긴 내 표정 때문이었는지 그가 달래듯이 말했다.

“나는 꽉 막힌 사람이 아니야. 공기놀이는 나도 좋아하고 잘해. 어릴 때부터 내가 누나들보다 더 잘했어. 내 말은, 네가 특별하다는 거야. 다른 애들은 생각조차 하지 못하는 일을 하고 있으니까, 너 같은 애가 세상을 바꾸는 거지. 나는 그런 사람들을 좋아해.”

“난 특별해지고 싶지 않아요. 남자애들 하는 만큼만 할 수 있으면 좋겠어요.”

“그게 다야?”

"그것도 어려워요."

내가 말했다.

"조금 더 원해봐. 말을 바꿔봐. 남자애들보다 잘하고 싶다고. 그럼 내가 너를 도와줄 수 있어."

그가 나를 향해 말했다.

그때 서커스를 보러 가지 않았다면 어떻게 됐을까? 그 모든 일은 안 일어나지 않았을까? 부정의 부정이 겹친 이 질문은 모호한 만큼이나 무의미하다. 그때 사람들이 고통받을 때 하느님이 무엇을 안 했는지 말하기 위해 뭘 하고 있었는지 묻는 질문처럼. 40대가 되고 어느 순간이 지나면서부터 나는 삶의 기울기를 온몸으로 실감하게 됐다. 나이를 먹는 일이 가파른 언덕을 오르는 일처럼 느껴졌다. 물리적 중력처럼 인생에도 중력이 존재했다. 아침에 침대에서 일어나는 것도, 냉장고에서 반찬을 꺼내 밥을 먹는 것도 애를 써야만 할 수 있는 일이 돼버렸다. 그렇지 않으면 나는 자연스레 밑으로, 어둠으로 떨어지게 돼 있었다. 중력이란 그런 것이니까.

그 무렵, 어떤 에세이에서 양자역학에 대한 글을 읽는데 관찰하면 과거가 달라진다는 문장이 나왔다. 중년의 고개를 오르는 게 너무 힘들었던지 나는 그 문장에 밑줄을 그었다. 살아온 삶을 바꿀 수만 있다면 관찰이야 얼마든지 할 수 있다고 생각했는데, 뜻밖의 것이 내 관찰 대상이 됐다. 나는 날마다 떠오르는 해를 바라봤다. 불면증 때문이었다. 한밤중에 깨면 다시 잠들지 못하고 동틀 때까지 뒤척이게 마련이었는데, 그러느니 해 뜨는 걸 보러 나가자고 생각한 것이다. 나는 매일 두세 시간씩 일출을 지켜봤다. 해는 무척 느린 속도로, 하지만 조금의 오차도 없이 떠올랐다. 그 관찰 덕분에 나는 인생의 중력에서 조금씩 벗어날 수 있었다.

중요한 것은 인생에서 일어난 일이 아니라 그 일을 바라보는 눈이다. 그런 눈으로 나는 다시 우리 모두가 아빠의 택시에 올라타던 순간을 바라본다. 나는 조수석에서 엄마 무릎에 반쯤 걸터앉아 있고, 뒷좌석으로는 외삼촌 내외와 외사촌 형제들 셋이 구겨지듯 들어간다. 아빠는 "이 정도는 괜찮아. 전에 탄광에서 나올 때는 열 명도 태운 적이 있었어"라고 말한다. 아빠의 운행 일지에서 그 일에 대해 흥미진진하게 읽은 기억이 난다. 시 외곽의 탄광촌에서 벌어진 난동으로 경찰관이 죽는 사건이 있었다. 아빠는 택시를 운전하면서 겪은 일이나 문득 떠오른 이런저런 생각, 혹은 손님에게 들은 이야기를 운행 일지에 적었다. 집의 서랍장 안에는 아빠의 운행 일지가 쌓여 있었다. 지금까지도 기억나는 건 1980년 7월 29일의 기록이다. 그날은 오빠가 하늘나라로 떠난 날이었다. 아빠의 운행 일지에는 "水深은 그다지 깊지 않았다고 한다"라고만 적혀 있었다.

우리가 도착한 곳은 도시 한복판에 있던 공터였다. 원래 소년원이 있던 곳이었는데, 서커스 천막이 설치돼 있었다. 도로를 빠져나와 흙길로 접어들자 택시는 앞뒤 좌우로 심하게 흔들렸고, 우리는 함께, 혹은 저마다 비명을 질러댔다. 지금 생각하면 그건 너무나 즐거운 비명이었다. 아빠는 천막 가까이에 택시를 세웠다. 차에서 내린 우리가 팔다리를 흔들며 허리를 펴노라니 천막에 딸린 가건물이 보였다. 서커스 단원들의 숙소나 대기실 같았다. 장대 사이의 빨랫줄에 걸어둔 무대의상이 바람에 흔들렸고 천막과 가건물 사이 좁은 하늘로는 검은 전선들이 얼키설키 지나가고 있었다. 그런 어수선한 풍경을 뒤로하고 가건물 위로 삐져나온 굴뚝에서는 연기가 무럭무럭 피어오르고 있었다.

거기는 무대 바로 뒤쪽이었다. 안에서 누가 노래를 부르는지 천막 밖으로 설치된 스피커에서 트로트 소리가 요란하게 들렸다. 우리가 택시에서 내리는 것을 지켜보던 남자에게 아빠가 다가가 말을 걸었다. 그는 고개를 몇 번 끄덕이더니 천막 안쪽을 향해 소리를 질렀다. 이윽고 하얀 양복에 하얀 중절모를 쓴 남자가 천막에서 나왔다. 그 모습이 어찌나 하얗던지 마치 천사가 강림한 듯한 느낌이었다. 그가 바로 신학생이었다가 서커스단의 매니저가 됐다던 남자였다. 그는 공연의 사회자이기도 했다. 그 남자 덕분에 우리는 단원들이 드나드는 뒷문을 통해 서커스장으로 들어갈 수 있었다. 아빠의 고향 덕을 톡톡히 본 셈이었다.

나의 운행 일지에는 내가 처음 본 서커스장의 모습이 그림으로 그려져 있다. 우리는 무대 오른쪽으로 해서 안으로 들어 갔다. 무대 뒤쪽 벽에는 태극기와 서커스단의 깃발이 위에서 부터 걸려 있었고, 그 아래에 밴드의 악기들이 설치돼 있었다. 무대 아래의 안내 문구에 따르면 1부는 쇼, 2부는 동물 묘기, 3부는 공중 곡예였다. 무대와 객석 사이에는 톱밥 매트를 깔 았는데, 거기가 바로 곡예사들이 묘기를 선보이고 동물들이 재주를 부리는 곳이었다. 공중 곡예가 시작될 때는 거기에 안 전그물을 설치했다. 우리는 객석 맨 앞쪽 자리에 앉았다.

하얀 양복을 입은 남자의 사회로 1부 쇼가 시작됐다. 그때 가 가을이었음에도 그날의 공연을 떠올리면 어쩐지 열대야의 밤과 같은 뜨거운 열기가 느껴진다. 그건 천장의 알록달록한 만국기와 눈부신 조명과 사람들로 꽉 찬 객석과 찢어지는 듯 한 소리를 내던 대형 스피커 들이 채운 감각적 충만함이 빚어 낸 기억의 장난이리라. 나는 엄마 옆에 앉아 있었다. 우리 몸 은 서로 닿아 있었다. 무대에서 한복을 입은 여자들이 노래를 부를 때마다 엄마의 몸은 움찔거렸다. 이후 일어날 일을 알기 때문에 하는 말이지만, 그날 엄마를 가장 흥분시킨 것은 「쑥 대머리」였을 짓이다.

일이 벌어진 것은 3부가 시작됐을 때였다. 안전그물을 설치 할 때까지만 해도 엄마는 괜찮았다. 하지만 공중그네를 타기 위해 높은 장대 위로 올라가는 여자가 한복을 입고 무대에서 「쑥대머리」를 부르던 가수와 같다는 것을 내게 알려준 뒤부터 엄마는 이상해지기 시작했다. 그 여자가 점점 위로 올라갈수록 엄마의 몸에 힘이 들어갔다. 내 손을 꼭 움켜잡길래 흥분으로 긴장해서 그런 것인 줄 알았지만, 이윽고 경련이 시작됐다. 괜찮으냐고 내가 물어도 엄마는 대답하지 못했다. 뭐라고 대답하고 싶지만 목이 막혀버린 사람처럼 엄마는 이상한 소리를 냈다. 눈동자는 위로 치켜 올라가 흰자위만 보였고, 입술 사이로 거품 같은 침이 흘러나왔다. 그러는 동안 무대 위 스피커에서는 요란한 음악이 터져 나왔고, 사람들은 모두 고개를 들고 그네를 타는 여자를 올려다보고 있었다. 두 개의 스포트라이트가 여자가 탄 그네를 쫓아다녔다. 그리고 엄마는 쓰러졌다. 죽지 말라고 소리치며 나는 엄마를 안았다.

다시 쓰기 : 1982년 봄

매일 벽에 그려놓은 스트라이크존에 공을 던지는 연습을 했다. 스트라이크존에 공을 넣기만 하면 누구도 그 공을 치지 못할 것이라고 대학생은 말했다. 쿵후 영화에 나오는 떠돌이 사부처럼 내게 언더스로로 공을 던지는 법을 가르쳐준 그 대학생은 가을이 끝나기 전에 우리 동네에서 사라졌다. 한참 뒤에야 나는 그가 현상 수배범으로 사제관에 숨어 지내다가 경찰에 잡혀갔다는 얘기를 들을 수 있었다.

겨울에 접어들면서 프로야구라는 게 생긴다는 뉴스가 계속 나왔다. 우리 지역에서는 삼성이 라이온즈라는 이름의 프로야구 팀을 만든다고 했다. 1982년 새해가 되자 삼성 라이온즈는 정식으로 창단식을 가졌고, 고교 시절부터 명성을 떨친 대구와 경북의 선수들이 팀에 합류했다. 그해는 프로야구 출범만이 아니라 세계선수권대회 우승으로도 기억에 남는다. 일본에 극적인 역전승을 거두며 우승을 차지한 한국 대표 팀에는 장효조와 김시진도 있었다. 원년 삼성 팀에 그 선수들까지 있었다면 모든 게 달라지지 않았을까? 이런 질문은 무의미하다는 걸 이젠 잘 알지만.

삼성 라이온즈 선수들이 경북의 각 도시를 돌며 사인회를 연다는 소식이 알려지며 아이들 사이의 야구 붐은 최고조에 달했다. 사인회가 열린다는 곳은 한 초등학교의 운동장이었다. 그때부터 우리는 그 학교로 가서 야구를 했다. 그러다 보니 자연스레 다른 동네 애들이랑 경기를 하게 됐다. 잘하는 팀이 있었고 못하는 팀이 있었다. 잘하는 팀을 만나면 1회에만 10점, 20점씩 점수를 줬다. 던지는 족족 상대가 쳐냈기 때문에 더는 던질 사람이 없었다. 나에게까지 기회가 온 건 그 때문이었다.

내가 여자라는 것을 안 상대 팀 애들은 나를 손가락질하며 비웃었다. 내 투구 폼에 웃음소리는 더 커졌다. 나는 그 대학생의 말만 생각했다. 스트라이크존에 넣기만 하면 아무도 내 공을 치지 못한다는 그 말만. 타석에 타자가 들어오고 나는 아래로 팔을 내리며 공을 던졌다. 결과는 헛스윙. 상대 팀 타자들은 내 공을 건드리지도 못했다. 그렇다고 가만히 있으면 스트라이크였다. 길고 지루했던 한 이닝이 그렇게 끝났다. 공수 교대를 하려는데, 심판을 보던 중학생이 배트를 잡고 휘두르더니 내게 아까 그 공을 던져보라고 말했다.

신문사 취재 차량이 운동장으로 들어올 때도 우리는 야구를 하고 있었다. 드디어 선수들이 왔다고 생각하고 아이들이 달려갔지만, 차에서 내린 사람은 먼저 온 기자들이었다.

"얘들 다 야구하고 있었네. 이거 그림이 좋은데."

카메라를 든 사진기자가 모여든 아이들을 촬영했다. 아이들은 그가 시키는 대로 글러브와 배트를 휘두르며 포즈를 취했다.

"너희들, 야구 좋아해?"

옆에 서 있던 다른 기자가 물었다. 그러자 아이들이 저마다 소리를 질렀다. 그렇다는 말, 선수들은 언제 오느냐는 말, 이만수 선수도 오느냐는 말, 뜬금없이 자긴 축구가 더 좋다는 말 등등 수많은 말들이 뒤엉키며 소란스러워졌다. 기자는 주머니에서 수첩을 꺼내 휘두르며 조용히 하라고 소리를 질렀다. 아이들은 금세 조용해졌다.

"나는 신문기자 아저씨야. 지금부터 너희들을 취재할 테니까 조용히 해라. 너희들, 언제부터 야구한 거야? 너, 네가 말해봐."

그는 맨 앞에 서 있던, 우리가 시합할 때 심판을 보던 중학생에게 물었다. 중학생은 더듬거렸다.

"어, 어, 어릴 때부터 야구를 했는데, 그때는 글러브가 없어서, 주먹 야구를 했어요."

"아니, 내 말은 오늘 언제부터 한 거냐고? 삼성 라이온즈 선수들이 온다는 거 알고 아침부터 야구하면서 기다리기로 했습니다, 이런 대답을 해야지. 그건 됐고, 너희들 중에서 누가 야구를 제일 잘하냐?"

수첩으로 중학생의 머리를 때리며 기자가 말했다. 기자의 태도에 주눅이 들었는지 서로 눈치만 볼 뿐이었다. 그때 중학생이 주위를 두리번거리다가 나를 바라봤다.

"쟤가 제일 잘해요. 쟤, 마구를 던져요."

중학생은 나를 가리켰다. 심장이 두근, 두근, 두근거렸다. 나는 신문에 내 사진이 실리는 것을 상상했다. '한국 최초의 여자 투수 탄생!'

"저 여자애가 공을 던진다고?"

"예. 낮게 날아오다가 내 앞에서 휘 올라와요. 아무도 못 쳐요."

나는 그 기자가 '진짜? 네가 그렇게 공을 잘 던져? 이름이 뭐야? 뭐야, 이름값을 하는 거잖아'라고 말할 줄 알았다. 그랬다면 나는 뭐라고 대답했을까?

하지만 기자는 중학생의 머리를 수첩으로 한 번 더 때리며 말했다.

"말이 되는 소리를 해라. 여자 공도 못 치면서 무슨 야구를 한다고. 이 한심한 놈아. 고추 떼라."

그 말에 나를 둘러싼 남자애들이 깔깔거리며 웃었다. 하지만 나는 숨이 턱 막혔다.

사라야, 오늘 드디어 삼성 라이온즈 선수들이 찾아왔어.

하지만 나는 사인을 받을 마음이 내키지 않았어. 선수들이 사인하러 온다는 소식을 듣고 새 글러브를 들고 온 애들이 많더라. 이제 글러브 때문에 우리 집에 찾아오는 애들도 없겠어.

그냥 집에 갈까 싶었는데, 이선희 선수도 왔다는 거야. 그래서 가보니까 애들이 잔뜩 있었어. 새치기하는 애들 때문에 줄이 줄어들지 않았어. 한참을 기다려 이선희 선수한테 사인을 받을 수 있었지.

사라야, 이선희 선수가 내 글러브 보고 뭐라고 했는지 알아?

"벌써 누가 내 이름을 적어놓았네."

그래서 내가 말했어.

"이건 제 이름이에요."

그러자 이선희 선수가 환하게 웃었어.

"그래? 너도 이선희가? 반갑다, 이선희."

그 웃음 때문에 용기가 났지.

"저도 투수가 될 거예요."

그러자 이선희 선수가 글러브에 이렇게 썼어.

'미래의 투수 이선희에게'.

"멋진 투수가 되거라. 내가 지켜보겠다."

그리고 사인을 했지. 이선희라고.

철거를 앞두고 있던 서커스 천막에서 화재가 일어난 건 바로 그날 밤이었다. 불은 내가 잠들었을 때 일어났다. 그러니 나는 그 화재를 목격한 적이 없지만, 마치 그 불을 나도 본 것만 같다. 그건 아빠가 써놓은 운행 일지 덕분이다. 아빠의 운행 일지에 따르면, 소방차들의 요란한 사이렌 소리에 아빠는 잠에서 깼다. 두 분에게는 어떤 예감이 있었던 모양이다. 엄마에게 불이 난 것 같다고 말하며 아빠가 살펴보러 나가려고 하자, 엄마는 소리 내어 흐느꼈다. 아빠는 택시를 타고 소방차의 사이렌 소리를 찾아갔다. 아니나 다를까 서커스 천막 쪽 하늘이 환했다. 아빠가 도착했을 때, 숙소에서 시작된 불은 공연장 천막으로 옮겨붙고 있었다. 소방차들이 뿜어대는 물줄기 너머로 하늘은 살아 있는 것처럼 일렁였다. 검은 연기 아래로 붉은 불길이 너울거렸다. 이내 기둥이 무너지고 장독들이 깨지며 검은 재들과 시큼하고 짜고 매캐한 탄내가 구경꾼들을 덮쳤다. 아빠는 덕원에서 온 그 남자를 찾아다녔다.

며칠 뒤, 거실에서 TV를 보고 있는데, 아빠가 어떤 아줌마와 함께 집으로 들어왔다. 풀을 먹여 빳빳한 한복을 차려입은 아줌마는 아빠가 가리키는 대로 안방 앞에 섰다. 방 안에는 엄마가 누워 있었다. 엄마는 서커스 천막에서 공중그네를 타던 여자를 보고 정신을 잃은 뒤로 아프기 시작했다. 학교에서 돌아와보면 낮에도 어두운 방 안에 누워 있거나 혼자 뭔가를 중얼거리고 있었다. 아빠가 그런 엄마를 택시에 태워 대구의 큰 병원까지 다녔지만 정확한 병명은 찾지 못했다. 그러는 동안 엄마는 갈수록 핼쑥해졌다. 아빠는 방문을 몇 번이나 열었다 닫으며 엄마에게 뭐라고 얘기하다가 그 아줌마가 뭐라고 하니 뒤로 물러났다. 아빠는 내게 TV를 끄고 방에 들어가라고 말했다. 하지만 나는 고개를 저으며 완강하게 버텼다. 아빠는 TV를 껐다. 나는 다시 TV를 켰다. 그러자 아빠가 다시 껐다. 나는 다시 켜고 이번에는 볼륨을 줄여 소리를 없앴다.

"이러면 되잖아."

내가 낮은 목소리로 말했다. 아빠는 그 아줌마를 쳐다봤고, 들고 온 가방에서 무구를 꺼내던 아줌마는 괜찮다며 고개를 끄덕였다. TV에서는 프로야구 개막전을 하고 있었다. 줄곧 이기던 삼성 라이온즈는 MBC 청룡의 유승안에게 3점 홈런을 맞은 뒤 연장전까지 가는 피 말리는 승부를 계속하고 있었다. 아빠가 데려온 아줌마는 무당이었다. 무당은 안방 문 앞에 작은 소반을 놓고 오방기와 생쌀이 든 밥공기를 꺼냈다. 그리고 주문을 외워가며 오방기를 뽑아내더니 쌀알을 한 움큼 쥐고 상 위에 던졌다. 그리고 상 위의 쌀알을 두 손으로 이리저리 옮겨

가며 살펴보더니 왜 온 천지에 가득한 물을 봤으면서도 아이가 물에 간다고 할 때 말리지 않았느냐고 안방을 향해 소리쳤다. 오빠의 죽음을 암시하는 그 말에 나는 놀라서 기절할 뻔했다. 그러니 안방에 누워 있던 엄마는 애가 끊어졌으리라. 그 말을 듣고 난 뒤부터는 개막전 경기가 눈에 들어오지 않았다. 내 온 신경은 무당의 입에 가 있었다. 무당은 엄마가 아픈 건 신이 찾아왔기 때문이라며, 살려면 신을 모시면서 시키는 대로 말하는 수밖에 없다고, 그게 엄마의 운명이라고 선언했다. 그리고 쌀알을 다시 쥐고 주문을 왼 뒤에 그 쌀알을 방문에다가 던지는 것으로 마무리를 했다.

방문 앞에 흩어진 쌀알을 다시 밥공기에 담는 무당에게 아빠가 물었다.

"그럼 신내림을 받아야만 저 사람이 살 수 있다는 뜻인가요?"

"어떻게 하는 게 사는 길인지는 당사자가 나보다 더 잘 아실 겁니다. 그건 아셨어요? 부인이 보통 분이 아니라는 거?"

무당의 말에 아빠의 어깨가 축 처졌다.

"그때 불을 봤다고, 서커스장에 큰불이 날 것 같으니 그 사람에게 가서 말하라기에 아파서 헛소리를 하는가 했지, 실제로 불이 날 줄을 누가 알았겠어요? 큰일 났네, 큰일 났어. 내가 명색이 가톨릭 신자인데 마누라가 신내림을 받으면 이제 어떻게 되는 건가?"

아빠는 제정신이 아닌 것처럼 보였다. 하긴 그런 말을 듣고 제정신일 사람이 누가 있겠는가. 아빠가 다시 말했다.

"신내림을 안 받으면 어떻게 되는 겁니까? 그냥 저렇게 시름시름 앓다가 죽는 겁니까?"

그러자 무구와 쌀을 모두 챙긴 무당은 잠시 생각에 잠겼다.

"혼자 앓다 죽으면 뭔 상관이겠어요? 사람은 가도 운명은 남으니까 문제지. 운명은 물과 같은 것입니다. 물은 위에서 아래로 내려가잖아요, 아재. 중력 같은 거지요. 막는다고 어데 위로 거슬러 가는 운명이 있답니까? 운명은 다 밑으로 갑니다. 막으면 이렇게 돌아 저리 가겠지요."

그때까지 나는 무당을 쳐다보고 있었는데, 그 말과 함께 무당이 내 쪽을 바라봤기에 우리의 눈이 서로 마주쳤다. 나는 얼른 TV 쪽으로 고개를 돌렸는데, 무슨 일인지 카메라는 더그아웃에서 고개를 숙인 이선희 투수를 비춰주고 있었다. 경기는 이미 끝나 있었고 스코어는 11 대 7. MBC의 역전승이었다. 도대체 어떻게 된 영문인지도 알 수 없었다. 그럼에도 경기가 어떻게 끝났는지 다 아는 사람처럼 내 눈에서는 눈물이 주르르 흘러내렸다.

그때 방문이 열리면서 엄마가 걸어 나왔다. 아빠는 귀신이라도 본 것처럼 뒤로 물러섰다. 엄마는 무당을 향해 말했다.

"당신 말이 맞아요. 피하지 않고 운명을 받아들이겠어요."

그러자 아빠가 나섰다.

"신중하게 생각해. 조금만 더 생각해보고 결정해도 될 거야. 그렇죠?"

아빠가 무당을 바라봤다. 하지만 무당의 생각은 조금 달랐다.

"힘든 시간만 길어질 뿐이지. 흙길에서 삐걱대던 기차가 철로에 올라타면 얼마나 수월하고 편하겠어요?"

"그러네요. 더 생각해볼 것도 없겠네요. 내가 아니라면 재한테 간다니."

엄마가 나를 보며 말했다.

"모든 것은 일체유심조예요. 마음먹기에 달린 거지."

무당의 말을 엄마가 잘랐다.

"대신에 전 판소리를 다시 배우겠어요."

사라야, 엄마가 판소리를 다시 배우겠다고 말했을 때, 아빠 입이 안 다물어졌어. "갑자기 판소리는 또 뭐야? 아까는 신내림이라고 하지 않았어요? 다들 미친 거 아니야?" 아빠는 엄마와 무당 아줌마를 번갈아 바라보며 말했지. "그런데 당신, 판소리를 언제 배웠어?"

내가 엄마한테 묻고 싶은 말이 바로 그거야, 사라야.

다시, 2025년 가을

나는 유튜브를 켜고 내년부터 시작될 미국 여자 프로야구

리그의 드래프트 생중계를 지켜봤어. 1라운드에서 포수인 김현아 선수가 보스턴에, 투수인 김라경 선수가 뉴욕에 지명됐지. 나는 기뻐서 소리를 질렀어. 결국 그녀들이 해낸 거야. 첫 여자 프로야구 선수들이 탄생한 거지. '나의 운행 일지'와 함께 보관돼 있던 낡은 글러브에는 이선희 선수의 사인과 그가 쓴 글이 남아 있어. '미래의 투수 이선희에게'. 비록 그 꿈을 이루지 못했지만, 또 이루지 못한 것도 아닌 게 됐어.

내친김에 이선희 선수는 지금 무엇을 하고 있는지 유튜브를 검색했어. 그랬더니 '비운의 에이스'라는 제목과 함께 노인이 된 그가 화면에 등장하더군. 1982년의 TV 화면, 그러니까 내가 소리를 죽여서 보던 바로 그 경기 화면을 보며 진행자가 그에게 물었어.

"이게 개막전 끝내기 만루 홈런인데 프로야구 40여 년 역사 동안 아직도 한 번도 나온 적이 없다고 그러더라고요. 지금까지는 유일무이한 건데, 그 유일무이한 기록의 홈런을 맞은 분으로서 어떻게 생각하십니까?"

그러니까 이선희 선수가 이렇게 대답하더라.

"당시에 극적으로 만루 홈런도 나오고 극적인 역전승 이렇게 나오다 보니까 개인으로서는 아픔이 있지만 프로야구 발전의 밑거름이 되었다. 그렇게 위로하고, 지금까지……."

위로란 말이 귀에 쏙 들어왔어. 이런 건 싸구려 위로가 아니겠지. 그렇게 위로받게 되기까지 그가 견뎌야만 했던 세월이 한두 해가 아니었을 테니까. 하지만 거꾸로 생각하면 그 시간을 견디고 나니 그에게는 그때의 자신을 바라보는 새로운 눈이 생긴 거겠지. 자신의 희생으로 막 출범한 프로야구가 발전했다는 것까지를 모두 보는 그 눈이 바로 위로의 눈이야. 그러니 부디 버텨줘. 네 전화를 받고 나는 그렇게 말하고 싶었어. 네가 포기하지 않기를. 모두 끝났다고 생각하며 여기서 끝내지 않기를. 오래오래 살아주기를. 네게는 싸구려 위로처럼 들린다고 해도 나는 말하고 싶어. 나는 네가 죽지 않았으면 좋겠어.

내 이야기도 아직 끝나지 않았어. 그해 가을, 코리안 시리즈가 끝나고 난 뒤 우리는 서울에 있는 엄마를 만나러 갔지. 아빠의 택시를 타고 갔어. 조수석에는 외삼촌이 앉고, 나는 뒷좌석에 앉았지. 아빠는 외삼촌에게 엄마가 서울로 간 이유를 내게 설명하라고 했어. 고속도로를 달리는 차 안이었고 외삼촌은 앞에 앉아 있어 잘 들리지 않았지만 요약하자면 이런 내용이었어. 어릴 때 엄마에게는 간질이 있었는데 그걸 고치려면 무당이 되는 수밖에 없다는 말을 들었다. 외할아버지는 고민 끝에 무당보다야 낫겠지 싶어 엄마를 굿판에서 연주하는 사람이라도 되라며 국악을 가르치는 사람에게 수양딸로 보냈다. 거기서 엄마는 판소리를 배우기 시작했다. 대구에서는 엄마의 소리를 따라올 사람이 없어 서울로 가게 됐다. 그렇게 정악원에서 김소희 명창에게 소리를 배웠고, 그러는 동안 병은 말끔히 사라졌다.

"하지만 열일곱 살에 다 그만두고 고향으로 돌아왔지."

"왜요?"

외삼촌에게 내가 물었어.

"나야 모르지. 좀 살 만하니까 돌아왔겠지? 나중에 하는 말을 들어보니까 쟁쟁한 친구들에 비해 자기는 재능이 없어 그만뒀다고 했는데, 아무래도 경상도 사람이 판소리를 한다는 게 말이 안 되는 거였겠지."

"엄마한테도 말이 안 되는 꿈이 있었던 거네요."

그러자 외삼촌은 고개를 갸웃거렸어.

"글쎄, 걔한테 무슨 꿈같은 게 있었으려나? 안 죽으려고 그런 거지. 서커스장에서 쓰러졌을 땐 나도 식겁했지만, 간질이 재발한 것 같지는 않고 진짜 무병인가 싶기도 했는데, 본인이 판소리를 다시 배우겠다고 나선 데에는 다 짚이는 데가 있으니까 그러는 게 아니겠냐?"

"짚이는 데가 뭔데요?"

"내가 알겠냐? 그런 병에는 소리하는 게 특효약이라거나 뭐 그런 걸 그때 몸으로 배웠겠지. 여튼 내가 하고 싶은 말은 엄마가 너를 버리고 간 게 아니라는 거야. 살려고. 너도 살리고 자기도 살려고 간 거지."

외삼촌은 내가 엄마를 원망할까봐 신신당부를 했는데 그럴 필요가 없었지. 서울을 오가던 엄마가 9월이 되어 아예 서울로 올라간 뒤로 나는 엄마가 너무나 보고 싶어 눈물이 날 지경이었거든.

엄마가 판소리를 배우던 곳은 종로3가 골목 안쪽에 있었어. 택시를 주차한 뒤, 엄마가 알려준 대로 연구소 간판을 찾아 골목을 한참 헤맸어. 그러다가 내가 어떤 소리를 들은 거지. 그 소리를 따라가니 한자로 새긴 연구소 간판이 나왔어. 연구소라기에 사무실 같은 걸 상상했는데 한옥이었어. 초인종을 누르니 어떤 언니가 문을 열고 나오더라. 그 언니를 볼 때부터 내 가슴이 두근거리기 시작했지. 엄마의 이름을 대니 언니는 안으로 들어오라고 했어. 그 소리는 집 안쪽에서 들리고 있었어. 대문을 지나가자 작은 마당이 나왔어. 안채는 따로 있는 것 같더라고. 언니는 우리더러 거기 마루에 앉으라고 말한 뒤 안채로 들어갔어.

마루에 앉아 있는데 지붕 너머로 은행나무가 보이더라. 우듬지의 끝까지 단풍이 곱게 물든, 키가 높다란 은행이었어. 아마 종묘의 은행이 보였던 것 같아. 바람에 너울대는 그 노란빛이 하도 고와서 하염없이 나무를 바라보는데, 엄마는 좀체 나오지 않고 그 소리가 계속 들리는 거야. 깊은 산속 계곡의 물소리처럼 맑고 투명한 소리였지. 그 소리가 마당으로 흘러나와 너울대고 출렁이니 소리의 물에 들어앉은 것 같더라고. 그게 내가 처음 듣는 대금 소리였어. 물론 그때 나는 몰랐지. 장차 내가 대금을 배우게 되고, 그것으로 상을 받고 교수가 될 줄은.

그럼에도 전혀 몰랐다고는 할 수 없는 게, 그러다 대금 소리가 잔잔하니 잦아지는가 싶더니 '추월은'이라고 길게 끄는 소리가 '만정하여'라고 하면서 공기가 가득 찬 소리로 이어졌는데, 그때는 그게 무슨 말인지도 몰랐는데도 그 소리가 궁금하지도, 낯설지도 않더란 말이지. 마치 계곡을 흐르는 물이 어찌어찌해서 여기까지 왔고 앞으로 어디까지 흘러갈지를 모두 보는 사람처럼, 그렇게 소리가 들리더란 말이지. 꼭 내가 거기 마루에 앉아 은행나무의 우듬지를 바라보는 게 아니라 은행나무의 우듬지에서 마루에 앉은 나를 내려다보는 것 같았어. 그렇게 나는 엄마가 나오기만을 기다리고 있었어. ●

마법 게임,
아무도 해본 적 없는

김종광

김종광 1971년 충남 보령 출생. 1998년『문학동네』등단. 소설집『경찰서여, 안녕』『놀러 가자고요』『안녕의 발견』. 장편소설『71년생 다인이』『조선통신사』『산 사람은 살지』『소설가 소판돈의 낙서견문록』등. 〈신동엽문학상〉〈이호철통일로문학상〉〈무등문학상〉 등 수상.

경기 개시 전

안녕하십니까, 안녕하세요, 안녕, 100만 KT 위즈 팬 여러분! 존댓말, 반말, 문어체, 구어체 마구 섞어 방송하는 KT 위즈 찐 유튜버, 팔도짬뽕입니다.

2021년 10월 31일, 오늘은 KT 위즈의 역사에 가장 중요한 날이죠. 타이브레이커야. 한국 야구, 아니 세계 프로야구 역사상 최초로 1위 결정전이에요. 꼭 따지는 분들 있어. 맞아요, 옛날 전기 리그 후기 리그 하던 시절, 1986년에 한 번 했었어. 후기 리그 우승만 가리는. 그 게임이랑 오늘이 질적으로 비교가 가능해? 그냥 세계 최초로 하자, 응?

왜 삼성 라이온즈파크에서 하냐고요? 예, 저는 야알못 팬들의 질문에도 성실히 답하는 KT튜버입니다. KT랑 삼성이랑 승 무 패 다 같아. 몇 년 전까지는 상대 전적이 높은 팀이 1등이었지. 제도가 바뀌었어. 상대 전적으로 치면 삼성 9승 KT 6승, 9 대 6으로 앞선 삼성이 그냥 우승인데 타이브레이커 제도 덕에 KT에게 기회가 생겼어. 타이브레이커 제도의 첫 번째 수혜자가 KT가 될 줄 아무도 몰랐죠. 하느님도 예수님도 부처님도 알라님도 모르셨을 겁니다.

이놈의 코로나19 언제 끝나나요. MBC 한명재 아나운서가 삼성 라이온즈파크 관중이 12,244명으로 매진이라고 하네요. 예매 5분 만에 매진되었고, 코로나19 예방접종 맞은 분들 추가 입장도 순식간이었다고요. 저렇게 많은 관중을 보는 게 대체 얼마 만인가요. 마스크 쓴 팬들 보니까 가슴이 다 아프네. 비싼 돈 내고 들어가서 마음껏 소리도 못 지르고. 집에 계신 분들이라도 마음껏 소리 지르고 마음껏 응원합시다. 승부치기도 없고 무승부도 없습니다. 가자, 가자, 이기자!

애국가 꼭 불러야 하는 거야? 꼭 해야 되는 법은 없대. 옛날에 영화 시작하기 전에 꼭 애국가 틀어줬지. 그거 처음 없애자고 했을 때 다들 난리였지. 안 하니까 어때? 너무 좋잖아. 우리 프로야구도 좀 안 할 수는 없는 거냐? 하긴 안 하면 거시기하기는 하다. 특히 이런 경기에 애국가 빠지면 뽀다구가 안 나긴 하겠다. '뽀다구'라고 했다고 욕하시는 분 계시네. 왜? 일본 말 아니잖아? 속된 말이야? 아저씨, 나가!

드디어 경기 시작이야.

1회 초

우리 KT가 많이 불리한 게 사실이죠. 다 필요 없고 삼성 원태인 선수는 충분히 쉬고 나왔어요.

1번 조용호. 초구 딱. 1루수 땅볼. 시도가 좋기는 뭐가 좋아. 결과론입니다만 초구 딱 결과 좋으면 칭찬 먹고 결과 나쁘면 욕먹는 겁니다. 원태인 공 좋으니까 초구부터 적극 공략하기로 한 모양입니다.

2번 황재균. 정규 시즌 14타수 무안타로 끝났어요. 좀 치자. 원태인 공 전혀 안 나빠 보이네요. 험난합니다. 황재균 그래도 많이 버티네. 잘하고 있어. 7구 헛스윙. 포수가 땅에 묻은 공 집어서 태그 아웃. 그래, 공을 일곱 개나 던지게 했으니까 박수.

3번 강백호. 홈런 쳐. 네가 못 치면 누가 치냐. 백호야, 백호야, 이름 끝내주는 백호야, 『슬램덩크』 강백호 생각나는 백호야, 하나 멋지게 쳐줘. 너 삼성 라팍에서 홈런 몇 개 쳤더라. 강백호 선수 작년 올림픽 때 껌 씹는 장면 카메라에 잡혀갖고 얼마나 욕 많이 먹었습니까. 아니, 껌 씹을 수도 있지 왜들 난리냐고. 시도 때도 없이 아무 데나 침 뱉는 선수보다 훨씬 나아. 그래도 올해 꿋꿋하게 잘해줬어. 그러니까 화끈하게 홈런 하

나 쳐. 너 욕한 분들한테 실력으로 보답한다고 큰마음 먹고 하
나 치란 말이야. 4구 타격 2루수 땅볼 아웃.

1회 말

8일 쉬고 나온 원태인 예상대로 잘 던졌네. KT의 심장, KT
의 보물 쿠에바스는 이틀 쉬고 나왔죠. 쿠에바스 못 던져도 뭐
랄 수 없어. 쿠에바스는 할 만큼 했습니다. 그러나 쿠에바스
해줄 거라 믿어요. 쿠에바스, 제발, 제발, 잘 던져줘. 이틀 전에
108개나 던졌는데, 솔직히 또 잘 던지면 그게 사람이냐. 그래
도 부탁한다.

우리 KT 수비 위치. 포수 장성우, 1루수 강백호, 2루수 박
경수, 유격수 심우준, 3루수 황재균, 우익수 호잉, 중견수 배정
대, 좌익수 조용호. 오늘 수비 실수하면 안 돼! 오늘은 절대로
안 돼.

무조건 1등 해야 합니다. 2등 해도 우승할 수 있다, 그러는
데 불가능해요. 우리나라 포스트시즌 구조에서는 정규 리그
1등 아니면 우승 불가능해요. 푹 쉬고 기다린 상대를 무슨 수
로 이겨. 업셋이 있었다고? 있었지. 1등 팀 마무리가 다 고장
나거나, 무슨 일 있어서 한국 시리즈에 못 나올 때. 정상적이라
면 업셋 안 나와요. 그러니 쿠에바스 제발 무조건, 잘 던져줘.

삼성 1번 박해민. 뭐야 볼질하면 안 돼. 아, 6구 볼넷. 역시 무리인가. 쿠에바스에게 너무 많은 걸 바랐나.

2번 구자욱. 초구 딱 중견수 플라이 아웃. 한숨 돌렸네요.

3번 오재일. 초구 언제 던질 거야? 아, 우리 쿠에바스지. 괜찮아 한참 있다가 던져. 박해민 견제해야지. 네 마음대로 던져. 구속 146. 괜찮은 것 같기도 하고 불안하기도 하고. 잘 모르겠네. 오재일 적당히 하자. 1루 견제. 야, 공 빠질 뻔했잖아. 강백호 똑바로 잡아주세요. 「오징어 게임」 유니폼 입으신 분 나왔네. 「오징어 게임」 안 본 분 없지. 나도 봤는데 그게 그렇게 재미있는 거야? 사람을 막 죽여도 돼? 요새 사람 죽이는 거 우습게 아는 드라마가 왜 그리 쌨니. 내가 언제 재미없다고 했어. 그렇게 재미있는 거냐고 했지. 왜 그게 그 말이야. 이런 오징어 게임 나가서 초장에 총 맞아 탈락할 분 같으니라고 추방. 7구 변화구. 오재일 삼진 아웃. 장성우 2루로 공 던지고 심우준이 잡아서 박해민 여유 있게 태그 아웃. 병살 병살 병살, 만세 만세 만세, 병살 병살 병살! 고맙다 쿠에바스 사랑한다 쿠에바스. 뭐가 될 것 같아. 조짐 좋아요.

2회 초

4번 유한준. 10월 타격감 최고였어요. 기대한다, 라팍에서 이기는 방법은 홈런밖에 없다. 좋아, 투구 수라도 늘려. 원태인만 내려보내자. 누가 나와도 원태인보다는 칠 만해. 5구 헛스윙 삼진.

삼성이 우승한 지 6년 됐어? 매년 우승하더니. 5번 호잉. 알몬테 대타로 와서 그럭저럭 밥값 해주는 호잉 하나 쳐줄라나. 4구 타격 2루수 땅볼 잡아서 1루에 송구 아웃. 원태인 겁나 좋네.

6번 장성우. 당신은 하나 쳐주겠지. 빗맞아도 홈런, 가자. 4구 때리기는 했는데 힘없이 날아가네요. 좌익수 플라이 아웃. 뭐냐, 쿠에바스가 쉬지도 못하고 나오게 됐잖아.

2회 말

그래도 위드코로나시대로 전환되어서 야구 볼 맛 나네요. 역시 마스크 썼더라도 관중이 많은 게 좋아요. 관중이 소리도 지르고 해야 경기 볼 맛 난다니까. 마스크 썼어도 함성이 들리기는 하네요.

삼성 4번 타자 공포의 피렐라입니다. 힘차게 헛스윙. 3구 타격 3루수 땅볼 아웃. 피렐라가 발이 좋아도 아웃될 평범타.

5번 강민호가 문제입니다. 우리 장성우보다 더 겁나. 여기 라팍이라고. 맞으면 넘어간다고. 야호, 3구 삼진! 어라, 쿠에바스 좋은데. 기대해도 될 것 같아.

6번 이원석. 네, 허구연 선생님 또 라팍 만드는 데 애쓰신 거 자랑하셨고요. 이원석도 3구 삼진. 아, 좋다, 좋아. 투구 수도 아끼고 삼자 범퇴 굿. 쿠에바스 멋져, 멋져. 여러분, 우리 기대해도 될 것 같아. 안 그래?

허구연 쌤 저러다 KBO 사무총장 되시는 거 아닌가 모르겠어요. 저는 안 했으면 좋겠어요. 고 하일성 님을 회상해보라고요. 사무총장 할 때 얼마나 스트레스받으셨냐고요. 아, 그렇죠, 나이도 있는데 사무총장 건너뛰고 바로 KBO 총재 해도 되죠. 근데 정치하는 것들이 시켜줄라나 그게 문제죠. 허구연 쌤 KBO 총재 되면 나쁠 것 없죠. 사무총장은 못해도 총재는 잘하실 거예요. 은근히 성격 있는 분이라. 기계 자동 판정 같은 것도 밀어붙이고 남을 분이에요. 정말 기계가 볼 스트라이크 판정했으면 좋겠어요. 야구를 보고 싶지, 선수들 신경질 내는 걸 보고 싶은 게 아니라고요. 사람 눈이 틀릴 때가 많으니까 틀릴 일이 적은 기계로 하자는 겁니다.

3회 초

7번 배정대. 타격감 올라왔으니 기대한다. 5구 1루수 플라이 아웃.

8번 KT 주장 박경수. 원태인한테 통산 타율 3할이에요. 홈런도 하나 쳤죠. 기대됩니다. 7구 헛스윙 삼진 아웃. 아이고, 원태인 슬라이더가 너무 좋아요.

9번 심우준 3구 타격 2루수 땅볼 아웃. 아, 원태인도 되게 잘 던집니다. 이러면 안 되는데. 원태인은 무조건 6회까지 순항할 거 같아요. 제발, 7회에는 못 올라오게 해야 한다고. 투구 수라도 늘려야지.

오늘 주심은 정확히 보고 있는 것 같습니다. 심하게 욕하고 싶은 판정은 없었어요.

뭐야, 어떤 분이 이런 댓글을 날려? 팔도짬뽕이 원래 거시기 팬 아니냐? 맞다, 하지만 KT로 갈아탄 지 오래여. 언제부터 갈아탔냐고? 창단할 때부터다 왜. 저 팔도짬뽕이 KT 진골이 아니다, 순혈 KT가 아니다 댓글에다 따지고 욕 쓰고 주접떠는 분들이 있는데 우리가 신라야?

솔직히 말해서 우리 KT 팬 중에 처음부터 KT 팬인 분들 몇이나 있어? 2013년 창단 이후 태어난 분들은 엄마 뱃속부터 KT 팬일 수 있어. 그러나 KT 창단 이전에 태어난 분들은, 야구 진짜 좋아했던 팬 분들은, 전부 다 다른 팀 팬이었잖아. 수원 살지만 자기 고향 팀 응원했잖아. 근데 우리 수원을 연고로 하는 KT가 생겼어. 드디어 우리 수원에도 팀이 생겼어. 얼씨구나 좋다, KT 팬으로 갈아탄 게 뭐가 문제야?

수원이 연고지가 아니더라도 그래. 원래 응원하던 팀이 싫어질 수 있잖아. 어떤 이유에서든지 한번 응원하기로 한 팀 평생 응원하는 거 멋있어. 인정해. 하지만 내 마음대로 팀도 못 바꿔? 응원 팀 바꿔 KT 팬 된 게 뭐가 문제야. 대학도 바꾸고 직장도 바꾸고 재혼 삼혼도 하는데, 야구 응원 팀 바꾼 게 뭐가 잘못이냐.

무슨 이유가 되었든 KT로 갈아탄 팬분들 기죽지 마. 우리 KT는 지역색, 지방색을 탈피한 진정한 융합 팀이야. 서울 분들도 LG, 두산, 히어로즈로 갈라졌잖아. KT는 융합 팀이야! 내 유튜버명 팔도짬뽕도 그런 의미를 담고 있어. KT 팬은 수원 팬 더하기 팔도 팬이야. 수원이 그런 데잖아. 수원 사람 중년 장년 노년 중에 수원이 고향인 분들 얼마나 되겠어. 수원이 제2의 고향, 제3의 고향인 분이 태반이지. 그렇지만 수원 사람들로 똘똘 뭉쳐 잘 살잖아.

KT, 기존의 아홉 개 구단에서 하나둘씩 와서 만들어진 팀입니다. 옛날에 야구 만화『공포의 외인구단』이라고 있었죠. KT가 바로 공포의 외인구단입니다.

3회 말

쿠에바스 과연 3회도 잘 던져줄까요. 삼성 7번 김헌곤. 어제 중요한 홈런 쳤어요. 치라고 던지면 안 됩니다. 여기 라팍이에요. 저분도 잘 맞으면 넘겨요. 6구 탈삼진. 여섯 개나 던졌지만 그래도 삼진 잡았어요.

8번 작지만 매운 고추 김지찬입니다. KT도 김지찬 같은 선수 하나 있으면 참 좋을 텐데 말이에요. 앗, 죄송합니다. 남의 팀 선수는 절대로 부러워하면 안 되죠. 4구 타격 쿠에바스가 여유 있게 잡아서 여유 있게 송구 아웃. 아, 무서운 김지찬 빨리 아웃 잘 잡았어요.

9번 오선진 4구 헛스윙 삼진 아웃.

감사합니다, 쿠에바스! 당신은 우리의 구세주입니다. 그간 당신한테 욕했던 제 입을 찢고 싶어요. 오늘 끝까지 잘 던져주시면 영원히 당신을 욕하지 않을 겁니다.

4회 초

타순 한 바퀴 돌았어요. 다시 1번 조용호. 하나 안 치실 겁니까? 작년 첫 풀타임 시즌 정말 잘했죠. 올해는 기대에 못 미쳤지만 그래도 출루율은 괜찮았어요. 출루 부탁한다는 말씀. 좋아, 공 여러 개 던지게 합니다. 8구 파울, 9구 볼. 볼넷 출루. 그래, 바로 네가 출루 기계 조용호다. 선두 타자 출루. 뭐야, 출루 자체가 처음이었어? 지금까지 노히트노런 당하고 있었던 거야?

2번 황재균. 무조건 번트 대세요. 이강철 감독님 딴생각하면 안 돼요. 무조건 번트 작전 가야 합니다. 황재균 1구 번트 댔지만 떴어요, 떴어. 똑바로 안 대쇼? 2구 다시 번트. 헐, 투수가 잡아서 2루에 송구 아웃. 야, 번트도 못 대쇼?

3번 강백호. 제발, 넘겨. 네 홈런밖에 믿을 게 없다. 황재균 도루하지 마세요. 언제 봐도 강백호 스윙은 호쾌합니다. 제발 중심에 맞추란 말이야. 파울만 치지 말고 홈런을 치라고. 4구 헛스윙 삼진 아웃. 강백호 땅바닥을 배트로 내리칩니다. 땅바닥이 무슨 죄냐.

4번 유한준. 당신은 해주겠지. 3구 타격 투수 땅볼 아웃. 아아, 미치겠네.

4회 말

삼성도 타순이 한 바퀴 돌았죠. 다시 1번 박해민. 2구 만에 포수 파울플라이 아웃. 감사합니다, 벌써 4회라 엄청 떨었는데.

2번 구자욱. 초구 딱 중견수 플라이 아웃. 와우, 뭐야, 공 세 개로 두 타자를 잡았어. 일단 4회는 막을 수 있겠는걸. 그렇지만 방심은 금물. 쿠에바스 방심하면 안 돼. 중간 계투 누굴 믿어. 아무도 못 믿어. 믿을 건 당신뿐이에요.

3번 오재일. 뭐야, 앞에 두 타자가 까먹은 투구 수 만회하겠다는 거야? 벌써 7구? 또 걸어내냐. 아까운 투구 수. 10구 타격, 평범한 1루수 땅볼. 헐, 1루수 강백호 글러브 맞고 튀어 나왔습니다. 홈런도 못 치면서 실책을 해? 뭐, 실책이 아니고 안타라고? 저게? 야, 기록원 실책 줘. 쿠에바스 노히트노런 깨졌잖아.

쿠에바스 네 심정 왜 모르겠니. 그렇지만 진정하고 잘 던져 줘. 저 팔도짬뽕이 유튜버 중에 유교맨으로 소문나 있죠. 저처럼 욕 안 하고, 영어 덜 쓰고, 그런 유튜버가 없잖아요. 근데 저도 사람인지라 욕할 때는 해야지. 방금 들으신 소리, 제가 욕 참는 소리입니다. 욕하면 뭐 하겠어요.

4번 공포의 피렐라입니다. 주자 없을 때 봐도 무서운데, 주자 한 명 있을 때 보니까 더 무섭네요. 초구 힘차게 헛스윙. 쿠에바스, 피렐라, 둘 다 베네수엘라 출신입니다. 2구 땅볼. 아, 또 1루로 굴러갑니다. 설마! 그래요, 이거 실수하면 사람 아닙니다. 안도의 한숨이 절로 나오네요.

5회 초

정말 살 떨리는 게임입니다. 말이 타이브레이커지 이런 경기를 또 할 일 있겠습니까? 우리나라는 무승부도 많아서 동률 1등 되게 어려운 겁니다. 퍼펙트보다 나오기 어려워. 이 역사적인 경기, 이겨야만 합니다.

우리 KT 정규 리그 참가 7년 만에 한국시리즈 진출 기회와 우승 기회를 잡았어요. 이 정도면 고마운 겁니다. NC 다이노스는 정규 리그 참가 8년 만에 우승했어요. KT는 7년 만이라니까요. 창단하고 우승 한 번도 못 한 팀도 있고, 우승한 지 20년 넘어가는 팀들도 있어요. 우리 KT가 대업적을 이루려면 무조건 오늘 이겨야 합니다.

근데 원태인 선수 너무 잘 던지네요. 지치지도 않네요. 선두 타자 5번 호잉. 5구 삼진 아웃.

6번 장성우. 5구 삼진 아웃.

7번 배정대. 어쨌든 KT 팬을 떠나서 한국 야구팬으로 말씀 드리자면 원태인이라는 대형 투수가 등장해서 너무 기쁘고 감사합니다. 하지만 오늘만 조금 못 던져주면 안 될까요. 더도 말고 덜도 말고 홈런 한 개만 주셔요. 배정대 잘 버티고 있습니다. 그러나 6구 타격, 유격수 땅볼 아웃. 삼성은 실책도 안 하냐. 투구 수 72개라. 이러면 7회까지는 문제없잖아.

5회 말

일단 또 잘 막아봅시다. 확실히 원정 경기가 쫄려요. 홈경기면 말 공격이니까 그래도 뭔가 편안한 느낌인데, 원정 경기는 말 수비 때마다 아주 똥줄 탑니다. 설마 9회까지 0 대 0 가는 거 아니겠지. 그러면 심장 터져요.

삼성 5번 강민호. 2구 타격, 우익수 플라이 아웃. 좋습니다.

6번 이원석도 2구 타격, 어라, 좌익수 쪽으로 날아갑니다. 조용호가 쉽게 잡아줍니다. 아웃!

고맙네, 고마워. 쿠에바스가 이틀 만에 벌써 50개 던져, 과연 5회까지 넘길 수 있을까 엄청 떨었습니다. 근데 공 네 개로 투아웃이네요.

7번 김헌곤. 3구 힘차게 헛스윙. 공 떨어진 거 장성우 포수가 집어 들고 태그 아웃. 감사합니다. 공 단 일곱 개로 5회 말을 삭제했습니다. 5회 말까지 한 시간 10분 걸렸어요. 진짜 진행이 빠른 경기입니다.

클리닝타임

경기하다가 말고 왜 쉬냐고 묻는 분 있네요. 프로야구를 처음 보시나 보다. 클리닝타임이라고 해서 4분 정도 그라운드 정비하는 시간입니다.

허구연 해설가님께서 명승부 운운하네요. 다른 팀 팬들이 보기에는 명승부일지 모르겠습니다만 KT 팬은 벼랑 끝 승부입니다. 이기는 팀은 한국시리즈 직행 티켓과 한국시리즈 우승 확률 83.3퍼센트와 그밖에 모든 영광을 다 독식합니다. 진정한 승자 독식 게임입니다. 미치고 환장할 것 같습니다. 명승부 싫습니다. 이기든 지든 확 이기거나 확 졌으면 좋겠어요. 이러다 심장 고장 납니다. 삼성 팬분들도 그렇겠죠.

허구연 쌤 말대로 우리 수원에 프로 팀 많습니다. 축구에 수원 삼성, 수원 FC, 수원 FC 위민, 배구에 한국전력 빅스톰, 현대건설 힐스테이트, 농구에 KT 소닉붐. 그리고 프로야구에 KT 위즈가 있습니다. 수원과 붙어 있는 용인에 삼성생명 블루밍스 여자 농구단, 화성에 IBK기업은행 알토스 여자 배구단까지 합치면 더 많아요. 이 중 정규 시즌 우승 누가 언제 했습니까. 수원 삼성이 잘나가던 때 우승 몇 번 했습니다. 근데 언제인지 기억도 안 납니다. 가장 최근 우승한 게 남자 프로농구 KT 소닉붐이 2010년 정규 시즌 우승한 게 마지막입니다. 자, 오늘 KT가 이기면 또 하나의 역사가 아로새겨지는 겁니다. 삼성은 우승 많이많이 해봤잖아요. KT한테 한 번 주세요.

앞으로 또 이런 날이 오지 않아야 합니다. 이런 경기 안 했으면 좋겠어. 그냥 1등 하면 되지 이게 뭐야. 120일간 1위 달리다가 삼성한테 역전당해서 하늘이 무너지고 땅이 꺼지는 줄 알았어요. 처음부터 못했다면 기대도 안 하는데, 처음에 너무 잘하니까. 암튼 그렇게 욕먹으면서도 꾸역꾸역 버텨서 결국 1위 동률을 만들었어요. 막판에 공격력 터져서 겨우 살아났어요. 하지만 우리 팬들 너무 힘듭니다. 앞으로는 쭈욱 1등 하는 걸로 하고, 어쨌거나 오늘은 무조건 이깁시다. 그래야만 합니다. 우리 KT 선수들 무조건 이겨줄 거라고 믿어요. KT 팬 여러분 믿습니까, 믿지요?

6회 초

어떻게 안 될까. KT 선수들아, 제발 점수 좀 내자. 어떻게 한 점이라도 짜내보자. 짜내기 싫으면 그냥 홈런을 때려.

8번 박경수. 7구 헛스윙 삼진. 아, 원태인 하나도 안 지쳤어요.

9번 심우준. 원태인 구속이 좀 떨어지기는 한 것 같네요. 심우준 4구 쳤습니다. 묘한 곳으로 흘러가는 땅볼. 유격수가 잡아서 송구했는데 1루수가 못 잡고 공 빠졌습니다. 만세, 뛰어. 심우준 2루 도착. 실책 하나로 1사 2루 기회 잡습니다. 실책 줄 때 점수 내야 합니다. 실책 줄 때 점수 못 내면 무조건 집니다.

누구냐, 1번 조용호입니다. 대타 내나요? 조용호보다 나은 타자 없습니다. 그냥 갑니다. 조용호 세 번째 타석. 삼세번입니다. 늦게나마 우리 KT 선수들이 얼마나 융합적인지 알려드리겠습니다. 조용호 선수, 고양 원더스, SK 거쳐 왔습니다. 과연 쳐줄 것이냐. 조용호 3구 타격. 1루수가 뛰어 나가서 공 잡고 1루로 달려온 투수에게 던져줍니다. 조용호 빨리 뛰어! 아,

아웃 판정. KT 이강철 감독이 비디오 판독 신청합니다.

비디오 판독 안 만들었으면 어쩔 뻔했어. 2017년까지 그 얼마나 억울한 판정 많았냐고. 텔레비전으로 심판들 오심이 딱 보이잖아. 어떻게 안 미쳐. 심판들이 아주 개판으로 보는 게 많더라고. 비디오 판정 횟수 늘려야 해. 한 다섯 번은 줘야 해. 작정하고 오심해대면 어쩔 거냐고. 고생하는 심판분들께 제가 말이 과하기는 했죠. 죄송합니다. 스트라이크 볼 판정도 빨리 기계로 바꾸자. 짜증 나서 못 보겠다. 비디오 판독 신청하기는 했는데 제가 보기엔 아웃 같아요. 공보다 늦었습니다. 느낌이 딱 있잖아요. 제 느낌이 틀리기를 바라봅니다. 에이, 낙낙한 아웃이구먼. 비디오 판독 기회만 한 번 날렸네. 턱도 없는데 왜 신청한 거야? 어쨌거나 심우준은 3루까지 갔네요.

2번 황재균. 현대, 히어로즈, 롯데, 미국 거쳐 왔습니다. 제발 한 번만 부탁드립니다. 아니면 삼성 투수 포수님께 부탁드립니다. 폭투나 포일 부탁드립니다. 도저히 재균 씨가 칠 것 같지 않아요. 다음에 강백호다. 무조건 승부할 거야. 황재균, 하나 노려. 16타수 무안타 괜찮아. 지금 하나 치면 돼. 6구 볼. 공 많이 던지게 하고 볼넷. 아주 좋아요.

3번 강백호입니다. KT 2차 1라운드 지명 선수입니다. 너에게 달렸다. 백호야, 다른 때 치는 건 의미가 없어. 바로 지금 때려야 해. 100만 KT 팬 여러분 우리 다 같이 기를 모아 백호 선수에게 쏴주십시다. 100만 KT 팬의 기를 받아 강백호 때려라. 3구 쳤습니다. 3루수 옆으로 빠져나가는 깨끗한 안타. 3루 주자 홈인. 만세, 만세. 드디어 1점 뽑았습니다. 백호야 고맙다. 올림픽 때 껌 씹고 먹었던 욕 다 날려버려라. 여러분 죄송, 눈물이 막 나네요. 흐르는 눈물 닦을 틈 없어요.

4번 유한준. 현대, 히어로즈 거쳐 왔습니다. 홈런 때려주면 펑펑 울어버릴 거야. 펑펑 울고 싶다고. 한준 씨 제발, 제발, 홈런 쳐. 1점 갖고 되겠냐고. 4구 삼진 아웃.

괜찮습니다. 1점 뽑았고, 원태인 선수 투구 수가 98개입니다. 7회는 원태인 선수 안 봐도 됩니다. 대성공입니다.

6회 말

과연 쿠에바스가 또 올라올 수 있을까요. 투구 수는 59개이지만 3일 만에 던진다는 것이 문제지요. 아, 그러나 쿠에바스 올라왔습니다. 정말 헌신 그 자체입니다. 저게 바로 희생정신입니다. 이런 외국인 선수가 또 어디 있겠어요. 쿠에바스가 누구입니까. 직구, 커터, 싱커, 슬라이더, 커브 다 던질 줄 압니다. 주 무기를 따로 꼽을 수 없을 정도로 다 잘 던져요. 머리도 여우처럼 좋아요.

쿠에바스, 2019시즌부터 KT의 에이스였습니다, 2019시즌엔 13승, 2020시즌 10승 했습니다. 2020시즌 플레이오프 11월

12일 3차전에 등판해서 8이닝 1실점 호투했죠. 올 시즌 전반기에 6승을 올린 쿠에바스는 아버지를 잃었습니다. 아, 이런 일이 다 있을까요. 외국인 선수 아버지가 아들 보러 입국했다가 코로나 19 확진 판정을 받고 치료 받다가 악화되어서 돌아가시다니. 쿠에바스가 얼마나 마음고생 몸고생이 심했을까요.

솔직히 KT 팬도 쿠에바스를 거의 포기했습니다. 폼도 안 좋아진 것 같고 아버지 간호하고 장례 치르고 그 후유증으로 너무 힘들었을 쿠에바스에게 무얼 바랄 수 있겠어요. 하지만 쿠에바스는 복귀해 후반기를 잘 던졌어요. 승리는 세 번밖에 못 챙겼지만, 수비가 흔들리고 타선이 점수를 못 뽑았기 때문이지 쿠에바스는 꾸준하게 잘 던져줬습니다. 10월 28일, 그러니까 이틀 전에도 쿠에바스는 7이닝 2실점으로 너무 잘 던졌어요. 그날의 승리가 없었다면 오늘 게임도 없었습니다. 그리고 지금 자신의 손으로 만든 타이브레이크 게임에서 기적의 호투를 펼치고 있어요.

8번 김지찬 초구. 149킬로미터. 쿠에바스, 구속 아직 살아 있네요. 삼성 투수 코치가 원태인 선수 다독거리네요. 다음 회에 확실히 안 올라온다는 거죠. 인정합니다. 원태인 선수 잘 던졌어요. 하지만 쿠에바스가 더 잘 던지고 있어요. 김지찬 3구 타격 좌익수 플라이 아웃.

9번 오선진 3구 헛스윙 삼진 아웃. 와, 이건 정말 대단하다는 말밖에 못 하겠어요.

다시 1번 박해민입니다. 6회인데 1번 타자가 인제 세 번째 타석에 들어서는 거니까 쿠에바스가 얼마나 잘 던진 건가요. 박해민 2루수 땅볼 아웃. 쿠에바스 과연 7회도 올라올까요?

7회 초

원태인 내려갔고, 우규민이 올라옵니다. 요새 삼성 불펜 중에 우규민이 제일 낫다고 하네요.

5번 호잉. 한화 이글스 출신입니다. 홈런 하나 치자. 제발. 3구 헛스윙 삼진. 내년 재계약은 어려워 보이네요. 몇 년 전에 한화 있을 때는 왜 그렇게 잘했던 거죠.

6번 장성우. 롯데 출신입니다. 초구 딱 중견수 플라이 아웃. 피곤한가 봅니다. 그래, 빨리 들어가서 쉬어. 포수는 초구 딱 봐줘야 합니다. 정말 힘든 포지션이에요.

7번 배정대. LG 트윈스 출신입니다. 5구 헛스윙 삼진 아웃. 공 아홉 개로 끝났네. 휙 지나갔어.

그 얘기 왜 안 나오나 했다. 우리 방은 '현대 유니콘스 얘기 금지'라고. 한 번만 더 현대 얘기하면 추방이다. 좋다, 한 번만 더 내 주장 말한다. 수원 현대랑 KT는 아무 관련이 없다. 현대가 수원에 2000년부터 8년 동안 있다가 사라지고 바로 KT가 생긴 거면 또 몰라. 현대 없어지고 5년 후 생겨난 게 KT야. 아홉 번째 구단 생기고도 1년 뒤에 생긴 게 KT라고. 현대하고 뭔 상관이냥. 수원에 임시로 있었던 현대는 임시 수원 현대고 KT는 수원 KT야. 내가 정답이라는 건 아냐. 내 생각이 그렇단 말이야.

7회 말

과연 쿠에바스 또 올라올까? 이틀 전에 108개 던지고 오늘 69개 던졌는데. 선수가 올라간다고 해도 감독이 말려야 하는 거 아닌가. 저러다 팔 부러지면. 그치만 이런 중요한 게임에 어떻게 안 써. 제발, 쿠에바스야, 7회까지만 어떻게 안 되겠니. 아, 쿠에바스 올라왔네. 불쌍하다. 감사하다.

2번 구자욱. 허구연이 자꾸 쿠에바스를 KT의 최동원이라고 하네. 최동원이 저랬구나. 그래, 나도 못 봤다. 옛날에 텔레비전 중계 별로 안 했어. 최동원이 한국시리즈에서 미치게 던졌던 경기야 당연히 봤지. 하도 어릴 때라 기억이 잘 안 나서 그렇지. 구자욱 왜 이렇게 끈질겨. 7구 볼. 구자욱 볼넷으로 출루.

난리 났다. 바꿔야 하는 거 아닌가? 3번 오재일. 이강철 감독 마운드 방문. 감독은 바꿔줄까? 한 것 같고 쿠에바스는 내가 끝까지 책임져, 한 것 같아요. 누가 감독이라도 별수 없죠.

KT에게 믿을 만한 불펜은 딱 둘. 7회까지 무조건 쿠에바스가 막아줘야 해. 그러나 과연 가능할까. 오재일 아까도 공 많이 던지게 하더니 또 그러네. 쿠에바스 한계점인데 벌써 여섯 개나 던졌어. 오재일, 진짜 밉네. 삼성 팬들의 간절함이 오재일의 방망이에 실렸나. 우리 KT 팬의 간절함은 쿠에바스의 공에 실려 있다.

7구 쳤다. 우아, 잘 맞았다. 홈런인가. 라팍이잖아. 엥, 다행. 공에 힘이 떨어지네요. 잘 따라간 우익수 호잉이 잘 잡았네. 후유. 으악, 호잉이 공을 떨어뜨렸어. 시발개발. 호잉이 공을 빨리 잡아 2루로 던집니다. 오재일 2루에서 태그 아웃. 비디오 판독 신청. 정신없네요. 호잉 대체 뭐냐? 오재일 2루에서 못 잡았기만 해봐. 구자욱이 홈까지 못 들어간 거 너무 다행입니다.

비디오 판독 아슬아슬합니다. 2루수 박경수 글러브가 타자 주자 상체에 먼저 닿았느냐 말았느냐. 절체절명의 비디오 판독입니다. 진짜 비디오 판독 없었으면 다 미쳐버렸을 겁니다. 저도 웬만하면 속단해보겠는데 정말 잘 모르겠네요. 시간이 걸립니다. 판독이 어렵다는 거죠. 판독 시간 다 지나면 아웃, 원심 유지입니다. 시간아 지나가라. 가슴 덜덜 떨리는 판독. 운동장이 고요해졌을 정도예요. 다 숨죽이고 심판들만 쳐다보고 있어요. 아웃입니다. 진짜 아웃인지 판독 불가인지 모르지만 암튼 아웃입니다. 정말 다행입니다. 간 떨어질 뻔했어요.

쿠에바스 한 명만 더 부탁한다. 그러나 삼성은 4번 피렐라. 그냥 1루로 보내면 안 될까요. 자동 고의사구하자. 뭔 정면 승부야. 어렵게 승부하기로 한 모양인데, 어렵게 승부하다가 망해. 폭투라도 하면 어쩌려고. 그냥 베이스 채워. 감독님, 투구 수나 아끼게 그냥 자동 고의사구하자고요. 피렐라 5구 헛스윙. 일부러 그런 거지? 승부하게 하려고? 승부 안 돼. 어렵게, 어렵게. 휴우. 공포의 피렐라 6구 볼넷 출루. 어차피 이럴 거면서 왜 승부를 길게 해. 투구 수만 잔뜩 먹었잖아.

5번 타자 강민호입니다. 운명적인 승부입니다. 쿠에바스 투구 수 현재 89개. 미치겠네. 미치겠어. 바들바들 떨립니다. 1사 1, 3루에 강민호. 무섭습니다. 쿠에바스 과연 기적의 투구 가능할까요. 해야 해, 무조건. 바꿔주지도 못하고 무조건 쿠에바스에게 의지해야 한다는 게 속상합니다. 어쩔 수가 없어요. 쿠에바스 제발, 제발. KT의 이순신 장군이시여. 강민호 3구 타격입니다. 대충 맞은 소리. 2루수 플라이 아웃입니다. 한숨 돌렸네요. 숨도 제대로 못 쉬겠어요.

6번 이원석입니다. 입술이 바짝바짝 탑니다. 2구 헛스윙. 삼성 피렐라가 2루로 도루를 하네요. 아무도 신경 안 쓰고 있었나 봅니다. 나도 까먹고 있었어. 이제 주자 2, 3루. 맞으면 역전당합니다. 대체 도루 왜 신경 안 쓴 거야? 정신 안 차릴래. 피렐라 발 안 좋아서 제대로 뛰지도 못하는데 도루를 준 거잖아. 지나간 일이고 무조건 잡아야 합니다. 쿠에바스, 힘내줘. 이원석 6구까지 버티고 있네요. 끈질깁니다. 7구 헛스윙 삼진. 살았다.

쿠에바스 포효합니다. 전율, 전율이 흐릅니다. 쿠에바스 만세. 너는 KT의 신이야. 쿠에바스 7이닝 99구 1피안타 3사사구 8K 무실점 투구입니다. 기적의 투구예요.

8회 초

또 우규민이 올라왔네요. 삼성도 믿을 만한 투수가 몇 없죠. 몽고메리, 오승환 순서로 나올 겁니다. 빨리 우규민 내리고 몽고메리 봅시다. 1점만 더 내면 진짜 무조건 이길 것 같은데, 힘듭니다, 힘들어. 8번 박경수. LG 트윈스 출신입니다. 잘 버티네요. 하지만 9구 타격 좌익수 플라이 아웃.

9번 심우준. KT 2차 특별 지명 선수입니다. 파울 쳐가며 잘 버티네요. 투구 수 늘리는 건 의미 없어요. 안타를 쳐. 심우준 7구 헛스윙 삼진 아웃.

여기서 삼성이 투수 바꿉니다. 예고한 대로 외국인 투수 몽고메리가 나오겠죠. 1번 타자 조용호. 8회 초인데 겨우 세 번째 타석이네요. 오늘 KT가 얼마나 못 쳤는지 아시겠죠. 초구 딱 유격수 땅볼 아웃. 조용호 씨 오늘 초구 딱 두 개다!

8회 말

공포의 8회 말 시작합니다. 우리에게 믿을 만한 투수는 박시영, 마무리 김재윤밖에 없어요. 바로 김재윤으로 가기는 부담스러워요. 예상대로 박시영이 먼저 올라왔죠. 박시영, 부탁한다. 박시영. 롯데 출신입니다. 올해 KT로 이적해 와서 정말 잘해줬습니다. 48게임 나와서 3승 12홀드예요. 지금 KT에서 가장 믿을 만한 중간 계투죠.

삼성 7번 타자 대타 강한울. 끈질기게 승부하네요. 6구 타격, 좌익수가 잡아서 아웃입니다.

이제 아웃카운트 다섯 개 남았어요. 8번 김지찬입니다. 박시영이 공 하나 던질 때마다 심장이 떨어지는 느낌입니다. 김지찬이 파울을 연달아 두 개 칩니다. 그만하자! 힘들어. 빨랑 아웃되자. 그러나 김지찬 5구 타격, 중견수 앞에 떨어지는 안타입니다.

바꿔야겠죠. 김재윤 올려야겠죠. 안 바꿔? 어쩌자고? 박시영이 막을 수 있나? 9번 타자 오선진이에요. 1구 볼, 2구 땅에 닿는 볼, 불안해 미치겠네. 투수 안 바꿔? 투수 코치가 올라옵니다. 투수 바꿉니다. 그래요, 김재윤을 믿어야지 어쩌겠어.

김재윤 해외파입니다. 애리조나 다이아몬드백스 마이너리그 출신입니다. 원래 포수로 입단했는데 투수가 됐죠. 두 시즌째 KT의 마무리예요. 올 시즌 4승 32세이브. 조마조마할 때도 있었지만 준수했죠. 특히 10월에는 극강이었습니다. 9게임 연속 무실점. 오늘도 부탁해. 오늘 못하면 모든 게 끝장이야. 오선진 5구 타격, 2루수 땅볼 아웃.

1번 박해민. 한명재 캐스터가 오늘 지면 많은 후회를 할 거라는데, KT 팬은 오늘 지면 10년 동안 불면증에 걸립니다. 어떻게 잡은 기회입니까. 박해민 2루수 땅볼 아웃. 휴, 살았다.

9회 초

제발, 한 점만 냅시다. 지금까지 너무너무 잘해온 거 아는데, 제발 한 점만 더 내자. 똥줄 타서 9회 말 보겠냐.

2번 황재균 씨, 하나 쳐줄 거지? 삼성은 계속 몽고메리 투수. 4구 타격. 유격수가 어렵게 땅볼 잡았습니다. 이 정도면 살수 있어. 황재균 뛰어. 세이프, 좋아. 뭐라고? 심판이 아웃이라네요? 이게 무슨 아웃이야. 비디오 판독 해야지. 예, 비디오 판독 들어갑니다. 헐, 화면 보니까 넉넉한 아웃이네요. 에휴, 뭘바라.

3번 타자 강백호 1타점 갖고 되겠습니까. 홈런 하나 쳐야지. 초구 딱. 좌익수 플라이 아웃이네요.

삼성 오승환 올라옵니다. 우리는 4번 타자 유한준. 한준 씨

하나 쳐줄 거지? 2구 타격, 우익수 플라이 아웃.

9회 말

무조건 막아야 합니다. 여기서 못 막으면 무조건 지는 거야. 연장전 가도 져. 우리 KT는 김재윤밖에 없으니까 그러니까 재윤 씨 당신이 무조건 막아야 해. 죽기 살기로. 쿠에바스 기적의 투구를 역사에 아로새겨야지. KT만의 거룩한 업적을 새겨야지. 네 손에 달려 있어.

채팅 창 잠깐 봤는데, 제가 땀으로 범벅이 된 것 같다고요. 저만 그럴까요. 모든 KT 팬이 그럴 겁니다. 오장육부가 초긴장 상태로 벌벌 떨리고 있어요. 여러분 마지막 힘을 모아 응원합시다.

삼성 2번 타자 구자욱. 초구 파울. 2구 헛스윙. 3구 타격. 아, 위험합니다. 안타성. 2루수 박경수가 날았습니다. 잡았어! 1루로 던집니다. 아웃, 아웃! 천금 같은 수비입니다. 박경수 팀을 구했어요. 오늘 못 친 거 용서.

3번 오재일. 여기는 라팍입니다. 잘못 맞아도 맞으면 홈런될 수 있어요. 신중, 집중. 장성우 지금까지 리드 잘했어. 두 명만 더 잡자. 오재일 5구 쳤습니다. 힘없는 플라이. 아, 중견수 호잉한테 간다. 이번에도 실책하면, 예, 잘 잡았어요.

간이 덜컥거립니다. 마지막 타자 4번 피렐라입니다. 마지막 타자여야 해. 피렐라 초구 딱, 아, 맞는 소리가 홈런성인데, 아, 다행히 타구 힘 떨어지며 낙하. 바뀐 좌익수 송민섭 여유 있게 잡았어요. 이겼습니다, 이겼습니다.

진정한 뒤에

KT가 해냈습니다. KT가 아무도 해본 적 없는 승리를 거두었어요. 야구 역사에 전에도 없고 후에도 없을 경기입니다. 이런 경기는 다시없을 겁니다. KT가 승리했습니다. 쿠에바스 덕분입니다. 이강철 감독과 코치 여러분 덕분입니다. 현실판 '공포의 외인구단'으로 융합한 모든 선수 덕분입니다. 오늘 출전하지 않은 선수들도 거의 다른 구단 거쳐 온 선수들입니다. 이런 팀 따로국밥 되기 마련인데, KT는 달랐습니다. 아니, 100만 KT 팬 여러분 덕분입니다. 왜 100만이냐고요? 우리 수원시 인구가 120만쯤 됩니다. 그중 절반쯤에다가, 전국에 흩어져 있는 자기만의 이유로 KT 팬이 된 분들 합치면 100만쯤 되지 않을까요, 아니면 말고!

야구사에 길이 남을 명승부의 승리자는 KT입니다. KT 여러분 마음껏 흥분합시다. 허구연 쌤 말처럼 마법 같은 게임입니다. 융합 팀 KT의 마법사들이 역사를 만들었습니다. 야구가 없어지는 날까지, 모든 야구팬의 기억에 남을 기념비적인 승리입니다. 마법 게임의 승자는 KT 위즈입니다. ●

고양이는 김영우 하고 운다

김 홍

김 홍 2017년 『동아일보』 등단. 소설집 『우리가 당신을 찾아갈 것이다』『여기서 울지 마세요』. 장편소설 『스모킹 오레오』『엉엉』『프라이스 킹!!!』『말뚝들』. 〈문학동네소설상〉〈한겨레문학상〉 수상.

시켰어?

안 시키고 뭐 했어?

나 기다렸다고?

웃기고 있네.

언제부터 내 생각 했다고.

항상 내 생각 한다고?

무슨 생각 하는데.

내 생각 무슨 생각 하냐고.

작년에는 야구 안 봤지. 보려고 했는데 못 봤어. 우승한 것
도 안 믿기는데 우승을 두 번 연속으로 할 리가 없잖아. 그래
서 안 봤지. 그렇다고 어떻게 아주 안 보냐. 하이라이트는 봤
어. 열심히 안 봤다는 거지. 직관 한 번 가지를 않았다니까. 올

해는 좀 봤지. 초반부터 재작년 느낌 나더라고. 계속 1위 하고. 그래도 열심히는 못 봤어. 하이라이트는 챙겨 봤다. 같이 야구 보니까 좋다. 여기 사람 많네? 나 사람 많은 거 안 좋아하는데. 아 진짜? 그래서 야구 틀어놨구나. 예전에 나도 '춘천 송이숯불닭갈비' 몇 번 갔다. 아니, 천안에 있었지. 손주인네 부모님이 하던 가게야. 손둘기 그래도 쏠쏠하게 썼지. 김민성만 해도 감지덕지였는데 문보경이 이렇게 터져버렸네. 수비? 늘겠지. 이제 정뚤 그립지가 않다. 그립지가 않아. 아니 솔직히 그립지. 작년에 똘쥐 형 얼굴 보려고 가끔 「최강야구」 틀었다. 재미는 글쎄, 낡은이들 보는 재미지. 여기 진짜 오래된 가게긴 한가 보다. 저기 봐봐, 왼쪽 벽 구석에 매직으로 낙서 돼 있는 거. '조인성♡심수창' 돼 있잖아. 야구 얘기 그만하라고? 야구 보러 와서 뭔 소리야. 그럼 무슨 얘기 해. 내가 너랑 무슨 말을 해.

나랑 무슨 얘기 하고 싶은데?
됐어.
그냥 야구 얘기나 하자.

오늘 지면 2 대 2 되는 거잖아. 이겼으면 좋겠다. 오늘 이겨서 3 대 1 만들어놓고 한 번 진 다음에 이겼으면 좋겠다. 막상 한국시리즈 왔는데 금방 끝나면 그것도 아쉽지 않냐? 근데 2 대 2는

또 너무 마음 졸이게 되고. 그러니까 오늘 이기고 5차전 내줘야
돼. 그럼 6차전 때 또 볼까? 그때도 같이 야구 볼까? 미국 간다
고? 언제? 내일모레? 갑자기? 갔다가 언제 오는데. 안 와? 다시
는 안 와? 잠깐만. 나 지금 정리가 안 되는데⋯⋯. 언제 결정한
거야? 그 말 하려고 만나자고 한 거야? 아니 지금 야구가 문제
가 아니고. 아, 와이스 잘 던지네. 칠 수 있을까? 모르겠다. 무
슨 말을 해야 될지 모르겠어. 사장님! 여기 소주 한 병 주세요.
잔 하나만 주세요. 마신다고? 너 술 안 마시잖아. 알겠어. 잔
두 개 주세요!

그래서 말해봐. 미국에는 왜 가는지.
힘들어서 간다고?
뭐가 힘든데.
너 내가 진짜 힘들 때 뭐 했는지 알아?
야구 봤어.

*

야구팬이 되는 법은 간단해. 시구부터 9회 말 스리아웃까지
경기 전체를 화요일부터 일요일까지 쉬지 않고 딱 일주일만
보면 돼. 그렇게 일주일을 보면 야구의 모든 것을 알게 되지.
인필드플라이 아웃에서 피처 보크까지 모르는 룰이 없게 되

고 월요일이 되면 어느새 콜업 명단을 보며 2군 선수들 스탯까지 찾아보고 있을 거야. 그 사이에 벤치 클리어링이라도 한 번 있으면 영원히 야구를 떠날 수 없게 되지. 나도 어렸을 때 아빠 따라 야구장 가기도 했지만 철든 이후에는 야구팬으로 살지 않았어. 우리 팀이 너무 못해서 야구 볼 맛이 안 났거든. 야구 좋아하는 과 선배들이 유니폼 입고 몰려다니면서 직관 갈 때 혀를 차고 그랬다. 어차피 떨어질 팀은 떨어지는 데 뭐가 신나서 야구를 보러 간담 싶었거든. 야구는 너무 오래, 또 매일 해서 시간이 아깝기도 했고.

야구팬이 되려면 온전한 일주일이 필요해. 그 일주일 동안 저녁 내내 멍하니 TV 화면을 보고 있어도 아무에게도 타박받지 않을 만큼 고립되어 있으면 더 좋아. 이기고 지는 것에 개의치 않을 만큼 삶이 코너에 몰려 있으면 금상첨화지. 내가 야구 보기 시작했을 때가 딱 그랬어. 김기태가 런기태 되고 양상문이 시즌 중에 감독으로 왔을 때야. 야구를 보고 싶어서 본 게 아니야. 그것 말고는 할 수 있는 게 아무것도 없어서 야구를 본 거지. 동해시 어느 모텔에 달방 잡아놓고 하루에 맥주 열두 캔씩 사다 마시면서 야구를 봤어. 편의점 갈 때는 모자 푹 눌러쓰고 곁눈질도 안 했다. 그렇게 한 보름 넘게 방에만 있었지. 그때 양상문이 채은성 첫 안타 볼에 대선수가 되라고 써줬어. '大선수가 되세요.' 그거 보고 울었다. 나도 '대인간'이 될 수 있을까? 대단한 사람으로 살아갈 수 있을까? 그럴 수 없을 것 같아서 울었어.

도망자였으니까. 쫓기는 사람이고, 다시는 정상적인 삶을 살 수 없다고 확신했으니까. 밤마다 누가 내 방문을 뜯고 들어오지 않을까 긴장하며 잠들고, 모르는 곳에 가면 도망갈 수 있는 길이 어딘지부터 살피는 게 습관이 됐어. 나는 아직도 운동화 신은 남자를 보면 긴장돼서 몸이 굳어. 뒷주머니에 수갑 차고 있는 형사인가 싶어서. 지명수배 명단 포스터에서 내 얼굴 보는 기분 너는 모르지? 그게 전부 너한테 건넨 아이스크림 한 컵 때문이란 걸 믿을 수 있어? 사람이 그런 일로 평생을 쫓긴다는 게 말이야. 인연이 업보 같다. 그때 우리 팀에 있던 양상문도 채은성도 지금은 저쪽 팀에서 또 만났잖아. 돌고 돌아서 다시 만나는 수레바퀴가 이런 거지. 나를 도망자로 만들었던 너는 뜬금없이 미국에 간다고 하지를 않나. 네가 나한테 그랬잖아. 이왕 도망 다닐 거면 멋진 도망자가 되라고. 나도 너한테 같은 말을 해줘야 하는 건가?

배스킨라빈스 파인트 컵에 '엄마는 외계인'을 잔뜩 담아 너에게 리필해준 것, 그게 내 잘못의 전부지. 그게 나를 절도범, 쫓기는 자, 도둑이야! 라는 외침을 들을 만한 사람으로 만들었어. 그 무렵 국가 경찰 조직이 전격적으로 민영화되면서 배스킨라빈스의 모회사인 SPC 그룹이 경찰 위탁 운영에 참여하게 된 것도 중요한 배경이었고. SPC 그룹이 운영하는 포인트 적립 제도인 '해피포인트'와 연관 속에 출범한 'SPC 해피폴리스'

가 법적으로 부여된 수사 권한으로 나를 수배 명단에 올렸으니까. 합의하려면 할 수도 있었어. 일 크게 만들지 말고 적당히 2, 3천만 원에 합의하라는 점장님의 권유를 진지하게 생각하기도 했었으니. 자칫 해피폴리스의 잔인함을 보여주는 첫 번째 시범 케이스가 될 수 있다며 겁을 줬어.

하지만 생각해봐. 그때 최저 시급 5천 원 조금 넘는 돈에 한 달 월급이라 봤자 120도 안 되는데 2천만 원, 3천만 원을 합의금으로 내면 먹고살 길이 막막해질 거 아니야. 아예 살길이 없는 건 아니었어. 주주株主 개념의 대립 쌍으로 주노株奴행을 택하는 방법도 있었지. 그렇게 되면 합의금만큼의 돈을 저리로 대출받을 수 있다는 안내가 함께 왔다. 주노에겐 회사를 위해 시간과 노동을 제공해야 하는 의무가 뒤따랐어. 하루에 여덟 시간씩 주 5일을 근무하는 것으로 돼 있었지. 임금은 아니지만 합의된 만큼의 품삯을 월마다 지급받을 권리도 있었지. 그게 120만 원이 조금 안 되는 정도의 액수였어. 그러니까 너는 분명히 궁금해할 거야. 그게 직원으로 일하는 것과 무엇이 다른지. 그걸 정확히 말할 수 없는 게 주노 제도의 가장 최첨단인 부분이었어.

하지만 난 합의하고 싶지 않았어. 주노가 되고 싶지도 않았고. 나는 너한테 아이스크림을 조금 더 준 걸 부끄럽게 생각하지 않았거든. 잘못됐다고 여기지도 않았기 때문에……. 나에게 죄를 묻는 사람이야말로 진짜 죄인이라는 확신으로 도주

를 선택했어. 그게 10년 넘는 세월 동안 나를 떠돌게 할 줄도
모르고 말이야.

신기하지. 경찰이 더 이상 단일한 국가공무원의 조직이 아
니라 여러 개로 쪼개져 각각의 스폰서 이름을 앞에 붙이고 활
동한다는 게. 우리가 사랑하는 야구단의 이름 앞에 연고지보
다 기업 이름이 먼저 따라다니는 걸 떠올리면 일정 정도의 인
식적 예비는 있었던 셈인지도 모르겠어. 그렇다고는 해도 개
개인이 제한 없이 특정 기업의 스폰을 받는 상황까지 오게 된
건 좀 놀라운 일이야. '신한은행 정은식 판사' 같은 게 등장했
을 때는 정말 기함할 노릇이었지. '내과 의사 최재혜(sponsored
by 이수화학) 전문의 의원'에서 감기약을 처방받고 '한화생명
과 함께하는 강나루 약사의 온누리 약국'에서 약을 받는 것이
이제는 일상이잖아. 가끔 나는 생각해. '두산건설 박제민 차
장'이라는 명함을 들고 다닌 나의 삼촌과 '신한은행 정은식 판
사'와의 근본적인 차이가 과연 무엇일지.

나를 담당하는 관할서의 형사는 SPC 해피폴리스 꿈의-도
시-SK-안양 출장소 검거부 3팀 포켓몬스터-빵-정정학 경위
야. 정학 씨라고 줄여 부르는 건 굉장히 곤란한 일이란 걸 알
아야 돼. 각각의 스폰서십으로부터 상당한 금액의 민사소송에
걸릴 수 있거든.

아,

치리노스 결국엔 한 점 내주네.

LG 트윈스의 외국인 투수 우완 치리노스.

이거랑 뭐가 다르냐고.

그래서 말인데, 말해봐.

뭐가 그렇게 힘들어서 떠나는 거야.

나는 이렇게 버티고 있는데.

10년 넘게 자수 안 하고, 어디 손 안 벌리고, 나쁜 짓 안 하고 살잖아.

그게 얼마나 힘든 일인데.

*

포켓몬스터-빵-정정학 씨하고는 요즘도 주말마다 한 번씩 통화해. 그 사람은 나를 못 잡는 게 아니라 안 잡는 거야. 근본적으로는 포켓몬스터-빵-정정학 씨도 내가 그렇게 큰 잘못을 했다고 생각하지 않거든. 그렇다고 자기 마음대로 사건 접을 수도 없으니 그냥 소재 파악이나 해놓는 거지.

이건 비밀인데 몇 년 전에는 만나서 같이 야구장에도 갔어. 그날 진해수 봤다. 입장하는데 갑자기 진해수가 경기장 밖으로 뛰어나오더니 누구한테 쇼핑백 같은 걸 받아 가는 거야. 팬이거나 가족이거나 그랬겠지? 내가 "해수 형! 화이팅!" 하니까 되게 수줍게 웃으면서 꾸벅하고 들어가더라고. 근데 진해수,

형 아니고 나랑 동갑이야. 그 시즌 끝나고 진해수 홀드왕 했으니까 아마 2017년이었을 거야. 경기하면 무조건 진해수 나왔어. 나 진해수 좋아했다. 진해수도방위사령관이든 진해수소폭탄이든 진해수 던지는 거 보면 기분이 좋더라고. 폼이 희한하잖아. 앞으로 쏟아지는 느낌이랄까? 그리고 내가 원래 잘생긴 사람 좋아해. 너도 알잖아. 내가 좋아하는 선수 옛날부터 이대형, 심수창, 우규민인 거. 셋 다 우리 팀 떠났지만 항상 응원했다. 우규민 아직도 야구하는 거 보면 대단해. 진해수도 잘생겼잖아. 그래서 나는 그렇게 떡대가 좋을 줄 몰랐어. 좀 여리여리하게 생겼어도 운동선수는 확실히 운동선수인 거지. 그날 경기 어떻게 됐냐고? 기억이 안 나. 제대로 안 봤거든. 포켓몬스터-빵-정정학 씨랑 외야석에서 심각한 이야기만 했어. 나한테 거의 애원을 하더라고.

"이보세요. 눈 딱 감고 2년만 형무소 갔다 오면 안 되겠습니까? 내가 검찰에도 말 잘해줄게. 이렇게 도망만 다녀서는 절대로 해결이 안 돼요."

"검찰은 어디서 위탁받았어요?"

"법무부."

"그럼 그냥 옛날하고 똑같은 거잖아요."

"아니지, 이 사람아. 법무부를 미국 티모바일 본사에서 인수했으니까 실질적으로는 이제 미국 검찰이 됐다고 봐야지."

"확실히 경찰하고는 급이 다르네요. 누구는 포켓몬스터-

빵-형사 됐는데 누구는 미국인 되고."

"말 함부로 하지 맙시다. 그래도 나는 국가를 위해 봉사한다는 믿음이 있어요."

"정학 씨, 진심이에요?"

"포켓몬스터-빵-정정학입니다. 자꾸 이상하게 부르면 곤란해요."

정학 씨의 표정이 좋지 않았어. 그래도 자괴라는 걸 느낄 정도의 자각은 있는 사람이었으니까. 야구 돌아가는 거에 어찌나 관심이 없었는지 홈런 볼이 우리 앞에 떨어졌어도 주우러 가지 않았어. 야구 모자 쓴 애들 몇 명이 우르르 뛰어와서 서로 자기가 갖겠다며 실랑이하다가 가위바위보 하더라.

나는 생각했어. 점장님 허락 없이 아이스크림 리필해준 게 잘못이라면 잘못이 맞아. 내가 피해를 줬다면 점장님한테 돈 몇천 원 줬겠지. 그런데 왜 경찰까지 나서서 나를 잡아가려고 하는 거야? 점장님이 나한테 화가 난 건 이해하겠는데 왜 나를 나라에서 만든 감옥에 넣으려고 해? 가위바위보 해서 누가 공 가져갈지 정하는 아이들처럼 하면 안 되나? 조인성이랑 심수창도 한화에서 결국엔 다시 만났잖아. 미움이란 게 그래. 막상 그 자리에 있을 때는 펄펄 끓는 물처럼 도저히 어떻게 할 수 없을 만큼 뜨겁게 느껴지다가도 잠깐 다른 데 갔다 와보면 식어 있는 거잖아. 그런데 나는 왜 이렇게 끝까지 미움받는 거지? 용서해줄 생각 같은 건 아예 없는 거야? 그래서 정학 씨에게 솔직히 말했어. 없던 일로 해달라고. 그러면 어디 가서 다시는 배스킨라빈스 욕 안 하고 다니겠다고. 정학 씨는 다소 난처한 표정이 되더니 한참 생각에 잠기더라고. 진중한 말투로 어렵게 다음 말을 이어갔어.

"아이스크림 파인트 한 컵이 문제가 아닙니다."

"그럼요? 제가 뭐 나라를 팔아먹기라도 했나요? 나라 팔아먹은 사람들은 오히려 잘 먹고 잘 사는 거 같던데요?"

"어쩌면 그것보다 훨씬 중요한 잘못을 하신 걸지도요."

"뭔데요."

"거래라는 걸 팔아넘긴 거죠. 파인트 한 컵을 새로 받으려면 7,200원을 내야 한다는 사회의 약속 말입니다. 나라는 망하고 새로 들어설 수 있어도 아이스크림을 먹으려면 돈을 내야 한다는 개념은 훼손되지 않을 겁니다. 당신이 쉽게 용서받을 수 없는 이유도 거기에 있을 거고요. 이 정도의 일은 저 같은 말단 형사 포켓몬스터-빵-정정학이 결정할 수 있는 사안이 아니게 된 거죠."

나는 정학 씨의 말에 반박하지 않았어. 내가 아무리 멋진 반박을 한다고 한들 그건 정학 씨를 위한 한 판 솔로 공연에 지나지 않을 테니까. 정학 씨의 배후에 있고 세상의 모든 일을 자신들이 결정할 수 있다고 믿는 사람들의 마음에 영향을 미치지는 못할 테니까. 외야 계단을 총총거리며 올라오는 고양이 한 마리가 보였어. 잠실에 고양이 많잖아. 고양이가 중계 카메라에 잡히면 그날 우리 팀 꼭 이긴다는 이야기도 있잖아. 검정 턱시도인데 발만 우유에 빠진 것처럼 하얗더라고. 원정 유니폼을 입혀놓은 것 같았어. 걔가 와서 내 발목에 머리를 부비는 거야. 마치 오랜만에 만난 친구한테 애정을 가득 담아서 인사하듯이. 그렇구나. 나는 이렇게 떠나야 하는구나. 그래서 나한테 인사해주러 고양이가 왔구나.

"정학 씨. 그럼 제가 떠나겠습니다. 자수는 도저히 못 하겠고 그냥 도주하겠습니다."

정학 씨는 대답 대신 고개를 떨궜어. 그때 고양이가 대신 대답하는 사람처럼 울었어.

여어-엉. 하고.

여엉-우. 하고.

여어엉. 우우. 했어.

"고양이가 참 신기한 소리를 내네요."

정학 씨가 말했어.

"그러게요. 갑자기 웬 형우예요. 최형우 다음 FA 때 LG 오기라도 할까요?"

내가 말했어.

"삼성이 잡겠죠. 아니면 기아로 가겠지. LG로 올 일은 없어요."

"그러고 보니 형사님은 어디 팬이에요?"

"저도 LG 팬이었어요. 근데 야구는 아니고, 안양 LG 팬이었죠. 이제 스포츠는 안 봐요."

그리고 고양이는 다시 울었어.

기며엉-우, 하고 울었어.

김영우, 하고 울었어.

그날 저녁 나는 서울을 떠났다.

*

그렇게 유랑의 시간이 시작됐지. 덕분에 나는 이동식 선배를 알게 됐다. 이동식이라고 알아? 아마 모르겠지만 아주 모르지는 않을 거야. 알게 모르게 너도 들어서 알고는 있을걸? 나와 같은 도주자들에게는 전설처럼 여겨지는 인물이지. 내가 그를 만난 건 통영대전고속도로 통영 방면 함양휴게소 흡연 구역 한 귀퉁이에서였어. 도주자라도 먹고는 살아야 하니까, 남의 명의를 빌려서 탁송 일을 했거든.

탁송이 뭐냐 하면 차 주인 없이 대리운전을 하는 거야. 쉽게 말해 차 배달하는 거지. 원래는 주로 대리운전을 하다가 밤에 깨어 있는 게 싫어서 탁송에 집중했어. 전국 방방곡곡 중고차 매매 단지는 안 가본 곳이 없다. 그날은 수원에서 거제까지 가는 길이었는데 도착하면 게장을 먹으려고 찾아놓은 집이 있었어. 기대가 큰 만큼 불안도 상당했어. 1인 손님을 좋아하지 않는다는 블로그 후기를 발견했거든. 글 쓴 사람은 어찌저

찌 사정해서 식사를 하고 나오긴 했는데 밥 먹는 내내 눈치가 보였다고 했어. 사람들은 혼자 다니는 사람을 본능적으로 경계하나봐. 그렇다 해도 나는 다른 가게에서 먹기 싫었어. 그곳의 구성이 마음에 들었거든. 새우장 두 마리도 주고 장조림 계란도 한 알 주는 게 완전히 내 스타일인 거야. 어떻게 더 선한 표정을 지으며 가게에 입장해야 사장님의 환심을 살 수 있을지 연구하던 참이었지. 그때 담배 피우던 한 사람의 휴대폰에서 높은 목소리의 안내 멘트가 흘러나왔어. 내비라는 게 그렇잖아. 가끔 자기가 어디 있는지도 제대로 모르는 순간들이 있잖아.

"전방 500미터 앞에 이동식 단속 구간입니다."

내 옆에서 담배 피우던 남자가 신경질적으로 바닥에 꽁초를 던졌어. 운동화 끝으로 불붙은 꽁초를 짓이기더니 풀밭에 침을 탁, 뱉고는 자리를 떴지. 그때 직감했어. 어쩌면 저 사람, 이동식 씨일 수도 있겠다고. 급하게 발걸음을 놀리는 그 남자의 뒤를 쫓았어. 예상대로 눈치가 아주 빠르더군. 미행이 붙었다고 생각했는지 주차된 차들 사이로 몸을 옮기더니 금세 사라져버렸어. 마치 땅으로 꺼지기라도 한 것처럼 완전히 자취를 감췄지. 그때 셔츠 뒷덜미를 부여잡는 손아귀의 강한 힘이 목을 조여왔어. 곧이어 등 뒤를 쿡 찌르는 단단한 물체가 느껴졌다.

"누군데 날 쫓지?"

"이동식 씨죠?"

"이런 제길. 너 누구야. 누가 보냈어."

"저 아무도 아닙니다. 그냥 도망 다니는 사람입니다. 꼭 한 번 뵙고 싶었습니다, 선배님."

"도망? 웃기고 있네. 도망 다니는 놈이 벤츠 타고 다녀? 너 아까 화장실 가까운 자리에 차 대려고 길 막고 비상등 켜고 있는 거 다 봤어."

"제 차 아닙니다. 저 탁송 기사예요."

"왜 도망치는데. 죄명이 뭔데?"

"절도요."

"뭘 훔쳤어."

"배스킨라빈스 파인트 한 컵을 리필해줬어요. 친구한테."

목을 조르던 뒷덜미의 힘이 풀어지는 게 느껴졌어. 뒤돌아보니 이동식 선배가 못마땅한 표정으로 나를 올려다보고 있었어. 눌러쓴 야구 모자 아래의 눈매가 날카로웠지. 롯데 팬이었어. 모자가 롯데 모자였거든. 등 뒤를 찌른 건 총구가 아니라 우산 꼭지였고.

"아주 더럽게 걸린 케이스군. 적당히 합의할 순 없었나?"

"그럴 수도 있었죠. 그러기 싫었고요."

"나랑 비슷하네."

"선배님, 오늘 저녁에 약속 있으십니까? 없으시면 저랑 게장 정식이나 먹으러 가시죠. 제가 사겠습니다."

"선배라니……. 나를 그렇게 부르는 놈은 처음이구먼."

나는 거제의 게장집 주소를 이동식 선배와 공유하고 약속을 잡았어. 여섯 시에 가게 앞에서 보기로 했지. 물어보고 싶은 게 많았거든. 고속도로를 다니면 하루에도 스무 번은 넘게 이동식을 단속하고 있다는 안내 멘트가 나와. 그러는 동안 이동식은 한 번도 잡히지 않은 거고. 너도 내 입장이었다면 궁금했을 것 같지 않아? 추적자들을 유유히 따돌리는 그만의 비법 같은 것이 말이야.

나는 그렇게 생각해.
절대로 못 치는 공이라는 건 없다고.
와이스가 저렇게 잘 던져도 실투 하나쯤은 던질 거라고.
그렇게 한 방, 쾅, 얻어맞는 거지.
그런데 이동식은 한 번도 잡히지 않았어.
그 오랜 시간 동안.
일종의…… 퍼펙트게임이지.

이동식 선배 덕분에 눈치 보지 않고 게장을 먹을 수 있었어. 간장게장 두 마리와 양념게장 작은 것 네 마리가 나오더군. 새우장과 계란장조림 말고 다른 밑반찬도 대체로 입에 맞는 편이었어. 두 손에 비닐장갑을 끼고 뭐에 쫓기기라도 하는 사람처럼 먹어치웠지. 실제로 늘 누군가가 나를 쫓고 있기도 했고. 이동식 선배의 마음도 편해 보였어. 적어도 길 위에 있는 건 아니니까. 500미터 앞에 이동식 단속 구간이 있는 것도 아니었으니까. 내가 도망 다니면서 꼭 만나고 싶었던 사람이 두 명 있었어. 이동식 선배와 정지선 선배 둘 말이야. 정지선 선배 같은 경우는 준수 씨와 어떤 관계인지 늘 궁금했거든.

게딱지에 밥까지 비벼 먹으니 슬슬 입에서 짠맛이 올라오기 시작하더라. 전국을 다니며 맛집에 들르지만 먹고 나면 늘 마음이 허무해. 먹기 전의 기대라는 게 노곤한 포만감과 함께 흐릿해지는 기분이거든. 가장 좋은 건 기대하는 곳을 영영 가지 않고 계속 기대하는 거야. 가장 최악은 기대한 곳에서 맛대가리 없는 식사를 하는 거고. 기대도 안 했는데 최고의 식사를 하는 행운은 1년에 한 번이나 있을까 말까인 것 같아. 이동식 선배를 우연히 마주친 것도 그런 행운 중의 하나라고 할 수 있었지. 밥을 다 먹고 헤어지면 언제 다시 만날지 모르는 거잖아. 그게 도망치는 사람들의 운명이잖아. 마음이 급해지기 시작했어.

"술래잡기를 생각해봐."

선배가 먼저 말을 꺼냈어. 내 조급한 마음이 얼굴에 잔뜩 티가 났나봐.

"술래를 잡는 게 아니야. 술래가 잡는 거거든. 너는 도망치고 있다고 생각하겠지만, 네가 있어서 도망도 있는 거야. 그걸 깨닫는 순간 게임의 양상이 바뀐다."

"외롭지 않으세요?"

"그런 생각은 들지 않아. 어디에 가든 내 이름을 불러주니까."

"마지막으로 이루고 싶은 소망이 있다면 뭐예요?"

"이동식 단속 구간에 단속 장비가 전부 배치되는 거. 지금은 듬성듬성 자란 풀처럼 기계가 들어 있잖아. 박스형 단속 구간에서처럼 모두가 긴장하고 속도를 잔뜩 줄였으면 좋겠어. 진짜 나를 열받게 하는 건 내가 열받게 할 수 없는 것들이다. 나는 더 이상 화내고 싶지 않아."

결론적으로 말하자면, 그곳에서의 식사는 만족스러웠어. 그리고 네 생각을 했어. 너한테 게장 세트를 택배로 하나 보냈잖아. 택배가 출발해서 도착할 며칠 동안 가게에서의 즐거운 시간이 연장되는 효과가 있지. 그때 게장 잘 도착했지? 맛있게 먹었어? 나는 그렇게 아무 때나 네 생각을 한다. 나는 지금도 내비게이션의 안내음을 들으며 이동식 선배를 생각해. 너도 혹시 운전할 일이 있다면 그렇게 해주길 바라.

"그리고 나는 언젠가…… 준비가 되면 깔끔하게 단속되는 것도 나쁘지 않을 것 같아. 내 차례가 반드시 오기는 하겠지. 그때가 되면 전국 도로들의 표지판도 바뀌어야 할 거야. 이동식 단속 구간이라고 쓰여 있는 자리에 두꺼운 테이프를 발라놓거나 하겠지. 혹시 내가 잡혀가면 면회 와줘. 아무래도 외로울 것 같아서 말이야."

마지막으로 악수하며 이동식 선배가 말했어.

*

이동식은 여전히 자신만의 이동을 계속하고 있어. 롯데 자이언츠의 모든 홈경기와 원정 경기를 전부 직관하지. 144경기를 모두 직관할 수 있는 이유는 이동식의 직업이 회사원이거나 자영업자가 아닌 도주자이기 때문이야. 도주자는 자신의 시간을 주체적으로 설계할 능력을 갖고 있고, 그것 말고는 가진 것이 별로 없기도 하다.

이동식은 횡단보도를 건널 때 반드시 흰색 도료가 칠해진 부분만을 밟았고 한 번에 두 칸을 건너지 않아. 이런 습관은 투수들이 흰 선을 밟지 않으려고 우스꽝스러운 스텝을 하는 것과 관계가 있어. 이동식은 자신이 흰색 도료를 밟지 않으면 그날의 야구 경기에서 롯데 자이언츠가 패배한다고 믿거든. 이것은 그에게 대단히 엄격한 규칙이야. 이동식은 아무리 서둘러야 하는 상황에도 횡단보도를 성큼성큼 건너는 법이 없어. 그 때문에 횡단보도를 건너는 이동식의 모습은 우스꽝스러운 구석이 있지. 어깨너비보다 좁은 걸음에 균형을 잡기 위해 가슴 앞으로 두 손을 뻗곤 해.

이동식을 단속하기 위해 누군가가 빈틈을 노린다면 그보다 적절한 순간은 없을 거야. 도로 한가운데서 그렇게 걷는 사람은 아무리 둘러봐도 이동식밖에 없고 습관적으로 타인에 대해 예민한 사람들은 그 걸음을 보며 이유 없이 가던 길을 멈추기도 해. 하지만 응원하는 야구팀이 있는 사람이라면 그에 대해 조금 더 이해심을 발휘할 수도 있을 거야.

이동식의 징크스가 롯데 자이언츠의 실제 성적에 얼마큼 부합하는지는 나의 관심사가 아니었고 그것을 확인할 기회도 없었다. 하지만 나는 언젠가 이동식의 기다림이 보답받았으면 해. 그러지 않아야 할 이유도 없으니까. 오래 기다려본 사람의 마음이라면 누구보다 잘 아니까.

*

졌네. 거의 졌다고 봐야지.

와이스 잘 던지네. 안 내려가려고 할 것 같은데.

투구 수를 봐봐. 이 정도면 완투 페이스네.

오늘 져도 돼. 내일 이기면 되니까.

차라리 잘됐어. 오늘 내일 연달아 이기면 대전에서 끝나잖아.

이왕이면 잠실에서 이기는 게 기분 좋지.

폰세 내년에 미국 가려나? 이 정도면 와이스도 가겠는데?

너는 미국에 가서…… 뭐 해?

사실 나도 생각했어. 슬슬 도망 다니는 것도 그만해야 하나 싶더라고. 정학 씨도 곧 그만둔대. 포켓몬스터-빵-정정학 경위 말이야. SPC 경찰 같은 거 이제 하고 싶지 않대. 해피폴리스라는 거 하나도 해피하지 않다고. 애들 보기에 부끄럽지 않은 회사로 이직하려고 알아보는 중이래. 그럼 이제 나는 누가 쫓아주겠어. 아무도 쫓지 않는데 어떻게 도망이란 걸 다닐 수 있겠어. 이 생활도 끝나는 거지. 나는 너 원망 안 해. 내가 주고 싶어서 더 준 아이스크림이니까. 물론 네가 더 달라고 하긴 했지만, 내가 주기 싫었으면 안 줬을 거야.

10년을 도망 다니게 될 줄 알았을까? 당연히 몰랐지. 나는 그때 고양이가 김영우 하고 울었던 이유도 몰랐으니까. 우승하고 지명 순위 맨 꼴찌 됐는데 구속 156 나오는 파이어볼러를 지명할 수 있게 될 줄 누가 알았겠어. 그렇게 들어온 애가 아무리 1라운더래도 첫해부터 이렇게 씩씩하게 잘 던질 줄 누가 알았겠어. 미래를 볼 수 있는 능력이 있다면 알고 싶은 게 참 많아. 내년의 야구, 내일의 하루, 내 친구가 미국에서 어떻게 지내게 될지 같은 것 말이야. 하지만 아무도 그런 능력을 갖고 있지는 않지. 잠실야구장에서 고양이가 김영우 하고 울어도 그게 뭘 의미하는지 10년이 지나야 알 수 있는 것처럼. 그래도 이 말은 꼭 해야 할 것 같아. 네가 들어야 할 말이 있어. 하지 말라고? 나중에 하면 안 되냐고? 오늘은 그냥 야구만 보고 헤어지자고?

어떻게 그래. 오늘 내가 이 말 하지 못하고 다음에, 다음에 해야지 생각했는데 그다음이 29년 뒤면 어떻게 해. 그때 내가 죽었을지 살았을지도 모르고 그때 가면 그 말을 하고 싶을지 안 하고 싶을지도 모르잖아. 그러니까 지금 해야지.

29년 생각보다 긴 시간이야.
아니, 생각만으로도 긴 시간이지.
기다려봐서 알잖아.

잠깐만, 전화 왔다.
여보세요? 네. 네. 탁송 기사입니다.
아니요. 키 거기 뒀는데요. 잠시만요.
잠깐만. 나 전화 좀 받고 올게.
여보세요. 네. 아니 제가 그래서 인수증 받는다니까 키 두고 가라매요.
잠시만요.
2인분만 더 시켜줘.

*

8회 초 투아웃 상황, 신민재의 2루타 이후에 와이스는 마운드를 내려온다. 한화 이글스 투수는 김범수로 교체되고, 김현수의 적시타로 LG 트윈스는 1점을 따라붙어 3 대 1이 된다.

이후 문보경의 안타로 투수는 김서현으로 교체되고 오스틴의 플라이 아웃으로 이닝이 종료된다. 9회 초 한화의 마운드에 다시 김서현이 올라온다. 선두 타자 오지환이 볼넷으로 출루한 뒤 박동원이 중견수 뒤로 넘어가는 홈런을 때린다. 그렇다. 박동원이다. 3년 전 데려올 때 박동원 욕하는 사람도 많았지만 아직도 박동원 욕하고 있으면 그 사람은 미친 사람이다. 감독 염경엽에 대해서도 마찬가지일 거다. 4 대 3으로 바짝 추격한 LG 트윈스. 해설위원 박용택은 말한다. "자 한화도, 한화 벤치도 확실하게 냉정하게 또 생각을 해봐야 돼요. 지금은 김서현 선수를 살릴 상황이 아니고 팀을 살려야 되는 상황이잖아요." 천성호 땅볼로 아웃, 박해민의 볼넷 이후 투수는 박상원으로 교체된다. 홍창기 안타, 신민재 아웃, 9회 말 2사 2, 3루 상황에서 김현수가 타석에 들어선다. 미래를 알 수 있는 사람은 아무도 없다. 다음 해에 김현수가 어떤 유니폼을 입게 되든, 그 순간 현수를 사랑하지 않는 LG 팬은 없다. 볼카운트 2-2. 당신이 야구를 사랑하는 만큼, 야구도 당신을 사랑하게 되기를.

전화를 받고 나간 사람은 아직 돌아오지 않았다.

*

진해수는 2024년 롯데 자이언츠로 팀을 옮긴 뒤 2025년 은퇴했다. 데뷔 이래 856 경기에 출장해 정우람, 류택현, 우규민에 이어 역대 4위의 경기 출장 수를 기록했다. 2018년 결혼해 슬하에 1녀를 두었다. 우규민은 삼성 라이온즈를 거쳐 2024년 KT 위즈로 이적해 여전히 현역 생활을 이어가고 있다. KBO 역사상 70승-70홀드-70세이브를 달성한 최초의 선수다. 김영우는 2025년 1라운드 10순위 지명을 받아 LG 트윈스에 입단한 첫해 66경기 60이닝 3승 2패 1세이브 7홀드 ERA 2.40의 준수한 성적을 기록했다.

*

2026년 KBO 리그 정규 시즌은 3월 28일 개막된다. ●

다시 만나면 랜디의 필드에 함께 갈까?

도 재 경

도재경 2018년 『세계일보』 등단. 소설집 『별 게 아니라고 말해줘요』 『춘천
사람은 파인애플을 좋아해』. 〈심훈문학상〉 〈허균문학작가상〉 수상.

수유리 할머니, 그러니까 내일모레면 아흔인 해온의 외할머니가 우리 집으로 오고 있었다. 일주일에 세 차례 종로의 어학원에서 영어를 배우고, 날마다 알사탕을 안주 삼아 소주를 한 병씩 비운다고 했던가. 해온의 말로는 할머니와 함께 사는 해온의 외삼촌네가 나흘 일정으로 방콕에 여행을 가게 되어서 어쩔 수 없었다는데, 며칠간 집을 비워달라는 얘긴가 싶었다. 그 무렵 우리는 서로 다른 길을 가기로 협의한 상태였다. 그 사실을 할머니는 알고 있으려나.

"상관없어."

해온의 목소리는 덤덤했다.

전화를 끊자마자 파티션 너머에서 팀장이 기획 회의를 시작하자며 소리쳤다. 팀장만큼 회의를 좋아하는 사람이 또 있을까. 재택근무라는 이점에 끌려 이직했지만 팀장은 툭하면

회사로 호출하곤 했다. 요 며칠 쇼핑 업체 웹페이지를 수정하
느라 밤낮이 뒤바뀐 탓에 머리가 묵직했다. 주문과 결제 테이
블이 분리되지 않아 데이터가 꼬인 데다가 주문 금액이 잘못
계산되거나 납품 순서가 제멋대로 변경되는 등 비즈니스 로
직 오류로 말썽이었다. 입력한 대로 결괏값이 나와야 하는데
매번 예상치 못한 에러로 밤새 끙끙대다가 잠들기 일쑤였다.
늦은 아침에 눈을 떠보면 침대 시트에는 해온의 머리카락만
남아 있었다.

　게임 그래픽 디자인을 하는 해온은 이른 아침부터 늦은 저
녁까지 회사에 머물렀다. 모르긴 해도 별도의 일까지 떠맡아
처리하는 듯했다. 서로의 눈을 마주 보며 달콤한 말들을 속삭
인 게 언제였는지. 오래전부터 우리 사이의 미묘한 변화는 감
지하고 있었다. 우리는 더 이상 함께 마트에 가지 않았고, 식
사는 각자 해결했다. 밤늦게 집으로 돌아와 크래커와 우유로
저녁을 때우는 해온의 뒷모습을 보며 내가 무슨 잘못을 했나
싶어 곰곰이 생각해봤지만 딱히 특별한 이유를 찾을 수 없었
다.

　물론 우리에게도 식탁의 배치를 의논하거나 베란다에 어떤
화분을 둘지 머리를 맞대던 때가 있었다. 둥글둥글한 해온의
글씨체마저도 마냥 사랑스러웠던 시절이었다. 우리가 함께한
시간은 대략 6년, 누구보다 해온을 잘 안다고 생각했다. 자존
심이 강했고, 일에 대한 욕심도 많았지만 성격만큼은 뒤끝 없

고 소탈했다. 이따금 사소한 일로 다투긴 해도 돌아서면 언제나 해온이 먼저 손을 내밀곤 했다. 하루하루 지날수록 설렘의 부피는 줄어들었지만 우리 삶에 스며든 안정감이 나쁘진 않았다. 마주 앉아 밥을 먹고 커피를 마셨으며, 손을 맞잡고 동네를 산책했으며 때로 먼 나라로 여행을 다녀오기도 했다. 그리고 수많은 이야기를 나누었다.

해온이 유쾌한 사람임에는 틀림없었다. 가끔 해온이 그래픽디자이너가 아니라 스토리텔러였으면 어땠을까, 생각한 적이 있다. 아늑한 밤 침대에 나란히 누워 해온의 나긋나긋한 목소리를 듣다 보면 모니터 앞에서 허우적거리던 시간은 온데간데없이 사라지고 어느새 나른해지곤 했다. 외딴 오두막에 혼자 사는 여인을 찾아온 나그네가 사실 저세계에서 온 사자死者였다든지 호두파이를 먹다가 어금니가 빠진 아기 공룡 이야기 등 다양했는데 술라웨시해에서 멕시코 서부 해안까지 표류한 오랑우탄 따위의 뚱딴지같은 이야기를 듣다 보면 헛웃음이 나곤 했다.

해온이 샌프란시스코행 비행기 표를 끊었다고 얘기한 건 한 달 전쯤이었다. 게임 아트와 캐릭터 디자인 쪽으로 포트폴리오를 더 쌓고 싶다고 했다. 해온이 무슨 이야기를 늘어놓더라도 내겐 헤어지자는 얘기로밖엔 들리지 않았다.

"그럴 때가 된 거지."

나는 무심코 툭 내뱉었다.

해온은 아랫입술을 지그시 깨물었다. 약속한 듯 우리는 각자의 방에서 지냈다. 그러다 가정법원에 합의서를 제출한 것이 지난주였다.

흠. 할머니가 오고 있다고?

명절 때마다 안부 전화를 드리긴 했으나 직접 뵙는 건 거의 4년 만이었다. 별안간 환승역에서 두리번거리고 있는 구부정한 노인네의 모습이 그려졌다. 사나흘 분량의 일거리를 받아 회사에서 빠져나오니 황금빛으로 물든 도시는 서쪽으로 기울기 시작한 태양의 열기를 있는 힘껏 빨아들이고 있었다.

현관에 들어서자 구수한 냄새가 풍겼다. 아무도 없는 소파를 향해 선풍기가 느릿하게 돌아가고, 탁자 위에 펼쳐진 영어 교재가 팔락거리고 있었다. 치킨 광고가 나오고 있는 텔레비전 바로 옆, 이전에 본 적 없던 투명한 플라스틱 김치 통이 눈에 띄었다. 그 안에 붉은색 금붕어 네 마리가 입을 벌룩이며 표표히 유영 중이었다.

"왔구나."

나는 꾸벅 고개를 숙였다.

할머니는 헐렁한 파자마에 분홍색 돌고래가 그려진 청록색 반팔 티를 입고선 이끼가 낀 듯한 손으로 애호박을 자르고 있었다. 크레타섬으로 신혼여행 갔을 때 산 커플 티였다. 인덕션 위에서 된장찌개가 보글보글 끓고 있었다. 할머니는 마른 수

건에 손을 쓱쓱 닦고선 식탁을 가리켰다.

"거의 다 됐으니까 조금만 기다리게."

며칠째 식탁 위에 내버려둔 검게 변색된 바나나는 모습을 감추었고, 콩나물무침과 두부조림 등 먹음직스러운 반찬이 차려져 있었다. 할머니는 콧노래를 흥얼거리며 밥을 펐다. 해온도 나이를 먹으면 할머니처럼 되려나. 마른 체구였지만 허리도 꼿꼿하고, 목소리도 컸다.

거실 구석에 던져둔 양말과 싱크대에 한가득 쌓아놓았던 그릇은 말끔히 치워져 있었고, 베란다에 널어두었던 빨래는 소파 위에 단정하게 개켜져 있었다. 나이가 드니까 밤에 혼자 있는 게 얼마나 무서운지 몰라, 해온이가 나를 닮아서 이만저만 고집이 센 게 아닐 텐데……. 할머니의 이야기를 듣고 있자니 어쩐지 남의 집 식탁 앞에 앉아 있는 듯 멋쩍었다. 밥상머리 예절을 차리느라 할머니가 먼저 수저를 들기 기다리는데 텔레비전에서 야구 중계 해설진 목소리가 들렸다. 할머니는 된장찌개를 한 숟가락 뜨다 말고 어린아이처럼 종종걸음으로 텔레비전 앞으로 갔다. 그러더니 잘한다, 잡아라, 이따금 파이팅을 외치며 손뼉을 치는 게 아닌가.

할머니는 식사 후에도 좀체 텔레비전 앞을 떠나지 않았다.

"이것 좀 봐."

설거지를 끝내고 양치를 하러 가는데 할머니가 나를 붙잡았다.

"얼마나 재미난지 몰라. 좀 이따 실책이 나오거든."

할머니는 상대 팀 선수들의 실적까지도 줄줄 꿰고 있었고, 투수가 공을 던질 때마다 이런저런 훈수를 두곤 했다. 그건 이 태 전 한국시리즈 결승전 하이라이트였다. 아니나 다를까 3회 말에 1루수의 실책으로 두 명의 주자가 홈으로 들어오면서 동점을 만들었다. 할머니는 랜디를 흉내 내듯 두 팔을 치켜들고 선 소리쳤다. 그러고는 랜더스의 주축인 최지훈과 박성한을 손주 대하듯 칭찬하더니 두어 달 전 장인과 함께 인천 랜더스 필드를 다녀왔다며 자랑을 늘어놓았다. 이어서 랜더스의 마스 코트인 랜디, 푸리와 함께 찍은 기념사진을 내게 보여주었는 데 사진 속 할머니는 마치 놀이공원을 찾은 아이처럼 달떠 보 였다.

재작년이던가, 할머니 생신이라고 나갔다가 늦은 밤에 돌 아온 해온은 광화문 근처의 유명 한정식집에 갔는데 할머니 가 랜더스 경기를 봐야 한다면서 음식을 먹는 둥 마는 둥 부랴 부랴 수유동으로 되돌아갔다며 툴툴거렸었다. 그날 저녁 온 가족이 텔레비전 앞에 모여 앉아 「연안부두」를 불렀다는데, 그 애기를 처음 들었을 때만 해도 할머니가 유다른 취미를 가 진 것으로 생각했다. 막상 곁에서 보니 할머니의 야구 사랑은 정말 남달랐다. 딱히 응원하는 팀이 없는 나는 소파에 등을 파 묻은 채 화면을 보며 꾸벅 졸다가 할머니가 파이팅을 외치는 통에 화들짝 놀라 깼다.

6회 말, 역전 적시타였다.

할머니는 환호성을 내지르며 덩실덩실 어깨춤을 췄다. 랜더스는, 그해 한국시리즈 우승 트로피를 들어 올렸다. 그러니까 이미 지난 경기였다. 어떤 결과인지 알고서도 저렇게 흥겨울 수 있을까. 하이라이트 장면이 끝나자마자 할머니는 돋보기안경을 고쳐 쓰고 스마트폰으로 랜더스의 다른 경기를 찾아서 보았다.

그런데 하고많은 팀 중에 왜 랜더스일까. 해온에게 듣기론 할머니의 고향은 함경도 함흥이었는데 여섯 살 때 국수 장사를 했던 부모를 따라 대구로 내려왔다가 한국전쟁 이후에는 줄곧 서울에서 지냈다고 했다. 그러니까 인천에는 아무런 연고가 없었다.

"할머니."

여덟 시가 다 될 무렵 현관문이 열렸다. 해온은 폴짝폴짝 뛰어와 할머니에게 덥석 안겼다. 평소 같으면 슬리퍼 한 켤레만 놓여 있을 현관이 세 사람의 신발로 뒤섞여 어수선했다. 나는 그게 좀 어색했는데 함께 사는 동안 해온의 신발이 현관에 나와 있는 걸 본 적 없었기 때문이다.

해온은 자신이 정해놓은 틀에서 벗어나는 걸 한사코 꺼렸다. 헤어드라이어나 충전기 같은 물건은 늘 같은 자리에 있어야 했고, 접시나 커피잔 따위도 위치가 정해져 있었다. 그뿐인

가. 아침에 일어나면 미지근한 생수와 유산균을 챙겨 먹었고, 체조를 한 다음 두유와 달걀프라이를 먹었다. 퇴근 후에는 집 근처 공원에서 조깅을 했다. 샤워를 하고 책을 읽거나 태블릿 PC로 영화를 보긴 했지만 텔레비전은 잘 보지 않았다. 술은 거의 입에 대지 않았고, 일거리를 집으로 가지고 온 적도 없었다. 신혼 때만 해도 우리는 서로 다른 삶의 방식을 이해하기 위해 부단히 노력했다. 나는 서로의 못된 습관을 알려주는 게 진짜 부부라고 여겼다. 하지만 정작 해온이 이런저런 잔소리를 할 때면 나도 모르게 얼굴을 붉혔다. 도리어 해온의 규칙적인 생활이 답답하게만 보였다. 왜 그땐 몰랐을까. 서로에 대한 불만은 구태여 말하지 않아도 느껴진다는 걸.

해온은 할머니가 차려준 늦은 저녁을 먹고, 텔레비전을 보며 할머니와 도란도란 이야기를 나누었다. 나는 슬그머니 방으로 들어와 컴퓨터를 켰다. 이따금 깔깔거리는 웃음소리가 들렸다. 손봐야 할 프로그램이 있었지만 무기력했다. 인터넷 기사를 검색하다가 쇼츠를 보았고, 결국 게임을 했다. 한 시간쯤 후 해온은 자신의 방에 할머니의 잠자리를 봐드리고 내 방으로 들어왔다. 서둘러 게임 창을 닫고 프로그램을 수정하는 척했다. 해온의 젖은 머리엔 수건이 감겨 있었다. 해온은 한 손으로 내 어깨를 감싸며 손가락으로 모니터에 묻은 티끌을 닦았다.

"고마워."

　해온은 침대에 걸터앉아 머리를 말렸고, 나는 키보드를 두드렸다. 해온은 주황빛 취침 등 아래에서 소설책 몇 장을 넘겨보다가 이내 잠이 들었다.

　할머니의 하루는 대체로 무료해 보였다. 탁자 앞에 앉아 영어 교재의 책장을 넘기다가 이따금 텔레비전 채널을 돌려서 보는 것이 일상이었다. 베란다에서 골목을 오가는 사람을 구경하기도 하고, 집에서 챙겨 온 화투로 점을 치다가 앙리 마티스를 모작한 벽걸이 그림 액자를 멍하니 바라보기도 했다. 다음 날 오후 네 시쯤 수정한 프로그램을 회사 메신저로 보낸 후 빵과 원두를 사기 위해 나간 김에 한 시간 남짓 마트를 둘러보고 돌아오니 할머니는 텔레비전 선반 앞에 쪼그려 앉아 금붕어에게 먹이를 주면서 많이 먹어라, 혼잣말을 중얼거리고 있었다.
　"빵 좀 드시겠어요?"
　할머니는 아무런 대꾸도 하지 않았다.
　"할머니!"
　나는 목소리를 높였다.
　할머니는 느릿하게 나를 돌아보더니 충전 중이던 선반 위의 보청기를 귀에 꽂았다.
　"빵 좀 드세요."
　나는 할머니 앞에 빵 봉지를 펼쳤다. 할머니는 방싯 웃으며 고개를 가로젓더니 손가방에서 꼬깃꼬깃한 지폐 한 장을 꺼냈다.

"우리 짜장면 먹을까?"

내가 사드리겠다고 하자 할머니는 손사래를 치며 내 호주머니에 지폐를 밀어 넣었다. 배달 앱으로 주문을 넣으려던 순간 할머니가 덧붙였다.

"거 뭐냐, 탕수육이랑 소주도 한 두 병 시켜."

그날 저녁, 해온은 평소보다 일찍 집으로 돌아왔다. 말끔하게 비운 짜장면 그릇과 다 식은 탕수육을 보면서 둘만 먹은 거냐며 입술을 삐죽 내밀었다. 음식을 더 주문하려고 하니 해온은 라면을 끓여 먹겠다고 했다. 텔레비전에서는 랜더스 경기가 막 시작되고 있었다.

"잘해라!"

할머니는 소주잔을 치켜들었다. 나도 모르게 덩달아 잔을 들었다.

초접전이던 경기는 5회 초에 균형이 깨졌다. 상대 팀이 안타에 이어 홈런을 치면서 훌쩍 달아나기 시작한 것이다. 할머니는 소주를 한 잔 따라 홀짝거렸다. 해온은 젓가락으로 탕수육을 집어 할머니의 접시 위에 놓았다.

"할머니, 안주도 좀 먹어."

할머니는 음식을 거의 입에 대지 않았다. 아까도 짜장면은 절반 넘게 내 그릇에 덜어주고선 건더기만 깨작거렸고, 탕수육도 한두 점 먹고선 젓가락을 내려놓았었다.

"그런데 저렇게 높이 뜬 공이 갑자기 사라지면 어떻게 돼?"

화면에서 리플레이되고 있는 홈런 장면을 지켜보던 해온이 물었다. 나는 할머니를 힐끗 쳐다보았다. 할머니는 못마땅한 듯 혀를 끌끌 차고 있었다.

"그런 일이 왜 생겨?"

나는 할머니를 대신해 해온에게 되물었다.

"뭐, 웜홀 같은 게 생겨서 공이 사라질 수도 있잖아."

"이게 무슨 e게임도 아니고 그런 일이 생길 리 없잖아."

"아니면 때마침 날아가던 새가 공을 덥석 물어서 달아나버릴 수도 있고……."

예전 같으면 해온의 그런 상상을 흐뭇하게 받아들였을 테지만 나는 고개를 절레절레 흔들었다. 할머니는 잔에 남은 소주를 탈탈 털어넣고 젓가락으로 탕수육 소스를 콕 찍어 물고선 쩝쩝거렸다.

"별나라에 가서 커피나 마시고 있겠지."

할머니는 검지로 허공을 가리켰다. 문득 할머니가 야구의 룰을 제대로 알고 경기를 보는 건지 의심스러웠다.

9회 말, 원아웃에 만루 상황. 랜더스는 10 대 5로 지고 있었다. 누가 보더라도 패색이 짙었다. 알딸딸한 기운이 온몸을 휘감았다. 9회까지 오는 동안 할머니와 소주 두 병을 나눠 마셨다. 갈증이 나 냉장고에서 물병을 가져오려고 일어서는데 할머니가 내 손을 붙잡았다.

"이제부터가 진짜야."

나는 엉거주춤 자리에 다시 앉았다. 해온이 조용히 일어나 냉장고에서 물병을 꺼내어 왔다. 그사이 좌중간 안타로 3루에 있던 주자는 여유 있게 홈으로 돌아왔고, 여전히 만루였다. 다음 타자는 풀카운트 상황에서 연이어 파울을 날렸고, 투수는 지친 기색이 역력했다. 이윽고 타자가 친 공은 높게 솟아올랐다. 하지만 곧게 뻗지 못한 공은 중견수의 글러브로 빨려 들어갔다. 그와 동시에 3루에 있던 주자가 홈으로 들어오면서 한 점을 추가했다. 투아웃에 주자는 1루와 2루에 머물러 있었다. 이제 두 팀의 점수 차는 3점. 이어서 외국인 선수가 타석에 올랐고, 또다시 풀카운트 상황.

"에레디아!"

할머니는 흥에 겨워 내 손을 치켜들면서 부르짖었다. 술이 오른 탓일까. 나도 덩달아 에헤라디야, 하고 외쳤다. 그러자 할머니는 또 한 번 에레디아 파이팅, 하고 소리쳤다.

관중석은 들끓어 올랐다. 애타게 기다리던 동점 홈런이었다.

"어쩌다 한번 찾아오는 저 배는 무슨 사연을 싣고 오길래."

할머니는 벌떡 일어나 젓가락을 두드리며 「연안부두」를 열창했다. 그제야 할머니가 부르짖었던 에레디아가 조금 전 배트를 휘두른 외국인 선수의 이름이었다는 걸 알아차렸다.

그날 밤 플라스틱 김치 통에서 오불오불 놀고 있던 금붕어들은 파닥파닥 뛰어올랐다. 연장 끝에 랜더스는 결국 역전승을 거두었다.

"누구든 우리 랜디의 필드로 오너라."

할머니는 랜더스가 다시 한번 우승 트로피를 안게 될 거라면서 덩실덩실 춤을 추더니 방에 들어가 손가방을 가지고 나왔다.

"옜다! 우리 손주사위야, 맥주 좀 사 오너라."

"할머니, 그만."

해온이 말렸지만 할머니는 아랑곳하지 않았다. 나는 편의점에서 맥주와 마른안주를 주섬주섬 담아 왔다. 할머니는 맥주를 한 모금 마신 후, 랜더스가 포스트시즌에 진출하면 함께 랜더스필드에 가자고 말했다.

"그럼요. 저희와 꼭 함께 가요."

나는 '저희'라는 단어에 부러 힘을 주며 해온의 눈치를 살폈고, 내심 할머니가 손주사위를 한 번 더 불러주길 바랐다. 하지만 한껏 무르익은 분위기와 달리 술자리는 더 이상 길어지지 않았다. 발단은 금붕어였다. 얼마 전 장인이 금붕어를 사 들고 할머니에게 다녀간 모양이었다. 텅 빈 집에 금붕어를 둘 수 없었다고 얘기하는가 싶더니 어느새 주름이 자글자글한 눈가가 촉촉해졌다.

"갑자기 왜 그런 이야기를 해."

해온은 할머니에게 티슈를 건네며 말했다.

해온의 아픔을 모르지 않았다. 장모는 20여 년 전에 별세했고, 장인은 퇴직 후 혼자 영종도에서 지내고 있었다.

크레타섬에서 이스탄불을 경유해 돌아오던 날 우리는 공항으로 마중 나온 장인을 만났다. 장인은 해온을 한번 안아주고선 말없이 식당으로 향했다. 설렁탕을 먹는 동안에도 장인은 거의 말을 하지 않았다. 이라클리온에서 산 꿀과 와인을 장인에게 공손히 건네자 자네 먹게, 하며 끝내 사양했다. 그런데 해온이 사 온 올리브나무를 수공예한 성화는 성큼 받는 게 아닌가. 장인은 조심스럽게 포장지를 뜯어낸 다음, 용을 창으로 찌르는 성聖게오르기우스를 흡족한 눈으로 바라보았다.

"내가 마음에 안 드시나봐."

"원래 그래."

평소에도 과묵한 타입이라며, 집으로 돌아오는 길에 해온은 내 손등을 토닥거렸다. 해온의 부모에 대한 이야기를 들은 건 아마 그날이 처음이었던 것 같다. 한 남자가 우측 외야석 담장을 훌쩍 넘긴 공을 잡아 여자에게 선물했다며. 두 사람이 처음 만난 곳은 다름 아닌 인천의 야구장에서였다.

여자는 인천에서 대학을 졸업할 무렵 수유동으로 그 남자를 데리고 갔다. 여자의 모친은 자신의 막내딸보다 나이가 열

살이나 많은 그 남자가 탐탁지 않았다. 게다가 그의 직업은 한 번 출항하면 수개월 후에나 귀항하는 컨테이너선 항해사였다. 하지만 딸의 뱃속에는 이미 아이가 자라던 중이었다. 두 사람은 명절 때마다 한우나 굴비를 들고 찾아왔지만 모친은 좀체 마음을 열지 않았다. 아장아장 걷기 시작한 손녀와 함께 찾아와도 시큰둥했다. 모친이 마음을 연 건 그로부터 10여 년이 지난 후였다.

해온의 이야기를 듣던 나는 어느덧 인천에서 출발해 가오슝과 홍콩과 싱가포르를 거쳐 믈라카해협을 지나 붉게 물든 인도양을 항해하는 거대한 선박을 떠올리고 있었다. 어느 날엔 수에즈운하를 지나 이스탄불에 정박했고, 또 다른 날들엔 지중해를 가로질러 리스본이나 로테르담에서 닻을 내렸다.

"아무래도 난 직업을 잘못 선택했나봐."

얘기를 듣다 보니 항해사라는 직업이 꽤 낭만적으로 여겨졌다. 그런데 그게 아니었다. 망망대해를 항해하다 보면 까닭 모를 우울감에 젖게 된다고, 그러다가 자신도 모르게 바다에 뛰어드는 선원들이 있다고, 해온은 장인으로부터 들은 얘기를 전했다.

아파트 울타리에 개나리가 흐드러지게 피어 있던 어느 날, 두바이에서 인천항으로 돌아오던 대형 컨테이너선의 이등항해사가 해무 자욱한 아라비아해에서 실종된 일이 있었다. 항해사가 사라진 그 배는 한동안 회색 바다 위를 방황했다. 그는 장인과 같은 대학 출신의 절친한 후배였고, 그를 항해사의 길로 이끈 건 다름 아닌 장인이었다. 바다는 결코 자비롭지 않았다. 늘 육지에서 온 이들을 그런 식으로 집어삼켰다.

그 소식은 장모의 귀에도 닿았다. 장인이 자책감에 시달리던 그 시간 위성 전화가 울렸다. 장인은 어린 아내를 안심시켰다. 그날 오후, 장모는 해온을 미술 학원에 보낸 후 집에서 그리 멀지 않은 영종도 구읍해변으로 차를 몰았다. 심란할 때마다 찾곤 했던 그곳은 장인이 장모에게 프러포즈했던 장소였는데, 바다 건너 인천항이 보였다. 남편이 출항하는 날이면 장모는 해온을 데리고 그곳을 찾았다. 그러고는 장난감처럼 떠 있는 수십 척의 배 중 하나를 가리켰다.

"거기서 아빠랑 통화를 했거든. 아빠는 당신이 탄 배가 보이느냐고 묻곤 하셨어."

해온은 그 시절을 어렴풋이 기억했다. 그 배가 수평선 너머로 사라질 때까지 손을 흔들었다고.

펑크 난 자전거를 끌고 수리점으로 가던 한 중학생 아이는 해안 도로 갓길에 빨간색 자동차를 세워둔 채 갯바위 위에서 출렁거리는 바다를 바라보며 스카프를 여미고 있던 한 여자를 보았는데 수학 선생님인 줄 알고 인사를 하려다가 다른 사람이길래 그냥 지나쳤다며. 자전거를 고치고 돌아오는 길에도 자동차는 여전히 그 자리에 서 있었지만 여자의 모습은 보이지 않았다고 했다.

"바람이 엄청 셌어요."

소년은 경찰에게 횡설수설했다. 경찰이 발견한 건 갯바위 사이에 떨어져 있는 휴대폰이 유일했다.

모든 게 자기 탓이라며, 할머니는 울먹거렸다.

"그게 왜 할머니 탓이야."

해온은 아이를 달래듯 할머니의 등을 어루만졌다.

할머니가 잠자리에 들고 나서 우리는 모처럼 함께 침대에 누웠다. 쉽사리 잠이 오지 않았다. 그 상황이 어색했는지 있잖아, 하면서 해온은 나직한 목소리로 속삭였다. 아기 공룡이나 오랑우탄이 출현하진 않았으나 어느 따스한 봄날 야구장에서 엄마와 아빠 사이에 앉아 달콤한 팝콘을 먹던 일과 엄마의 손을 잡고 보았던 분홍빛 바다에 대해 이야기했고, 나는 우리가 이전의 시간으로 되돌아갈 수는 없을까를 해온이 깊이 잠들도록 고민했다. 나는 해온의 볼에 조심스럽게 입을 맞추고 싶었지만 그래서는 안 된다고 생각했다.

다음 날 아침, 해온이 출근하자마자 할머니는 전날 무슨 일이 있었느냐는 듯 소파에 앉아 돋보기안경을 쓰고 스마트폰으로 지난 경기의 하이라이트를 보고 또 보았다. 나는 노트북을 가져와 텔레비전에 연결해 할머니가 보던 경기를 찾아 재생했다.

"그거 알아?"

할머니는 전날 있었던 프로야구 다섯 경기에서 총 109점이 나왔다고 했다. 한국 프로야구 역사상 하루 최다 득점 기록이었다. 그러니까 109명의 선수가 홈베이스를 밟았다는 얘긴데.

"굉장하네요."

"그만큼 집으로 많이 돌아왔다는 거지."

할머니는 생각에 잠긴 듯 화면을 물끄러미 바라보다가 덧붙였다.

"야구가 말이야, 밖에 나간 애들이 많이 돌아와야지 제 맛이거든. 그런데 아예 집 밖으로 나가지도 못하거나 어쩌다가 나가선 봉변을 당해 돌아오지 못하는 애들도 수두룩해요."

"봉변이요?"

"저거."

할머니는 대뜸 텔레비전을 가리켰다. 유격수가 1루수를 향해 잽싸게 공을 던졌다. 타자는 1루를 채 밟기 전에 고개를 떨구었다.

"저런 걸 뭐라고 하더라."

"아웃이요?"

"그래, 그거."

아웃을 당한 선수는 상대 팀이었는데도 어쩐지 할머니의 눈꼬리가 처지는 듯했다. 할머니는 허리를 톡톡 두드리며 자리에서 일어났다. 할머니가 베란다를 향해 느릿느릿 걸음을 옮길 때였다. 텔레비전 화면에 회사의 메신저 팝업이 떴다. 나는 스마트폰을 확인했다. 팀장이 보낸 메시지였는데 배달 업체에서 추가로 요청한 수정 사항이었다. 답장을 보내고 나니 할머니가 뒷짐을 진 채 나를 내려다보고 있었다.

"그런데 넌 일은 안 하냐?"

"네?"

"날마다 집에만 있잖아. 젊은 놈이 그러면 못써. 나가서 일을 해야지."

아웃을 봉변이라고 일컫는 노인에게 내 직업을 대체 어떻게 설명해야 할지 까마득했다. 걸핏하면 회의를 하자며 나를 회사로 불러내던 팀장마저도 잘 부탁해요, 라면서 눈웃음 이모티콘으로 회답했다. 느닷없이 금붕어 한 마리가 파닥 튀어올랐다. 나는 머쓱해서 금붕어에게 먹이를 주려고 다가갔다.

"좀 전에 내가 줬어."

텔레비전에는 높게 뜬 파울볼을 놓친 3루수의 검게 그을린 얼굴이 비쳤다.

할머니는 5남매를 키우며 얼마나 많은 일을 했는지 장광설을 늘어놓았다. 아마득한 어린 시절 경동시장에 나가 신발을 판 것부터 여든이 다 되도록 초등학교 앞에서 분식집을 운영한 것까지, 장장 60년 넘게 일을 하고 또 했다는 이야기. 할머니가 은퇴를 한 건 여든이 다 될 무렵이었다. 비로소 이야기가 매듭지어지는가 싶었다.

"내 나이쯤 되면 앞날을 계획하기보다 살아온 날만 자꾸 되돌아보게 되거든."

그러더니 느닷없이 잘해줘라, 덧붙이며 새끼손가락을 내밀었다. 나는 얼떨결에 손가락을 걸었다. 열 살 무렵 할머니 집에 맡겨진 해온이 고등학교를 졸업할 때까지 할머니가 해준 밥을 먹고 자랐다는 사실을 모르진 않았다. 어찌 보면 해온은 할머니에게 막내딸이나 다름없는 존재였다.

할머니가 수유동으로 돌아가던 날 해온은 연차를 냈다. 자기 혼자 모셔다드릴 수 있다고 했지만 나도 따라나섰다. 우리는 가는 길에 남한산성을 둘러보고 인근 식당에서 닭백숙을 먹었고, 달콤한 쿠키를 파는 카페에서 차를 마셨다. 할머니는 어딜 가더라도 금붕어 통을 보물단지라도 되는 양 곁에 두었고, 이따금 어린아이들이 금붕어를 구경하러 다가오면 먹이를 손에 쥐여주었다. 한강을 건널 무렵 할머니는 모처럼의 나들이가 유쾌한 듯 익숙한 콧노래를 흥얼거렸다.

할머니의 집은 좁다란 마당이 있는 아담한 독채였다. 반바지에 슬리퍼 차림으로 달려 나온 해온의 외삼촌은 우리를 반기다 말고 할머니 품의 금붕어 통을 보더니 어, 하고 소리치며 손바닥으로 이마를 문질렀다. 섬돌 오른편에 놓인 어항에는 붉은색 금붕어 네 마리가 입을 뻐끔거리고 있었다. 외삼촌은 집을 비운 사이에 길고양이가 다녀간 줄 알았다며 허겁지겁 금붕어를 사다가 어항에 넣어뒀다고 했다. 할머니는 가족이 늘었다고 껄껄거리며 통 속의 금붕어를 어항으로 옮겼다. 무슨 생각이었을까. 나도 모르게 저희 두 마리만 주시면 안 돼요, 물었고 그와 동시에 해온이 손가락으로 내 옆구리를 콕 찔렀다. 할머니는 어항 속 금붕어를 보며 한동안 머뭇거리더니 뭔가 떠오른 듯 주방에서 서리태와 말린 고사리가 담긴 봉지를 가지고 나왔다.

아무렴 어때.

나는 해온과 또 인사드리겠다고 약속했다.

우리의 연극은 그렇게 막을 내렸다. 리허설 한번 한 적 없지만 그 정도면 다정한 남편의 모습을 말끔히 소화해낸 게 아닌가. 나흘간의 연기는 완벽했다고 자찬했다.

우리는 서로가 서로에게 큰 잘못을 저지른 적도 없고, 심하게 다툰 적도 없었다. 더러 무람없이 지낼 때가 있긴 해도 부부라면 으레 그럴 거라 생각했고, 서로의 생활 패턴이나 문제를 해결하는 방식이 다른 것쯤이야 어렵지 않게 극복할 수 있을 거라 여겼다. 그러나 우리 사이엔 언제부턴가 보이지 않는 금이 가기 시작했고, 서로 다른 방향을 향해 뻗어 갔지만 애써 모른 척 눈을 감았다. 나는 조금 더 자유롭기를 갈망했던 반면 해온은 진지한 미래를 꿈꾸었던 건지도 모르겠다. 그래서 나는 나에게 다른 선택지는 없을까, 줄곧 골몰했지만 어떠한 선택을 해도 결괏값은 같았다. 그렇게 우리가 감정적인 한계에

다다랐을 때 그 책임을 온전히 해온에게 돌렸다.

무더위가 한풀 꺾이고 서늘한 바람이 불어올 무렵 우리 사이는 더 이상 회복하기 힘들 정도로 냉랭해졌다. 싱크대에는 밥알과 고춧가루가 말라붙은 그릇이 쌓였고, 냉장고엔 먹다 남은 우유와 나물 따위의 반찬이 부패하고 있었다. 침대와 소파에서 쉰내가 풍겨도 무신경했다. 거실엔 빨랫감이 뒹굴었고 식탁은 빵 부스러기나 커피로 얼룩졌지만 거들떠보지 않았다. 숙려 기간이 끝나기 전에 해온의 물건들은 집에서 하나둘씩 사라졌다. 해온은 샌프란시스코로 떠나기 전까지 늦은 저녁이 되면 꼬박꼬박 집으로 돌아왔고, 조용히 크래커를 먹으며 책장을 넘겨보다가 자기 방에 들어가 이불을 깔고 잤다.

여섯 번째 결혼기념일을 일주일 앞둔 이른 새벽, 해온은 조용히 집을 떠났다. 나는 슬그머니 침대에서 빠져나와 어둑한 거실로 나갔다. 소파에 앉아 어둠에 덮인 앙리 마티스의 모작을 한동안 바라보다가 해온의 연락처를 삭제했다. 그러고는 거실에 내팽개쳐놓은 빨랫감들을 주섬주섬 주워 세탁기를 넣었고, 설거지를 시작했다.

그로부터 네 번의 계절이 지난 어느 날 아침, 침대가 움푹 꺼졌다. 이참에 새로 장만할까 싶었으나 원목 프레임은 아직 쓸 만해 매트리스만 교체하는 게 나을 성싶었다. 군데군데 얼룩진 매트리스를 들어 올리자 먼지와 뒤엉킨 머리카락이 받침대 위에 듬성듬성 들러붙어 있었다. 낑낑거리며 매트리스를 끌어내는데 모서리에 껴 있는 크리스마스카드 한 장이 눈에 띄었다. 언제부터 거기 있었을까. 카드엔 해온의 둥글둥글한 글씨가 적혀 있었다.

카드를 주고받던 저녁, 나는 이라클리온에서 사 온 와인을 개봉했고 해온은 미리 주문해둔 수제 케이크를 냉장고에서 조심스럽게 꺼내었다. 찬장에서 와인 잔을 꺼내려는데 해온이 갑자기 비명을 질렀다. 뒤돌아보니 케이크가 식탁 위에 고꾸라져 있었다. 완벽하게 뭉개진 케이크에 촛불을 밝히고 소원을 빌었던 그날, 우리는 별것도 아닌 일로 얼마나 깔깔댔는지.

별안간 공허한 기분이 들어 매트리스를 거실에 내놓고 내친김에 식탁과 소파의 위치를 바꿀까 고민하다가 그만큼 적당한 자리도 없는 듯해서 그대로 두었다. 받침대에 들러붙은 머리카락을 청소하려고 서랍에서 접착식 테이프를 찾다가 문득 모서리가 마모된 종이 상자가 눈에 들어왔다. 상자 속에는 야구공이 들어 있었다. 야구공의 실밥 사이에 고운 흙이 듬성듬성 끼어 있었다. 나는 손가락으로 가볍게 실밥을 쓸었다. 고운 흙의 입자가 손가락 위에서 반짝거렸다. 언젠가는 무뎌질 거라는 예상과 다르게 해온은 그런 식으로 찾아오곤 했다.

하긴, 어떠한 이별이든 저마다 애도의 시간이 필요하지 않은가.

나는 그 시간을 하루하루 잘 견뎌왔다고 생각했다. 이른 아

침에 눈을 뜨면 스트레칭을 했고, 미온수로 샤워를 했다. 하루
도 거르지 않고 면도를 했고, 지하철역 부근 단골 빵집에서 베
이글이나 샌드위치로 아침을 해결했다. 일주일에 두세 차례
회사 회의에 참석했고, 고객의 입맛에 맞는 프로그램을 차근
차근 만들었다. 한가한 날엔 동네 공원을 산책했고, 느릿느릿
걷다가 불쑥 해온과 함께한 날들이 떠오르면 어느 늦은 밤 해
온이 말없이 먹던 크래커를 사서 집으로 돌아와 텔레비전 앞
에 앉았다. 그러고는 이리저리 채널을 돌리다가 랜더스의 경
기를 찾아보았다.

그런 날 중 하루였다.

포스트시즌이 한창이었다. 나는 크래커를 뜯었다. 할머니
가 그랬던 것처럼 나도 어느덧 선수들을 향해 훈수를 두고 있
었다.

페넌트레이스 3위인 랜더스는 4위인 팀과 홈구장에서 준플
레이오프 2차전을 치르고 있었다. 랜더스는 2회 말에 고명준
의 솔로 홈런으로 중앙 담장을 넘겨 선제점을 냈지만 경기는
예측할 수 없었다. 최정의 안타로 2루에 있던 주자가 홈으로
들어오며 한 점 더 추가하자 상대 팀은 부랴부랴 뒤쫓았고 결
국 9회 초 동점을 만들어냈다. 나는 크래커 부스러기를 입에
털어 넣었다.

이제부터가 진짜야.

나는 무심코 주위를 둘러보았다. 베란다에 널어둔 빨래가 하

늘거렸다. 스무 평 남짓에 불과했지만 혼자 살기엔 집이 큰 게 아닌가, 그런 생각이 들던 찰나 나도 모르게 내 입에서 짧은 탄성이 터져 나왔다.

9회 말 타선에 올라온 타자, 김성욱은 시원하게 배트를 끌어당겨 쳤다. 공은 곧게 뻗어 좌측 담장을 가뿐하게 넘겼다. 타자는 가벼운 뜀걸음으로 내야의 베이스를 차근차근 밟고선 홈으로 돌아왔다. 잠시 후 다른 각도에서 담은 긴 포물선을 그린 공의 궤적을 느린 화면으로 보여주었는데, 그 순간 내 눈을 의심했다. 환호하는 사람들 틈에서 붉은 유니폼을 입고 응원봉을 두드리는 낯익은 얼굴이 보였다. 탁자 위에 올려둔 스마트폰이 울린 건 그때였다.

할머니, 였다.

문득 랜더스필드에 함께 가자던 할머니와의 약속이 떠올랐다. 우리는 관중석에서 응원봉을 두드리며 열띤 함성을 지를 수 있었을까. 애석하게도 랜더스는 지난해 포스트시즌 진출에 실패했다. 그런 이유로 할머니와의 약속이 어긋난 것이 차라리 다행일지도 모른다. 할머니 앞에서 다정한 부부의 모습을 흉내 냈던 나흘을 돌이켜보면 여느 때보다 더 열심히 해온을 괴롭히고 있었다는 사실을 부인할 수 없다. 그건 어느 누구를 위한 일도 아니었다. 솔직히 당시엔 낯선 이별 앞에 어떻게 대처해야 할지 막막할 따름이었다. 하지만 나는 무언가를 놓치고 있었다. 그건 방법이 아니라 자세에 대한 문제였다.

"줄 게 있어."

순간 목덜미가 뜨거워졌다. 전화를 건 사람은 할머니가 아니었다. 야구를 보던 중이었다고, 그러니까 랜더스의 경기를 보고 있었다고 주절거렸다. 그러자 할머니가 열흘 전에 눈을 감았다고, 해온은 덤덤한 목소리로 전했다.

진회색 구름이 하늘을 가린 오후, 광화문 인근 카페에서 해온을 다시 만났다. 우리는 아무렇지 않은 듯 안부를 주고받았다. 예전과 마찬가지로 우리에겐 그 어떤 대본도 없었다. 나는 해온이 건넨 상자를 열었다. 지구를 본뜬 작은 어항에 금붕어 두 마리가 느릿느릿 헤엄치고 있었다. 할머니가 내게 남긴 선물이었다.

해온은 물끄러미 금붕어를 바라보다가 손가락으로 어항의 겉면을 어루만졌다. 금붕어들이 느릿하게 다가와 해온의 손가락을 향해 입을 뻐끔거렸다. 우리는 한동안 말없이 금붕어들을 바라보았다. 말하지 않아도 알았다. 우리는 같은 시간을 떠올리고 있었다. 나는 조심스럽게 손가락을 어항에 가져다 댔다. 창밖에 비가 쏟아지기 시작했다. 둘 다 우산을 챙겨 오지 않은 탓에 조금 더 앉아 있기로 했다. 샌프란시스코엔 언제 돌아가는지, 일은 어떤지, 이미 주고받았던 이야기를 다시 나누었다. 얼마나 시간이 흘렀을까, 유리창 너머 빌딩 사이로 황금빛으로 물든 하늘이 드러났다. 한 줄기 햇살이 어항을 비추었다. 어항 속의 시간은 더디게 흘러가는 듯했다. 나는 가방에서 야구공을 꺼내어 건넸다. 해온은 아, 하고선 피식 웃었다. 그제야 우리는 그동안 나눈 적 없던 이야기를 시작했다. 이를테면 다시 만나면 랜디의 필드에 함께 가겠느냐고. ●

저는 님을 돕기 위해 온 사람입니다

서한용

서한용 1989년 전남 목포 출생. 2024년 『현대문학』 등단.

우정, 노력, 승리. 이 단어들이 나를 움직이던 시절이 있었다. 지금은 아니다. 나는 이 단어들이 지겹다. 이 단어를 조합해 연달아 말하는 것도 지겹다.

연재하던 웹툰의 마지막 원고를 보낸 뒤, 나는 데스크톱 PC에 연결된 와콤 그래픽 태블릿의 USB 케이블을 뽑고, 태블릿을 창고에 처박았다. 태블릿도, 포토샵도, 연재하던 웹툰 플랫폼에 달리던 댓글들도 더 이상 보고 싶지 않다.

"우정, 노력, 승리"는 일본의 만화 잡지 『소년 점프』의 슬로건이다. 내가 최근에 연재를 마친 농구 만화의 제목이기도 했다.

중학교 2학년 때 봤던 『슬램덩크』는 '우정, 노력, 승리'를 만화책 속 농구 코트 위에 멋지게 구현했다. 만화 속 등장인물인 채소연이 주인공 강백호에게 "혹시 농구 좋아하세요?"라고 묻듯이,『슬램덩크』는 나에게 이렇게 묻고 있었다. "혹시 소년만화 좋아하세요?" 그때부터, 나도 만화를 그리기 시작했다. 채소연의 질문에 "그럼요. 전 스포츠맨인걸요"라고 답한 강백호처럼, 이렇게 답했다고 할까? "그럼요, 전 우정, 노력, 승리의 인간인걸요."

스무 살이 되고 제일 처음 한 일도, 머리를 빨갛게 염색하는 것이었다. 강백호 같은 사람이 되고 싶었으니까. 흘러가는 대로 사는 사람이 아니라, 스스로 무언가를 선택하고 그것을 위해 열정을 다하는 사람이 되고 싶었으니까. 우정, 노력, 승리를 담은 만화를 그리고 싶었으니까. 그래선지 뭔지, 웹툰을 연재할 때도 항상 작가의 말에는 "난 천재니까!"라고 써놓았다. 만화 속 강백호처럼. 독자들이 댓글을 뭐라고 달든 그게 무슨 상관이냐는 식으로.

『슬램덩크』만큼 영향을 끼친 건 야구 만화『H2』였다.『H2』도 중학교 2학년 때 봤다. 주인공인 히로는 중학교 때 야구 천재로 활약하다가, 팔꿈치 부상으로 야구를 할 수 없다는 진단을 받는다. 그리고 야구부가 없는 고등학교에 입학한다. 그러나 팔꿈치 부상은 오진으로 판명이 나고, 그는 다시 야구를 시작하며 일본 고교야구 전국대회인 고시엔에 도전한다.

『H2』를 사랑한 건 주인공 히로의 모습이 내 모습 같았기 때문이었다. 내가 야구 천재였단 뜻은 아니다. 진로와 연애에 대한 고민 때문에 흔들리는 게 나 같았을 뿐. 그가 라이벌이자 친구인 히데오에게 자신이 던질 수 있는 가장 빠른 속도의 직구를 던지며 온갖 상념과 미련을 털어내는 모습을 보면서, 히로를 응원하는 동시에 중학생 시절을 통과하고 있는 내 자신을 응원하기도 했다. '나도 이렇게 정신적으로 성장하면서 사춘기를 떠나보내자.' 뭐 이런 마음이었다. 중학교 때 야구부에 든 것도, 이후 엘리트 스포츠로서의 야구는 그만두었지만, 사회인 야구로 야구를 다시 하게 된 것도, 한국 프로야구를 보게 된 것도, 모두 『H2』의 영향이었다.

두 번째 웹툰의 연재를 끝낸 직후, 담당자였던 한윤설 PD에게 나는 두 개의 기획안과 시놉시스를 보냈다. 하나는 '우정, 노력, 승리'라는 제목의 농구 만화, 나머지 하나는 '미라클'이라는 제목의 야구 만화.

세 번째 연재만화는 농구 만화 「우정, 노력, 승리」로 결정이 됐는데, 그때 극장에서 영화 「더 퍼스트 슬램덩크」가 한참 흥행하고 있었기 때문이었다. 한윤설 PD에겐 그 열기에 편승해보자는 계산이 있었다.

그 계산이 잘 먹혔는지 아닌지는 잘 모르겠다. 다만, 제목이 참 잘 뽑혔다고 생각했다. 내가 지었지만, '우정, 노력, 승리'라니 듣기만 해도 가슴이 벅차고 마음이 뜨거워지는 느낌 아닌가.

세 번째 작품을 연재할 땐, 공공도로에서의 자동차 레이싱을 다룬 첫 번째 만화와 프로 축구를 다뤘던 두 번째 만화를 연재할 땐 듣지 않았던 말들을 참 많이도 들었다. 그중에 딱

네 가지 이야기가 기억에 남는다. 안 좋은 쪽으로.

첫째는 한국 엘리트 스포츠의 사교육이 얼마나 열성적인 줄 모르고, 그냥 막 그린 것 같다는 얘기였다. 다시 말해 취재를 하나도 안 하고 그린 것 같다는 얘기. 실제로 나는 만화에 한국 엘리트 스포츠 세계의 사교육과 관련한 이야기는 전혀 그리지 않았다. 그리고 싶지 않았으니까. 내가 그린 만화의 주인공 백호강은 고등학교 1학년이 되어서야 농구를 시작한다. 그리고 사교육을 받는 일 없이 혼자서 훈련한다. 이런 애가 에이스 선수로 거듭나고 전국대회 우승의 주역이 되는 게 말이 되느냐고, 핍진성이 떨어진다는 비판을 들었다.

둘째는 『슬램덩크』의 아류 혹은 표절이라는 얘기였다. 하지만 내가 한 건 오마주였다. 주인공 이름부터 강백호를 뒤집어서 백호강으로 지었고, 그의 팀이 결정적인 경기에서 패배하자, 주인공은 강백호를 본받자 마음먹고 미용실에 가서 머리를 빨간색으로 염색한다. 아니 대놓고 『슬램덩크』를 인용했는데, 이게 어떻게 표절이야. 누가 봐도 오마주지. 골대에서 공이 튕겨져 나왔을 때 그 공을 잡는 행동, 즉 리바운드에 백호강이 특출난 재능을 보인다는 설정도 넣었는데, 이것도 리바운드의 제왕 강백호를 표절한 거라는 이야기를 들었다. 아 오마주라고……. 짜증 나네.

세 번째는 주인공 캐릭터의 민주적인 리더십을 표현하기 위해, 주인공이 고 노무현 대통령의 발언을 인용하고 따라 하는 장면을 넣었더니, "이거 작가가 일베 아니냐"는 이야기를 들은 것이었다.

네 번째는, 주역 캐릭터로 한국인 아빠와 베트남인 엄마 사이에서 태어난 혼혈인 인물과 FTMFemale To Male 트랜스젠더 남성을 넣었더니, "이거 작가 완전 PC 묻었다"라는 얘기를 들은 것이었다.

첫 번째는 그래, 인정한다, 핍진성이 부족한 걸 어쩌겠어. 나는 사교육 같은 건 그리고 싶지 않았고 여기엔 개인적인 이유가 있었다. 두 번째도 별수 없다. 『슬램덩크』를 오마주하자고 생각할 때부터 『슬램덩크』의 아류라는 소릴 들을 걸 각오한 바였다. 하지만 세 번째와 네 번째 얘기는 대체 어떻게 받아들여야 할지를 모르겠다. 서로 부딪히는 얘기 아냐? 누구는 일베충이라고 하고, 누구는 PC충이라고 하고, 나보고 어쩌라고.

웹툰의 제목은 '우정, 노력, 승리'였지만, 작품 연재를 마친 내게 실제로 주어진 것은 '고립, 탈진, 패배'였다.

6월이었다. 연재도 마쳤으니 당장은 여유가 생겼다. TV를 켰고, 두산과 키움의 경기를 보았다. 이겼으면 좋겠다. 두산. 내 만화처럼 고립, 탈진, 패배하지 않고, 우정, 노력, 승리를 보여주면 좋겠다, 라고 나는 생각했다.

9회 초, 두산의 공격이었다. 연속으로 안타를 쳐서 무사 1, 2루를 만든 상황이었다. 스코어는 0 대 1, 키움이 앞서긴 했지만 충분히 역전이 가능한 스코어였다. 그리고 조수행의 번트. 1사 2, 3루가 되었고, 키움은 여기에 고의사구로 만루 상황을 만들었다. 그 뒤, 김준상은 삼진, 양의지는 뜬공으로 잡혔다. 결과는 패배. 탄식을 내뱉고 TV를 껐는데, 전화가 울렸다. 「우정, 노력, 승리」를 담당했던 웹툰 PD 한윤설의 전화였다.

"순철 씨, 잘 지내고 계시죠?"

나는 연재를 마쳐서 다행히 잘 지내고 있다고 했다. 방금 두산이 져서 좀 우울해진 감도 없진 않다고도 했지만. 윤설 PD는 웃으며 힘내라고 말한 뒤, 말을 이어갔다.

"사회인 야구는 계속하시나요?"

"예, 뭐, 하긴 하는데, 하기가 싫네요."

"왜요?"

나는 「우정, 노력, 승리」에 대한 악평들이 자꾸 머릿속에서 맴돌고 있다고, 웹툰 그리는 것 이외의 영역에서도 사람을 괴롭히고 있다고 말할까 말까 고민하다가 일단 그것에 대해서는 아무 말도 하지 않았다. 그저 "올해 저희 팀이 이긴 적이 없어서요"라고 말했다. 실제로 두산 베어스의 강북 지역 팬들을 모아 만든 사회인 야구팀 '최고 10번 타자'는 올해 리그 경기든 친선경기든 이긴 적이 없다. 윤설 PD는 답했다.

"그래도 아예 그만둔 건 아니시니까. 다시 잘 해보면 되죠. 전화드린 건 다름이 아니고……."

그래, 사회인 야구 때문에 전화한 건 아니겠지.

"「우정, 노력, 승리」 기획안 주셨을 때, 같이 보내주셨던 야구 만화 기획안 있었잖아요?"

"예,「미라클」이요?"

"네 그거요. 그거 네 번째 만화로 연재해보는 거 어떠세요? 주인공의 삼각관계도 그렇고, 라이벌 구도도 그렇고,『H2』같은 명작이 되지 않을까 해서요."

나는 한동안 대답을 못 했다. 5초 정도 지났을까. 윤설 PD는 말을 덧붙였다.

"정통 청춘 스포츠 소년만화의 장인이시잖아요. 21세기의 『H2』를, 한국 웹툰 스타일로 그려보자구요."

솔직하게 말을 할까 말까 고민했는데, 숨긴다고 해결될 일도 아니니, 나는 그냥 말을 하기로 했다.

"이번엔 다른 거 그려보는 거 어떨까요? 청춘 스포츠 소년만화 말구요."

윤설 PD는 화들짝 놀라며 되물었다.

"갑자기 왜요? 시놉시스도 좋고, 캐릭터도 좋고, 키비주얼도 다 너무 잘 잡으셨는데 아깝잖아요."

"처음 기획안 드렸을 때는 저도 너무 재밌을 것 같다고 생각했어요. 마찬가지로 21세기의『H2』가 되지 않을까 기대하면서 구상했고요. 근데「우정, 노력, 승리」에 대해 하는 얘기들 보니까 힘이 쭉 빠져서요. 전「우정, 노력, 승리」가 21세기 한국 웹툰의『슬램덩크』가 되리라고 기대했거든요. 아류라는 평가도 그렇고, 다른 악플들도 그렇고, 고교야구 그려야 되는데 또 입시나 사교육이랑 안 엮으면 핍진성 없다고 욕먹을 것 같고, 솔직히 여러모로 두렵습니다."

윤설 PD는 가만히 내 얘기를 듣다가 물었다.

"작가님 마음은 잘 알겠어요. 혹시 그럼 다른 거 할 거 있으세요?"

나는 곰곰이 생각하다가 이렇게 답했다.

"이세계로 전생하는 만화 같은 거 어떨까요? 중세 판타지풍 세계로 이동하는 거요. 갔는데 초능력을 얻어서……."

"얻어서?"

"조…… 졸라 짱 센 주인공이 거기서 만나는 악당들 다 패고 다니는 거죠……."

윤설 PD는 한참을 웃었다.

"작가님, 혹시 「투명드래곤」이라고 아세요?"

「투명드래곤」은 2002년, 한 인터넷 게시판에 올라온 소설로, 당시에 컬트적이면서도 열광적인 인기를 얻었던, 그야말로 전설이 된 밈이다. 나는 거의 기어들어가는 목소리로 안다고 답했다. 윤설 PD는 질문을 이어갔다.

"그런 거 그리고 싶으신 거예요?"

나는 차마 대답을 할 수 없었다. 윤설 PD는 일단은 알겠다고 한 뒤, 조금만 더 시간을 갖고 생각해본 다음 답을 달라고 말했다. 그러고 덧붙였다.

"저는 「미라클」 기대돼요. 「우정, 노력, 승리」를 좋아한 사람들도 많았잖아요. 『슬램덩크』 팬들에겐 너무나 훌륭한 선물이라는 얘기도 들었고……. 야구는 직접 하시기도 하니까, 더 기대가 되고요. 원래 강하게 기억에 남는 건 호평보단 악평이라 지금은 멘탈이 흔들리시는 것 같아요."

나는 감사하다고 했다. 여전히 기어들어가는 목소리로.

"그리고 일단은 잘하는 거 하셨음 좋겠다는 마음도 있지만, 무엇보다 작가님 스타일대로 밀고 나갔으면 좋겠어요. 시간 되시면 「투명드래곤」도 다시 한번 찾아보시고요."

윤설 PD는 웃으며 전화를 끊었다.

나는 구글에서 「투명드래곤」을 검색해보았다. 금방 1화의 전문을 발견할 수 있었다.

"크아아아아"

드래곤중에서도 최강의 투명드래곤이 울부짖었다
투명드래곤은 졸라짱쎄서 드래곤중에서 최강이엇다
신이나 마족도 이겼따 다덤벼도 이겼따 투명드래곤은
새상에서 하나였다 어쨌든 개가 울부짖었다

"으악 제기랄 도망가자"

발록들이 도망갔다 투명드래곤이 짱이다

그래서 발록들은 도망간 것이다

나는 내가 "그런 거 그리고 싶으신 거냐"는 질문에 바로 대답하지 못한 이유를 깨달았다. 왜냐하면 나는 이런 걸 그리고 싶기 때문이었다. 우정이니 노력이니 승리니 그런 거창한 거 말고.

내가 소속된 사회인 야구팀 '최고 10번 타자'는, 두산의 공식 팬네임인 '최강 10번 타자'를 따서 지은 이름이었다. 나는 최고 10번 타자의 창립 멤버이자 투수이자 주장이자 감독이자 수석 코치이자 정신적 지주이자 매니저이자 응원단장이자 스카우터이자 총무로 활동했고, 지금도 하고 있다.

혼자서 어떻게 이 많은 직책을 수행할 수 있는지는 나도 의문이다. 주먹구구라는 뜻이겠지. 하지만 남한테 맡길 수가 없었다. 그럼에도 우리는 강북빅토리 리그 3부 최고의 팀이었다. 거의 투명드래곤이었다고 할까. 그랬기에 재작년엔 2부 승격까지 한 것이었고. 그러나 투명드래곤이었던 건 3부에 있을 때까지였다. 2부에서 뛰면서 우리는 내리막길을 걷기 시작했다. 특히 올해는 심각하다. 1승 한 번을 못 했으니까. 투명드래곤이 아니라 그냥 투명한 팀이 된 것이다. 존재감이 없다는 의미에서…….

오늘은 라이벌 팀인 럭키 더블스와의 리그 경기가 잡혀 있었다. 함께 3부에 있던 럭키 더블스는 우리 팀이 재작년에 2부로 승격된 뒤, 작년 3부 플레이오프에 1위로 진출하고 결승전에서 승리해 올해부터 2부에서 뛰게 된 팀이다.

나는 언제나처럼 내가 맡고 있는 수많은 직책 중 하나인 투수로 등판을 했다. 5회 초까진 괜찮았다. 실점이 아예 없진 않았지만, 딱 1점뿐이었다. 6회 초도 나쁘지 않았다. 삼진으로 원 아웃을 만들었고, 그다음 럭키의 강타자 조재균이 타석에 섰는데, 고의사구로 그를 1루에 보냈다. 더 출루를 허용하고 싶지 않았던 나는 삼진을 노렸다. 첫 번째 공과 두 번째 공은 모두 스트라이크. 스트라이크 하나만 더하면 삼진이다. 이럴 때 투수와 타자의 심리전은 극에 달한다. 고의로 볼을 노려서 헛스윙을 유도하는 방법도 있지만 뻔한 수이기도 하다. 나는 직구로 스트라이크존을 노렸다. 세 번 다 내리 직구를 던지는 건 어찌 보면 무식해 보이는 방법이지만, 내가 자주 쓰는 수법이기도 하다. 어지간한 강심장이 아니면 이렇게 던지지 못하니까. 전략이 없는 것처럼 보이는 전략이고 허를 찌르는 전략인 것이다.

그러나 세 번째 공은 안타를 맞았다. 1사 1, 2루 상황. 하지만 그 다음 타자가 친 공을 유격수 고일섭이 잡아 2루로 보냈고, 2루에서 공을 잡은 구모협은 3루로 바로 공을 던져 조재균을 잡아 병살로 투아웃을 만들어냈다. 출루는 허용했지만 실점은 없었다.

프로야구와 달리 사회인 야구는 7이닝으로 진행한다. 프로 야구의 9회 초, 9회 말처럼 사회인 야구의 7회 초, 7회 말은 여러 기적이 일어나는 이닝이기도 하고, 선수들로 하여금 낙담을 일으키는 이닝이기도 하다.

럭키 더블스와의 7이닝도 마찬가지였다. 기적 말고, 낙담 쪽으로. 7회 초, 무실점으로 투아웃을 만든 상황. 나는 6회 때처럼 상대 타자를 삼진으로 잡으려다 무리해서 홈런을 맞았다. 스코어는 0 대 2.

그 뒤로도 2루타를 맞았지만, 다행히 바로 아웃을 하나 잡아서 점수는 더 내주지 않았다. 그리고 7회 말, 우리 팀의 마지막 공격이었다. 2점만 더 내면, 무승부. 거기서 한 점만 더 내면 승리였다. 못 따라잡을 상황은 아니었다.

그때 럭키의 마운드에는 처음 보는 선수가 올라왔다. 이름은 오유동. 경기 전 공유했던 엔트리에서 이름을 보긴 했지만, 사회인 야구 포털인 게임원은 물론이고, 다른 어떤 사회인 야구 커뮤니티에서도 그에 대한 데이터를 찾을 수 없었다. 올해 첫 등판이라는 뜻이었다. 긴장이 됐다. 어떤 선수인지 아예 알 수 없었으니까.

벤치 옆자리에 앉아 있던, 친구이자 포수이자 부주장인 김영진은 잔뜩 긴장한 내게 말했다.

"첫 등판이면 생초짜일 텐데, 공 좀 맞지 않겠어?"

“그러길 기대해야지.”

다음 타석에 선 건 5번 타자 고동수였고, 이어서 조병기, 이상영 순으로 타석에 설 차례였다.

작전은 이랬다. 일단 고동수는 안타를 노린다. 파워 히터는 아니지만, 컨택이 좋다. 발도 빠르고. 고동수가 1루로 진출하면 이어서 조병기는 희생번트로 고동수를 2루까지 보낸다. 그 뒤 장거리 타자 이상영으로 원아웃에 1, 3루 상황을 만든다. 보수적으로 잡았지만, 이상영으로 2루타를 노리는 것도 충분히 가능했다. 즉, 득점도 가능하다는 게 내 계산이었다. 그다음엔 강수용, 최희철, 고일섭 순으로 타석에 서는데, 일단 1사 1, 3루만 되도 충분히 역전을 노릴 수 있으리라 판단했다. 그러니 잘해주기를 바랄 수밖에.

하지만 이 작전은 물거품이 됐는데, 고동수와 조병기 모두 오유동에게 삼진으로 잡혔기 때문이었다. 선출이 아닌가 싶을 정도로 공이 빨랐다. 사회인 야구에선 쉽게 볼 수 없는 110킬로미터대의 직구를 계속 던졌다. 6회 초의 나처럼, 직구만 내리 세 번을 던지는 수법을 그가 똑같이 보여주기도 했다.

투아웃 상황에서 타석에 선 이상영, 그에게는 원래대로 장타를 노리라고 지시했다. 나도 2사 주자 없는 상황에서 홈런을 맞았는데, 우리도 홈런을 치지 못하리란 법은 없었다. 무엇보다 경기는 아직 끝난 게 아니었다.

이상영은 ‘최고 10번 타자’ 창단 직후부터 팀에 합류해 함께 야구를 해온 베테랑이었다. 스트라이크와 볼을 구분하는 감각이 다소 떨어졌지만, 빠른 공은 잘 쳤다. 2루타, 3루타를 치는 비율도 높았다. 그랬기에 단타 정도는 충분히 뽑을 수 있으리라 기대했다.

첫 공은 직구였다. 스피드건에 찍힌 속도는 122킬로미터. 이상영은 배트를 휘둘렀고, 헛스윙이었다. 오유동은 다음 공을 던졌다. 타자 몸 쪽으로 휘는 커브, 이상영은 다시 한번 배트를 휘둘렀다. 투 스트라이크. 오유동은 마지막 공을 던졌다. 직구처럼 빠르게 날아오다가 플레이트 가까이서 떨어지는 포크볼. 이상영은 이번에도 배트를 휘둘렀고, 배트는 허공을 갈랐다. 삼진이었다. 나는 중얼거렸다. 오유동 저거 완전 투명드래곤이네…….

경기가 끝나고, 나는 럭키의 주장 윤태영과 악수했다. 오른손으론 그의 손을 꽉 쥔 채, 미소 띤 얼굴로 좋은 경기였다고 말하며 왼손으론 그의 어깨를 두드렸다.

"마무리 투수가 대단하네요. 선수 출신인 줄 알았어요."

윤태영은 여유 있는 웃음을 지으며 답했다.

"선출은 아니고 중출입니다. 2부 들어오면서 영입했어요."

오유동은 나처럼 중출, 즉 중학교 야구부 출신이었다. 윤태영은 그 지점을 짚으며, 한마디를 더 했다.

"오유동 선수도, 박순철 씨 못지않죠?"

나는 멋쩍게 웃었다. 겸손하게 말하고 싶었다. '저보다 훨씬 잘 던지던걸요. 저는 말만 중출이지, 저희 팀 올해 한 번도 못 이겼잖아요.’ 이렇게. 하지만 그럴 수 없었다. 겸양은 승자의 미덕이다. 지금의 내가 저 말을 하면 저 말은 겸양이 아니라 진실이 된다. 이런 말을 할 여유가 지금의 내게는 없다.

경기장에서 나온 우리는 회식을 했다. 나도, 동료들도 서로를 탓하진 않았다. 일단은 서로 고생했다고 말해주었다. 실제로 고생했으니까.

하지만 택시를 타고 집에 들어오는 길에, 나는 오만가지 생각을 떠올렸다. 아니, 가만 생각해보니 요새 이상영이 경기에서 출루한 걸 본 적이 없는 것 같네. 우리 타선이 좀 약한가? 왜 득점을 하나도 못 올렸지? 전략에 무슨 문제가 있나? 그렇다 해도 요즘 너무 맨날 지는 거 아냐? 박민규의 『삼미 슈퍼스타즈의 마지막 팬클럽』도 아니고……, 뭐 일부러 지려고 작정하고 야구해? 우리? 이 상황을 어떻게 바꾸지? 2부니까 선출 한 명이라도 영입을 해야 하나? 근데 영입한다 해도 어디서 어떻게? 찾는다 해도 두산 팬이어야 할 텐데, 그런다는 보장은 있나?

온갖 잡생각을 멈춘 뒤엔 휴대폰을 켜고, 오늘 있었던 두산의 경기 결과를 확인했다. 어제 롯데와의 경기에서 5 대 2로 승리했으니, 오늘도 이기지 않을까 기대했다. 스코어는 4 대 9. 패배였다. 하이라이트 영상을 볼까 하고 유튜브를 켰다가, 그냥 껐다. 그러고보니 두산도 마지막으로 우승한 게 2019년이네…….

그때 윤설 PD로부터 문자메시지가 날아왔다.

작가님, 생각 좀 해보셨어요? 급해서 말씀드리는 건 아니고요. 일주일째 별말씀이 없으셔서 연락드려봤어요. 연재해볼 마음 생기면 연락주세요. 저는 「미라클」, 꼭 보고 싶어요.

한 주가 지나고, 언제나처럼 토요일엔 팀의 합동 연습 일정이 잡혀 있었는데, 나가지 않았다. 친구이자 포수이자 부주장인 김영진에게는 몸이 좀 안 좋다고 둘러댔다. 다른 팀원들에게도 잘 얘기해달라고 부탁했다.

다음에 예정된 리그 경기는 강북빅토리 리그 2부 최강 팀인 마포 드래곤스와의 시합이었다. 마포 드래곤스는 말하자면, 2부의 투명드래곤이다. 투명드래곤답게 마침 팀 이름부터 마포 드래곤스……. 남은 기간은 두 달. 그 안에 뭔가 달라져야 하는 거 아닐까? 그런데 어떻게? 바꾼다고 해도 뭘 얼마나 바꿀 수 있을까? 바꾼다고 달라지긴 할까?

모르겠다. 그냥 누워서 유튜브나 봤다. 유튜브 메인 화면의 상단엔 과거 두산의 레전드 경기 하이라이트들과 2019시즌 우승 스토리가 담긴 영상이 떠 있었는데 그건 일부러 피했다. 봐서 뭐 해 싶은 마음이었다. 아래로 스크롤을 하니, 침착맨 영상이 떠 있어서 그거나 봤다. 침착맨 유튜브가 보고 싶었던 건 내가 하나도 안 침착해서일까. 그때였다. 김영진으로부터 유튜브 쇼츠 영상 링크가 하나 날아왔다. 제목은 '메이플 사기

당한 침착맨'. 안 그래도 침착맨 유튜브 보고 있었는데, 기가 막힌 타이밍이었다. 뭐, 보내준 영상은 사실 봤던 거였지만. 나는 답장을 보냈다.

연습하고 있던 거 아니었어?

잠깐 쉬다가 보냈어. 다 이유가 있어서 보낸 거야. 근데 그거랑 별개로 이거 정말 웃기니까 한번 봐봐ㅋㅋ

나는 한번 봤던 거라고 답하면서도, 다 이유가 있어서 보내준 거라길래, 링크를 클릭하고 '메이플 사기 당한 침착맨' 영상을 보기 시작했다.

나 진짜 옛날에 이것도 당해봤어요. 진짜 이거는 어디 가서 말도 못 하는 거야. 사실은.

막 누가 와. 그러더니 "님 혹시 돈 필요해요? 제가 메소 드림. 따라오셈." 그래서 사람 없는 데, 집으로 들어가. NPC 있는 집. 천 메소를 줘. 나한테. 그냥. 그래서 어? 감사합니다 하니까, "보셨죠? 저는 님을 돕기 위해 온 사람입니다. 2천 메소 드리겠습니다." 계속 줘……. "자 이번에는 제가 큰돈 드리겠습니다. 백만 메소 드리려고 하는데요. 님에 대한 신용을 알아야 되겠으니 만 메소를 한번 올려보세요." 그러면 보내줘. 그러면은 받더니, "음……. 잘 알았습니다." 만 원 다시 돌려줘. "보셨죠? 님이 저의 말을 잘 듣는지 확인하려고 한 겁니다. 자 2만 원 주세요." 그러면 2만 원 다시 줘. 백만 메소 받으려고 그 지랄 계속 참고 계속 해주다가…… 다 뜯겨가지고…… 애가 나가. 돈을 받고, 내 돈을 다 받고 나가. 그래서, 부정을 해. 내가. 아…… 잠깐 끊겼겠지……. 계속 기다려. 이게 진짜 자괴감이 오집니다. NPC랑 나랑 둘이 있는데 계속 기다려. 언제 올지를 모르니까. 진짜 메이플에 99퍼센트가 다 핵초딩일 때, 나는 성인일 때 당했어…….

이 영상 속 메이플 사기꾼이 말한 "저는 님을 돕기 위해 온 사람입니다"는 아주 유명해져서 침착맨 유튜브 채널 내에서 통용되는 밈이 되었다. 이를테면 게스트가 침착맨에게 과학에 대해 깊이 있게 설명해주려고 하면(그런데 이것이 듣는 침착맨에게 약간의 괴로움을 주면), "저는 과학을 설명하기 위해 온 사람입니다"라고 댓글이 달리는 식이다.

또 봐도 웃겨서, 나는 한참을 웃다가 그를 부러워하기 시작했다. 맞다. 침착맨도 웹툰 작가였지. 나도 만화 그리기 싫은데, 인터넷 방송이나 할까. 한다고 성공한다는 보장은 없겠지만……, 하고서 유명해지면 팔자 피는 거 아닌가. 메이플스토리 하다가 사기당한 얘기하고, 귀신을 만났을 땐 시속 1,337킬로미터로 자전하고 시속 108,000킬로미터로 공전하는 지구에서, 중력에 영향을 안 받는 귀신이 어떻게 지평좌표계에 고정할 수 있는지 물어보고, 친구랑 둘이 물컹물컹한 복숭아가 맛있는지 딱딱한 복숭아가 맛있는지 토론하고, 친구들 더 불러서 TRPG

하고, 친구들 없을 땐 롯데리아 신상 햄버거 같은 거 사 먹고 서 리뷰하고, 구찌에서 1천만 원짜리 의자 사고, 프랑스에선 절 대 주눅 들면 안 된다는 프랑스 여행 팁도 듣고, 테무에서 옷 사 서 패션쇼하고, 친구들이랑 웹 예능 나가서 파김치갱이든 열무 김치마피아든 꾸려서 "나는 키드밀리, 자꾸 차가 밀리, 그래서 자꾸 지각하지" 같은 가사로 노래 만들면서 살면 얼마나 좋을 까. 웹툰 같은 거 안 그리고.

영상이 끝나서, 유튜브 메인 화면으로 넘어갔다. 최상단에 는 아까 봤던 두산의 2019 시즌 우승 스토리를 담은 영상이 떠 있었다. 섬네일에는 "9경기 차를 뒤집은 미친 역전"이라는 문 구가 쓰여 있었다.

그때 김영진에게 메시지가 날아왔다.

도망치지 마, 메이플 사기꾼처럼…….

이것이 영진이 내게 '메이플 사기 당한 침착맨' 영상을 보 낸 이유였다. 그래서 나는 이번엔 피하지 않고, 두산의 2019 시 즌 우승 스토리가 담긴 영상을 재생했다. '이런 거 봐서 뭐 하나' 같은 생각 대신, '뭐 하긴 뭐 해, 이런 영상을 통해서라도 동기부 여받는 거지'라는 생각을 했다고 할까. 무엇에 대한 동기를 부 여받을진, 나도 모르겠지만……. 영상에는 SK와 키움, 두산의 혼란스러운 선두 경쟁 속에서 9월 28일, 선두를 탈환한 두산이 키움과의 한국시리즈에서 승리하고 우승한 이야기가 담겨 있 었다.

10분 남짓한 영상을 다 보고, 나는 새삼 내가 왜 두산 팬이 됐는지 생각했다. 이래야지. 나도. 그러니까, 상황을 바꾸려면 그 상황을 직면해야지. 그래서 계속 밀어붙이든, 변화를 모색하든 해야지. 그래야 한다.

나는 영진의 톡에 답장을 보냈다.

그래……. 안 도망칠게.

직면하자. 뭔가를 하자.

그 뭔가가 뭔지 아직은 알 수 없었지만, 어쨌든 일주일 뒤, 그다음 주 연습에는 다시 나가기 시작했다. 하긴, 창립 멤버이자 투수이자 주장이자 감독이자 수석 코치이자 정신적 지주이자 매니저이자 응원단장이자 스카우터이자 총무인 내가 연습을 빠진다는 게 말이나 되는 일인가?

평소처럼 피칭을 했다. 원래 최근까지 연습하던 공은 우타자 바깥쪽으로 떨어지는 싱커. 나는 중출답게 사회인 야구 리그의 투수치고 구속이 빠른 편이었다. 직구 최고 속도는 120킬로미터까지 찍어본 적이 있었다. 그것 때문에 우리 팀이 3부 최고였던 거고. 하지만 구종이 다양한 편은 아니었다. 물론 초슬로커브와 빠른 직구를 섞어서 던지지만, 그걸론 부족하다는 게 내 판단이었다. 싱커를 연습해봐야겠다고 마음먹은 것은 유희관 선수를 참고하면 좋겠다는 판단에서였다. 그의 주특기 중 하나가 좌우 움직임의 폭이 큰 싱커였는데, 느린 구속으로도 프로로 오랜 시간 뛰었던 이의 공이라면, 사회인 야구 투수에겐 적절한 레퍼런스가 되어줄 것이라는 생각에서였다.

나는 검지와 중지로 야구공 실밥의 가장 좁은 꼭대기 부분을 쥐고, 엄지손가락을 공 바로 아래에 둔 뒤, 공을 던졌다.

뜻대로 잘 되지는 않았다. 어떨 땐 공이 홈 플레이트에서 너무 멀어졌고, 또 어떨 땐 제구가 제대로 안 된 직구처럼 나가기도 했다. 연습하는 거 말고는 딱히 방법이 없었다. 계속하면서 감을 찾아가는 수밖에. 초슬로 커브도 이런 식으로 익혔다. 이 팀에 투수는 나밖에 없다는 것, 창립 멤버이자 투수이자 주장이자 감독이자 수석 코치이자 정신적 지주이자 매니저이자 응원단장이자 스카우터이자 총무인 내 책임이 막중하다는 것. 이것이 계속 공을 던지게 했다.

공을 받아주던 영진은 점점 나아지고 있으니 잘해보자고 격려를 해주었다.

점심시간, 우리는 단체로 도시락을 시켜 먹었는데, 옆에서 밥을 먹던 영진이 대뜸 말했다.

"우리도 투수 한 명 더 만들어보는 거 어때?"

사실 이미 끝난 얘기였다. 나는 답했다.

"지금 있는 인원들 중에 투수감은 없잖아. 알다시피."

그랬다. 현재 '최고 10번 타자'의 인원은 투수인 나를 포함해 열다섯 명이고 지명타자인 박태현과 포수인 김영진, 그리고 나를 빼면 열두 명이었는데, 그들에게 마운드를 맡길 수가 없었다. 내야수, 외야수로 공을 던지는 것과 투수로 공을 던지는 데에는 차이가 있었으니까. 야수가 덜 중요하다는 뜻은 아니다. 하지만 야수로서 잘하는 그들이 투수로서 역량은 보여주지 못했다. 그들에게 기회를 주지 않은 것도 아니었고.

"그렇지, 그렇다고 이대로 갈 거 아니잖아? 럭키 더블스 봐봐. 우리도 오유동 같은 마무리 투수 하나 있다고 생각해보자고."

나는 가만히 듣고 있었다. 맞는 말이었다.

"그리고 너는 혼자 다 하려고 하잖아. 투수이자 주장이자 감독이자 수석 코치이자 정신적 지주이자 매니저이자 응원단장이자 스카우터이자 총무를 어떻게 한 사람이 다 해? 너 혼자로는 무리야."

"인정, 그럼 오유동 같은 투수, 구할 순 있고?"

"찾아봐야지."

나는 도시락 속 계란말이를 입안에 넣으며 고개를 끄덕였다.

"도움을 줄 수 있는 사람이어야 해……."

영진은 가만히 입안에 밥을 넣으며 내 말을 들었다. 나는 말을 이어갔다.

"메이플 사기꾼 같은 사람 말고, 진짜 우리를 돕기 위해 오는 사람……."

영진은 내 말에 한참 웃다가, 결의에 찬 목소리로 답했다.

"기다려봐. 내가 어떻게든 해볼 테니까."

그가 하겠다는 것은 그리 대단한 것은 아니었다. 누구나 할 법한 일, 나도 했던 일, 그러니까 사회인 야구 포털 게임원과 다른 여러 커뮤니티에 선수 모집 글을 올리는 일이었다.

잘 구해질까? 모르겠다. 일단 두산 팬이어야 한다는 게 첫 번째 진입 장벽이었다. 내가 알기론 어떤 사회인 야구팀도, 입단을 하려면 특정 프로 팀의 팬이어야 한다는 규정을 두지 않는다. 이 부분에 타협을 볼 수도 있을 테지만 두산 팬들을 모아서 만든 팀이고, 모든 팀원이 두산 팬인데, 이 전통을 깰 순 없었다. 팀 이름부터가 최고 10번 타자인데.

게다가 보통 4부에서 시작하는 사회인 야구팀들과 달리, 우리 팀은 중출인 나 때문에 3부에서 시작했다. 어느 정도 실력이 있어야 받을 수 있는 것이다. 또 이번엔 포지션도 투수, 그중에서도 마무리 투수로 정해져 있었다. 이 까다로운 조건을 충족할 사람을 찾는 게 가능할까.

영진에게 연락이 온 건 이틀 뒤였다. 딱 맞는 인재가 입단 신청을 했다고 했다. 생각보다 쉽게 구해져서 기쁘기도 했지만 과연 괜찮은 사람일지 의구심이 들었다. 하지만 영진은 "중출이래" 하면서 우리에게 큰 행운이 찾아왔다는 듯 말했다.

다음 날, 영진은 바로 그를 단톡방에 초대했다. 이름은 양지호. 그는 온라인에 등장할 때부터 예사롭지 않아 보였다. "잘 부탁드린다"며 밝은 눈웃음이 담긴 이모티콘과 '열심히 하겠다, 최선을 다하겠다'는 유의 메시지를 길고 정성스럽게, 보는 사람에 따라선 장황하다 싶게 남겼으니까.

인사를 마친 뒤, 나는 그의 카카오톡 프로필 사진을 눌러보았는데, 그는 사진 속에서 밝게 미소 짓고 있었다. 성격 좋아 보이는 미소였다. 프로필 배경 사진은 여자친구와 함께 야구장에서 찍은 사진으로 설정돼 있다. 두산과 키움의 경기를 보러 간 모습이었다. 두산 팬이라는 얘기도 거짓은 아닌 것 같았다. 또 개인적으론 이름 덕에 반가운 마음도 들었다. 그리려고 했던 야구 만화 「미라클」의 주인공 이름이 마침 양지호였기 때문이다. 나는 이 부분을 이야기해주며 다음 연습 때 반갑게 만나자고 했다.

　직접 만난 뒤 그에게 가장 처음으로 물은 건, "왜 야구를 그만두었냐"는 것이었다. 그는 "공이 느려서"였다고 말했다. 나와 영진은 이 대답에 당황했다. 이러면 나가리 아니야? 우리가 새 투수를 뽑고 싶었던 건, 오유동을 봤기 때문이었다. 다시 말해 우리는 빠른 공으로 6회, 7회를 깔끔하게 정리하는 마무리 투수, 사회인 야구계의 투명드래곤 같은 존재를 기대했던 것이다. 그는 중출이긴 하지만 금방 그만두어서, 실전 경험도 사실상 전무하다고 했다. 우리는 물었다. "그럼 경기에서 공을 던져본 적이 아예 없어요?" 그의 대답은 이랬다. "예 아예 없어요."

　우리는 솔직하게 말했다. 저번에 라이벌 팀인 럭키 더블스와 경기가 있었는데, 지호 씨랑 비슷한 또래로 보이는, 오유동이라는, 괴물처럼 빠른 공을 던지는 마무리 투수를 봤다고. 그래서 새 투수를 뽑고 싶었던 것이라고.

　그는 이름을 듣고 살짝 놀라는 기색이었다. 나는 그에게 "오유동을 알아요?"라고 물었다. 그는 중학교 시절에 오유동이라는 사람과 함께 야구를 배운 적이 있다고 했다. 하지만 그 사람이 동일 인물인지는 모르겠다고도 했다. 반가워하는 눈치는 아니어서, 더는 묻지 않았다.

우리는 우선 공을 던져보라고 했다. 그는 요청대로 우리에게 피칭하는 모습을 보여줬는데, 그는 구질에 따라 70-90킬로미터 사이의 공을 던졌다. 사회인 야구에서 이 정도면 잘 던지는 축에 속했다. 문제는 속도가 아니었다. 자세였다. 영진도 나도 살면서 그런 자세는 처음 봤다. 메이저리그에서든, 한국 프로야구에서든, 사회인 야구에서든. 그가 공을 던지기 위해 오른팔을 뒤로 넘겼을 때, 그의 손목은 90도로 꺾였는데, 절도 있고 힘 있게 일부러 꺾은 느낌이 아니라 흐느적거리느라 꺾여 있는 듯한 느낌이었다. 손과 팔이 따로 움직이는 것 같다고 할까, 관절이 없는 것 같다고 할까. 어떻게 저런 자세로 공을 던질 수 있나 싶었다.

연습이 끝나고, 나는 지호에게 둘이서 식사를 하자며, 근처 백반집으로 데려갔다. 먹산 베어스 아니랄까봐 그는 무척 먹성이 좋았다. 밥과 제육볶음, 김치를 모두 입안에 우적우적 넣던 그는 내게 물었다.

"저 그럼 어떻게 되는 걸까요? 투수로 같이 뛰는 건가요?"

"네, 일단 같이 해봐요."

나의 답에 그는 크게 기뻐했다. 나는 이어서 질문이 있다며 이렇게 물었다.

"선수 그만둔 거, 진짜 구속 때문이에요? 자세 때문 아니에요?"

그는 갑자기 말이 없어졌는데, 입속에 있던 음식을 다 삼키고 나서 차분해진 목소리로 답했다.

"사실 여러 이유가 있었어요. 사연 없는 사람 없잖아요?"

나는 혹시 실수한 건가 싶어서 사과했다. 그는 괜찮다고 했다. 다만 자기가 팀에 도움이 될지 모르겠다고, 도움이 되었으면 좋겠다고 말했다. 나는 급하게 대화 주제를 돌렸다. 현재 직업은 뭔지, 두산은 언제부터 좋아했는지, 야구 보는 것 이외의 다른 취미는 없는지. 그는 현재 대학교 3학년이라고 했고, 스무 살 때 두산이 우승하는 것을 보고 두산에 입덕했다고 했다. 다른 취미는 유튜브 감상이고 그중에서도 침착맨 채널을 유독 좋아한다고 했다. 나는 그 말에 화답했다.

"저도 좋아해요. '메이플 사기 당한 침착맨' 보셨어요?"

"'저는 님을 돕기 위해 온 사람입니다', 말씀하시는 거죠? 알죠. 너무 웃겼어요."

함께 박장대소를 한 뒤, 나는 그 이야기에는 숨겨진 교훈이 있다고 얘기했다. 돕기 위해 온 사람이라고 주장하지만 사실은 아닌 사람이 있는 것처럼, 스스로 도움이 될지 걱정하는 사람이 도움이 되는 경우가 훨씬 많은 법이라고. 그러니 자신감을 가지라고. 내 말이 끝나자 그는 말했다.

"하지만……."

한참 뜸을 들이던 그는 나직이 다음 말을 덧붙였다.

"저는 공이 느리잖아요……."

이 말에 나는 어른으로서 뭔가 도움이 될 만한 답변을 해주고 싶었다. 그러면서도 너무 꼰대스럽지 않은 이야기를. 그래서 곰곰이 생각을 하다가 조심스레 말을 건넸다.

"두산에서 뛰던 유희관 선수 아시죠?"

"네? 아……. 알죠, 알죠. 엄청 잘 알진 못하지만요."

그는 민망하다는 듯 웃으면서 머리를 긁적였다. 좀 이상한 반응이었다. 두산 팬인데 유희관을 잘 알지 못한다고? 하지만 일단은 넘어가고 원래 하려던 말을 이어갔다.

"그분이 2013년도에 인터뷰에서 이런 말을 했어요. 자기 야구 인생은 시속 70킬로미터 커브로 날아가고 있다고, 느리게 가고 돌아서 가지만 결국 스트라이크존에 꽂히는 공이라고 자신을 비유한 거죠. 뭣 때문에 야구를 그만두었는지는 모르겠지만, 공이 느려서 도움이 안 될 거란 생각은 하지 말아주세요."

눈을 반짝이며 내 말을 경청하길래, 실질적인 훈련 방안에 대해서도 슬쩍 제안을 해보았다. 유희관의 주특기 중 하나가 좌우 움직임의 폭이 큰 싱커였는데, 나는 그걸 연습 중이라고. 느린 구속이 걱정된다면, 느린 구속으로도 프로로 오랜 시간 뛰었던 유희관 같은 선수를 레퍼런스 삼아 함께 싱커를 연습

해보자고.

그는 활기찬 목소리로 "네!"라고 답했다. 그리고 인용했던 인터뷰가 인상적이라며, 가방에서 노트와 펜을 꺼내 그 말을 적기 시작했다.

그때, 노트를 꺼내면서 가방 안에 있던 버건디색 텀블러를 함께 꺼냈다. 그 텀블러를 감싼 슬리브엔 heros라는 문구가 쓰여 있었다.

중학교 때 야구를 그만둔 이유에는 여러 가지가 있었지만, 결정적인 이유는 하나였다. 당시 다녔던 사설 아카데미에서 아나볼릭 스테로이드를 주사하고 판매했던 것이다. 나는 스테로이드가 뭔지 잘 몰랐지만, 아무튼 주사 맞기를 거부했고 결국 아카데미를 그만두었다. 그 후 앞으론 학교 훈련만 받고, 사교육은 따로 받지 않기로 마음먹었다. 부모님껜 개인적인 훈련은 혼자서 하겠다 선언했고, 남는 시간엔 만화를 보거나 그랬다. 그러나 기분 탓인지, 자신감 탓인지, 그때부터 다른 야구부 학생들에 비해 실력이 점점 뒤처지고 있다고 느꼈다. 그 뒤로 자연스럽게 야구를 그만뒀다.

지호가 야구를 그만둔 이유도 사설 아카데미와 관련이 있었다. 다니던 아카데미에 라이벌인 친구가 있었는데, 그가 앞장서 자신을 왕따시켰고, 내내 참고 지내던 어느 날 그 왕따 주동자와 주먹다짐을 했다고 했다.

"그 왕따 주동자 이름이 오유동이에요."

"그럼 럭키 더블스의 오유동이⋯⋯."

"아마 동일 인물이지 않을까요?"

"그 사람은 왜 지호 씨를 왕따시켰어요?"

"제 자세가 너무 우습고 이상하다는 이유도 있었고요."

"그리고요?"

"저희 어머니가 베트남 사람이거든요."

우리가 나눈 건 엘리트 스포츠 사교육 현장에서 받은 상처만은 아니었다. 함께 싱커를 연습하며, 상호 보완되는 피드백을 주고받기도 했고, 내 경우엔 먼저 사회인 야구를 해본 선배 투수로서의 철학 같은 것을 그에게 말해주기도 했다. 나도 어디서 주워들은 것이었지만, 이를테면 이런 말.

"투수가 기억해야 하는 건 모든 타자를 삼진으로 처리할 수는 없다는 거예요. 이런 생각으로 공을 던지려면 동료들을 신뢰해야 하죠. 투수가 공을 잘 던지는지가 중요하지 않다는 건 아니지만, 먼저 포수가 잘 받아줄 거라고 믿어야 하고, 포수의 사인과 지시를 믿어야 합니다. 타자가 내 공을 쳤다고 해도 바로 망하는 것도 아니죠. 파울이 될 수도 있고, 파울이 아니더라도, 뜬공이라 손쉽게 잡힐 수도 있으니까요. 뜬공이 아니라고 해도 공이 멀리 나가지 않았으면 내야수가 잡을 수도 있죠. 내야수가 놓쳤다? 그럼 외야수가 바로 잡을 수도 있는 거고요. 출루를 허용했다 해도 병살로 더 쉽게 아웃시킬 수도 있고요. 물론 사회인 야구 레벨에서 병살이 흔히 일어나는 건 아니지만, 아예 안 나오는 것도 아니니까요.”

그는 내 말에 이렇게 물었다.

“그러다 펜스를 넘어가면요?”

“그럼 그때부터 새로 시작하는 거죠. 지나간 일이니까요. 홈 런 맞고 멘탈 흔들리는 건 프로들도 마찬가지일 겁니다. 승리 가 완전히 투수에게만 달린 게 아니라는 사실을 기억해야 해 요. 점수를 내는 건 타석에서 얼마나 잘 치는가에 달렸으니까 요. 다른 어떤 스포츠들보다 동료들에 대한 신뢰가 필요합니 다. 겉보기엔 멀리 떨어져서 각자 플레이하는 것 같지만 야구 야말로 그 어떤 스포츠보다 팀 스포츠인 거예요. 그런데 동료 를 신뢰하려면 어떻게 해야 한다? 우정을 쌓아야 합니다. 야 구야말로 우정의 스포츠라고 저는 생각해요.”

그는 언제나처럼 눈을 반짝이며 나의 장광설을 들었고, 노 트를 꺼내 내가 한 말들을 적었다. 다른 멤버들도 이런 그의 모습을 흐뭇하게 지켜보았다.

지호는 필기를 마치고선, 한 가지 궁금한 게 있다며 물었다.

“야구는 우정의 스포츠라고 말씀하셨는데, 순철 님은 왜 투 수와 주장과 감독과 수석 코치와 정신적 지주와 매니저와 응 원단장과 스카우터와 총무를 혼자서 다 맡고 있나요?”

폐부를 찌르는 질문이었다.

“그러게요……. 모순적이네요…….”

그는 내 대답에 환하게 웃었다.

"제가 도와드릴게요. 어떤 식으로든."

지호와는 대화의 합이랄까 유머 코드도 잘 맞았는데, 이런 식이었다. 내가 "투수에게 가장 중요한 능력은 빠른 공을 던지는 능력이 아니라 타자를 속이는 능력이에요. 지호 씨는 그 기괴한 자세 덕분에 다른 투수들에 비해 타자를 속이기가 훨씬 유리할 겁니다"라고 말하면, 그는 웃으며 "마치 메이플 사기꾼 같은 능력이네요"라고 답하는 식.

새로운 투수를 키우다 보니, 의욕이 생겼다. 팀의 다른 멤버들도 그 모습에 기운을 얻었다. 특히 영진은 나 외의 다른 파트너가 생겼다는 사실에 무척 기뻐했다. 나와 영진, 지호는, 지호가 들어오고 나서부터 거의 매일 연습을 했고, 지호가 들어온 지 일주일이 되었을 때 영진은 지호가 던진 싱커를 받고서, 이번 공은 거의 완벽에 가깝다며 엄지손가락을 치켜올린 뒤, 이렇게 말했다. "님은 저희를 돕기 위해 온 사람이에요. 정말."

한편 나는 내가 지호에게 한 말들을 돌이켜보았다. 되새겨보니, 누군가 나에게 해줬으면 하는 말들을 그에게 들려준 것 같았다. 이를테면, 이런 식의 말. "투수가 기억해야 하는 것이 모든 타자를 삼진으로 처리할 수는 없다는 사실인 것처럼, 작가님의 야구 만화를 보고 모든 사람이 '이거 정말 21세기의 『H2』네요'라고 말할 순 없다는 사실을 작가님도 기억해야 해요."

지호가 들어온 지 2주가 지난 시점이었다. 정기 훈련을 마친 뒤, 회식을 하고 집으로 가는 길에, 나는 영진에게 전화를 걸었다. "투수도 투수인데, 우리 타선에도 변화를 주자."

요는 이랬다. 최근에 두산의 레전드 경기 하이라이트나 야구 관련 영상들을 다시 좀 봤더니, 내 유튜브 메인 화면에 책과 영화로 나왔던 『머니볼』의 리뷰가 떴던 것.

메이저리그 팀들은 스카우터의 느낌과 판단력에 의지해 선수를 영입하곤 했다. 이것은 전통인 동시에 상식이었다. 스카우터들은 주루 능력, 송구 능력, 타격 정확도, 장타력을 종합적으로 보고, 선수의 가능성을 따져본 뒤에 선수를 영입했다. 그런데 2002년 신인 드래프트에서, 오클랜드 애슬레틱스의 빌리 빈 단장은 다른 시도를 한다. 출루율이나 장타율 같은 수치화된 데이터를 중심으로 선수를 영입한 것이다. 그는 특히 타율은 낮지만 볼넷으로 출루하는 비율이 높은, 저평가된 선수들에 주목해 그들을 낮은 가격으로 쓸어 담듯이 영입했다. 그 결과, 오클랜드 애슬레틱스는 이전보다 훨씬 높은 성적을 거뒀다. 그리고 이 전략은 현대 야구에 일대 혁신을 불러왔다. 이게 『머니볼』의 내용이다.

간만에 『머니볼』을 본 계기로 나는 우리 팀의 데이터를 새삼 다시 살펴보기 시작했다. 그러곤 영진에게 우리도 출루율을 중심으로 타자 라인업을 다시 짜보자고 했다. 물론 그렇게 하면 주전이 아예 바뀌어서, 수비 구성도 바뀔 수 있었다. 단적으로 이상영이 있었다. 1루수인 이상영은 7번 타자로 뛰는데, 그는 우리 팀과 오랜 시간 함께한 베테랑이었고, 파워가 좋은 선수이긴 했지만, 출루율이 0.134에 그쳤다. 아마 뜬공도 많이 쳐서 아웃을 자주 당한 결과일 것이다. 스트라이크와 볼을 잘 구분하지 못해서, 삼진을 잘 잡히는 것도 약점이었다. 반면 백업 멤버 최시진은 이상영처럼 장타를 잘 치지는 못하지만, 기록을 보니 출루율이 0.265로 이상영보다 두 배가량 높았다. 내야수로서의 수비 능력에 차이가 많이 나는 것도 아니었다. 또 좌익수 고동수는 5번 타자로 뛰고 있는데, 출루율을 따져보니 박윤철을 그 타순에 넣는 게 좋겠다 싶었다.

영진은 내 의견에 동의했다. 그래서 만나서 이야기를 나눠보고 선발 라인업을 다시 짠 뒤, 다음 정기 훈련 때 선수들에게 공표하자고 했다.

우리는 2번 타자이자 2루수인 구모협 대신 우병환을, 5번 타자이자 좌익수인 고동수 대신 박윤철을, 6번 타자이자 3루수인 조병기 대신 기찬열을, 7번 타자이자 1루수인 이상영 대신 최시진을, 8번 타자이자 우익수인 강수용 대신 심유수를 수비 위치에 넣자고 했다. 그리고 타격 순서는 다시 이야기를 해보자고 했다. 그 뒤 계획한 대로, 이 내용을 정기 훈련 시작 전, 멤버들 모두에게 공표했다.

가장 반발한 건 이상영이었다. 자기가 왜 주전에서 밀려야 되는지 모르겠다고 했다. 고동수도 약간의 반발을 했다. 발이 팀에서 세 번째로 빨랐기 때문이었다. 하지만 고동수는 일단 알겠으니 결과를 지켜보겠다고 했다.

이상영은 전혀 수긍하지 않았다. 그는 말했다.

"순철 씨, 너무 독단적이라고 생각 안 합니까?"

나는 이 말에 반박하지 못했다. 맞는 말이었다. 영진과 상의하고 정하긴 했지만 어쨌건 독단적인 결정이나 마찬가지였다. 이어진 상영의 말은 더욱 뼈아팠다.

"평소에 투수이자 주장이자 감독이자 수석 코치이자 정신적 지주이자 매니저이자 응원단장이자 스카우터이자 총무라고 말할 때야 농담이니까 받아주지만, 이런 식으로 운영하면 누가 좋아합니까? 출루율이 중요하다는 것도 알겠고, 요새 우리가 계속 진 것도 사실이지만, 우리가 프로도 아니고, 무엇보다 우리 모두 즐겁자고 야구하는 거잖아요? 스포츠맨십을 배우고, 팀워크를 배우자고 하는 거 아니냐고요. 야구야말로 팀 스포츠이고, 야구야말로 우정의 스포츠라고 얼마 전에 지호 씨에게 말해주지 않았어요?"

그때였다. 지호는 갑자기 벌떡 일어서더니, 상영에게 말했다.

"하지만 출루율이 낮으면 어쩔 수 없는 거 아닌가요? 본인이 주전에서 밀렸다고 순철 님의 야구 철학을 공격하는 건 비겁한 짓 같아요."

나는 상영이 아무 말도 못 할 줄 알았다. 그러나 아니었다.

그는 붉으락푸르락해진 얼굴로 크게 소리쳤다.

"지호 씨는 가만히 있어. 두산 팬도 아니잖아. 다들 지호 씨가 키움 팬인 거 알고 있는데 말 안 하고 있는 거 몰라?"

상영은 이 말을 하고서 바로 짐을 챙겼다. "더러워서 같이 못 하겠네"라는 말을 덧붙이면서. 그러는 동안, 나와 영진은 그를 붙잡으려고 "상영 씨 잠깐 얘기 좀 해요. 이러지 마시고"라면서 다가갔는데, 그는 다시는 자기를 부르지 말라며 야구장을 나섰다.

그가 떠나자 이번엔 영진이 지호에게 질문을 던졌다.

"지호 씨, 근데 이게 무슨 말이야? 키움 팬이라니?"

지호는 당황한 것처럼 보였다.

"오…… 오해예요. 그게 아니라……."

다음 날, 영진은 내게 전화를 했고, 그는 다짜고짜 내게 물었다.

"지호 씨가 쓰는 텀블러, 키움 굿즈인 거, 너도 알았어?"

"알고 있었어. 근데 키움 팬인 여자친구분이 선물했던 거라는 얘기도 해줬어. 그래서 아무 말도 안 했고. 물론 나도 의심하긴 했어. 자기 스무 살 때 두산이 우승하는 거 보고 팬 됐다고 한 사람이, 유희관 선수에 대해 잘 알진 못한다고 해서. 그런데 대화를 해보니까 스무 살 때 본 게 아니라, 지나고 나서 뒤늦게 봤다는 얘기였던 거야. 좀 오해하게 말을 한 거지."

"그럴 수 있지. 근데 우리 팀이 두산 팬끼리 모인 팀이라는 걸 알면, 최소한 여기 올 때 키움 텀블러는 안 쓰는 게 예의 아니야? 그 정도 성의는 보여야지. 나는 그것도 몰랐네."

"어려서 그런 거겠지. 뭘 잘 몰라서."

"뭘 몰라. 스물여섯 살이면 알 거 다 알지."

뭐라 더 할 말이 없었고, 영진은 자기는 할 말 다 했다며 전화를 끊었다. 그리고 그 주 토요일에 잡혀 있던 정기 연습에는, 상영은 물론, 영진도 모습을 보이지 않았다.

나는 지호에게 내일 우선 영진을 찾아가보려고 하는데, 같이 가줄 수 있겠느냐고 물었다. "물론입니다. 당연히 저도 함께 찾아가야죠"라고 답하는 지호의 얼굴에는 죄책감이 비쳤다. 나는 웃으면서 괜찮다고, "오늘은 키움 텀블러 안 가져오셨죠?"라고 농담을 던졌다.

다음 날, 다행히 영진은 우리를 만나주었고, 지호는 영진에게 사과했다. 나는 다른 이야기를 했다.

"영진아, 너 뭐, 팀 나갈 거야? 이런 일로?"

영진은 아무 말도 하지 않았다.

"너 나한테 메이플 사기꾼처럼 도망치지 말라고 하지 않았어? 내가 포수 김영진 없이 누구한테 공을 던져?"

그는 살짝 웃었지만 여전히 별다른 대답은 하지 않았다. 나는 말을 이어갔다.

"나는 네가 '메이플 사기 당한 침착맨', 그 영상 보내준 덕분에 다시 야구에 의욕이 생겼어. 너도 도망가지 마. 이런 일로."

영진의 눈이 커졌다.

"진짜? 그거 보고 의욕 생겼어?"

"아니, 사실은 그거 보고 나서 알고리즘 때문에 뜬 두산 2019 시즌 우승 스토리 영상 보고 그런 거긴 한데……."

"뭐야, 싱겁기는."

가만히 대화를 듣던 지호는 눈물을 글썽이며 말했다.

"저는 영진 님께서 제게 '님은 저희를 돕기 위해 온 사람'이라고 해주셔서 정말 감사했어요. 다시 야구하길 잘했다고 생각합니다. 진심으로 감사드려요. 그래서 계속 같이 뛰어주셨으면 좋겠어요."

우리는 다음 날 상영에게도 찾아갔다. 지호는 "상영 님을 무시하려는 의도로 한 말은 아니었지만 충분히 그렇게 느낄 법한 말을 한 것 같다"며 사과했다. 나는 당장은 지금 짠 선발 라인업으로 경기를 진행해보고 싶다고, 이걸 무르진 않을 거라고 말하면서도 아무쪼록 앞으로 어떤 결정이든 너무 독단적으로 느껴지지 않도록 팀을 잘 운영해보겠다고 했다. 무엇보다 야구는 우정의 스포츠이니까.

영진은 다음 정기 연습 시간에 바로 복귀했고, 상영은 그다음 연습 때 복귀했다. 민망하다는 듯 머리를 긁적이며, 자기도 자존심 때문에 팀워크를 망친 것 같다고 사과를 했다.

모두가 다시 모인 첫날, 나는 말했다.

"이렇게 다시 모이니까, 말 놓고 이렇게 얘기해보고 싶네요. '야, 기분 좋다!'"

'야 기분 좋다!'는 고 노무현 전 대통령이 임기가 끝나고 귀향한 후에 집 앞 연설에서 했던 말이다.

그 뒤, 나는 연습 전이나 시합 직전에 함께 외쳐보면 좋을 법한 구호를 만들어봤다고 이야기했다. 혹시 이런 구호를 만든 게 독단적인 결정으로 느껴진다면, 얼마든지 다른 구호를 제안해주셔도 좋다고 덧붙였다. 그리고 큰 목소리로 외쳤다.

"'저는!'이라고 선창하면 '님을!'로 답하는 겁니다. 그다음에 제가 '돕기 위해 온!'이라고 외치면 여러분은 '사람입니다!'라고 해주시면 돼요. 아셨죠?"

다들 힘차게 "예!" 하고 대답했다. 나는 바로 이어서 구호를 외쳤다.

"저는!"

"님을!"

"돕기 위해 온!"

"사람입니다!"

한 달 뒤, 우리는 예정대로 마포 드래곤스와의 경기를 진행했다. 2부의 투명드래곤답게, 마포 드래곤스는 강팀다운 경기력을 보여줬다.

경기가 끝난 이튿날, 나는 창고에 박아두었던 와콤 그래픽 태블릿을 꺼냈다. 태블릿을 작업용 책상 위에 올려놓고, USB

케이블을 데스크톱 PC에 연결했다. 그 뒤 컴퓨터 전원 버튼을 누르고, 포토샵을 실행시켰다. 그러곤 휴대폰으로 윤설 PD에게 문자메시지를 쓴 뒤, 소리 내어 읽어보았다.

"PD님, 저 원래 기획했던 새 야구 만화, 그려볼게요. 제목은 '미라클', 그대로 가고요."

나는 메시지 전송 버튼을 눌렀다. ●

인용 및 참고 자료

* 이노우에 타케히코, 『슬램덩크 신장재편판』 1-20권, 대원씨아이.
* 아다치 미츠루, 『H2 오리지널』 1-34권, 대원씨아이.
* 마이클 루이스, 『머니볼』, 김찬별·노은아 옮김, 비즈니스맵, 2011.
* 잭 햄플, 『야구 교과서』, 문은실 옮김, 보누스, 2023.
* 레너드 코페트, 『야구란 무엇인가』, 이종남 옮김, 민음인, 2009.
* 「천천히 돌아왔지만…… 결국, 스트라이크」, 『조선일보』, 2013년 12월 12일 자.
* 「선출? 중출? 알고 있으면 뛰기도, 보기도 더 즐거워지는 사회인 야구 규칙」, 『한겨레』, 2012년 02월 29일 자.
* 나무위키 '투명드래곤'
* 나무위키 '두산 베어스'
* 나무위키 '유희관'
* 위키피디아 '대한민국의 사회인 야구'
* 야필독, 「2019 두산 베어스 우승 스토리」(유튜브)
* 침착맨, 「메이플 사기 당한 침착맨」(유튜브)

플라이의 밤

송지현

송지현 2013년 『동아일보』 등단. 소설집 『이를테면 에필로그의 방식으로』 『여름에 우리가 먹는 것』. 중편소설 『오늘은 좀 돌아가 볼까』. 〈한국일보문학상〉 등 수상.

1

소설 『플라이의 밤』이 나의 작가 세계에 영향을 주었다는 사실은 여러 인터뷰에서 말해왔다. 사람들은 그런 책이 있냐면서 한번 찾아보아야겠다고 말했지만, 그 뒤 어디에도 언급되지 않은 걸로 보아 찾아본 사람은 없는 것 같았다. 어차피 나는 인터뷰가 널리 읽힐 만한 인기 작가도 아니다.

그러나 『플라이의 밤』이 나에게 진짜로 영향을 준 것은 작가 세계라는 추상적인 것이 아니다. 사실 나는 『플라이의 밤』을 읽게 되기까지 일련의 나날을 적었을 뿐이다. 실제로는 『플라이의 밤』에 나오는 몇몇 문장을 작품에 그대로 적기도 했다. 그 사실을 누군가 알아차릴까봐 두려움에 떨며, 혹은 알

아봐주어 내가 이 모든 것을 말끔히 정돈할 수 있게끔, 그 소
설을 매번 언급해왔지만 아무런 일도 일어나지 않았고, 나는
여전히 작품을 발표하고 있다.

『플라이의 밤』에 대해 말하려면 두 가지가 필요하다.

야구에 대한 것과, 허구에 대한 것.

2

기억 속 첫 번째 야구란 이렇게 존재한다.

다음은 어떤 스포츠의 특징을 설명한 것이다.

해당 종목을 고르시오.

아홉 명의 선수로 구성된 두 팀이 9회에 걸쳐

공수 교대를 하며, 1루 – 2루 – 3루를 돌아

홈으로 들어오면 점수가 난다.

1) 축구

2) 농구

3) 야구

4) 핸드볼

16점을 받은 체육 시험지를 방 어딘가에 던져놓고, 나는 친구들과 노래방에 갔다. 그 시절 내면적으로나 외면적으로나 가깝게 느껴지는 것은 축구였다. 아무래도 2002년 월드컵이 있었고, 운동장에서는 남자애들이 매번 공을 차고 있었으니까. 그리고 무엇보다 축구는 직관적이다. **골대에 공을 넣으면 이긴다.** 복잡한 룰을 몰라도 이거 하나만 알면 축구는 재미있게 볼 수 있다. 노래방에서는 평화에 관한 노래를 불렀다. 중학생 여자애들은 원래 사랑보다는 평화에 관심이 있는 법이다.

3

기억 속 두 번째 야구란 조금 더 복잡하다.

대학교 1학년, 나는 학교 근처 술집에서 아르바이트를 시작했다. '플라이의 밤'이라는 상호가 있었지만 아무도 기억하지 못하는 가게였다. 사장은 음악에는 살벌하게 까다로웠고, 술에 대해서는 거의 체념한 사람이었다. 쇼케이스엔 익숙한 국산 맥주가 가득했고, 벽에 꽂힌 LP판들은 그렇지 않았다는 말이다. 가게는 늘 한가했다. 개강 전이라 그런 줄 알았는데, 개강 후에도 그대로였다. 도수가 높을수록 인생의 진실에 가까워진다고 믿는 시기를 살아가던 학생들은 맥주를—더군다나 국산 맥주를— 선호하지 않았던 것이다.

사장은 개의치 않았다. 사장이 개의치 않아서 나도 개의치 않았다. 맥주와 음악과 사장과 나만 있는 나날들이었다. 사장은 내가 근무 중에 맥주를 꺼내 마셔도 아무 말 하지 않았다. 그저 자신의 맥주를 가져와 옆에 앉을 뿐이었다. 땅콩을 씹어 먹으며, 우리는 음악을 들었다. 사장은 음악에 얽힌 일화를 말해주기도 했다. 이를테면 이런 식이다.

지미 헨드릭스가 왜 무대에서 기타를 태웠는지 알아? 그는 사실 유망한 투수였어. 하지만 방망이를 두려워했지. 자기 팀이 하도 삼진만 당해서 분노가 너무 심한 나머지 두려움으로 변했거든. 어느 날 경기가 끝나고 그는 모든 배트를 불태웠어. 물론 그 이후로 메이저리그에서 영구 제명되고 록스타의 길을 걷게 되었지만. 그러던 어느 날 마약에 취해 무대에 올랐을 때였어. 기타가 배트로 보인 거야. 존재해서는 안 될 불길한 상징이 무대에 오르다니……. 그러니 태워버릴 수밖에 없었대. 그리곤 평생 자기가 던지지 못한 완벽한 직구의 잔상을 연주했다고 해.

이밖에도 커트 코베인이 사실은 시애틀 매리너스의 비공식 불펜 포수였고, 비틀스가 리버풀의 전설적인 내야 수비진— 존과 폴이 키스톤 콤비였고 링고가 포수였다는— 어쩌고 하는 이야기들도 했다. 사장이 야구를 좋아하는지는 알 수 없었지만—그가 야구를 보는 걸 한 번도 본 적이 없다— 사장의 모든 농담은 야구와 관련이 있었고 그럭저럭 들어줄 만했다.

사장은 짐짓 진지한 표정으로 이런 말도 했다.

「애비 로드」 앨범 커버를 봐. 그건 횡단보도를 건너는 게 아니야. 9회 말 역전패를 당하고 터덜터덜 더그아웃으로 들어가는 패잔병들의 모습이지. 존 레논이 왜 「이매진」을 불렀겠어? "Imagine there's no fence." 즉 펜스가 없는 야구장을 꿈꾼 거야. 아무리 멀리 쳐도 홈런이 되지 않고, 영원히 공이 굴러가는 무한한 필드. 거기선 아웃당할 일이 없으니까.

얼토당토않은 이야기를 듣고 있으면 시간이 흐른다는 감각은 거의 없이 다만 트랙이 끝나고 다시 시작된다는 감각만이 있었다. 바늘이 한 바퀴를 도는 것, 맥주 캔을 따는 소리도, 땅콩 봉지를 여는 소리도, 가끔은 내가 의자를 *끄는* 소리까지도 그 반복에 편입되었다. 우리가 확인하는 것은 시각이 아니라 반복이었다. 나는 그 되돌아감이 좋았다. 무엇이든 처음으로 돌아갈 수 있다는 느낌은, 현실에서는 거의 주어지지 않는 것이니까.

'플라이의 밤'을 나서면 시간은 확실히 흘러 있었다. 그래서 당연히 허구인, 그리고 모든 것이 야구로 연결된 이 이야기들과, 돌고 도는 LP판과, 그 음악들에 나는 계속 머무르려 했다.

갈라진 나무 테이블들이 무질서하게 놓인 낮은 조도의 공간. 빛은 천장에서 내려오는 대신, 테이블의 틈과 벽의 그림자 사이에서 미세하게 번져 나오는 것처럼 보였다. 어떤 때는 가게 전체가 사장 혼자 꾸는 꿈이고 나는 그저 그 꿈의 출연자처럼도 느껴졌다.

사장은 LP 말고도 많은 소설책을 가지고 있었다. 나는 바 아래에 아무렇게나 꽂힌 너덜너덜한 책 중 아무거나 들고 퇴근했고, 일어나면 그걸 읽으며 낮 시간을 보냈다. 학교에는 가지 않았다. 모든 게 시험 기간이 지난 시험지만큼이나 무의미했다. 한낮엔 무의미한 허구의 페이지를 넘기고, 저녁엔 역시나 허구임이 분명한 사장의 무의미한 농담을 들었다. 아무도 찾아오지 않았고, 나 역시 아무도 찾지 않았다.

4

사장은 음악에 대해서는 헛소리를 했지만, 문학에 대해서는 그래도 조금 새겨들을 만한 이야기를 해주곤 했다. 닥치는 대로 소설을 읽던 어느 날 나는 사장에게 물었다. 그에게 맞춰 야구에 비유해서 물었음은 물론이다.

응원하는 팀이 꼭 있어야 해요?

모든 야구 경기를 즐기기만 할 순 없냐는 질문과 함께 던진 내 말에 사장은 잠시 생각하다 대답했다.

없어도 되지. 하지만…….

사장은 마시던 맥주 캔을 천천히 내려놓았다. 그는 대답하기 전에 매번 그랬듯, 이번에도 내가 무슨 말을 했는지가 아니라 왜 그런 말을 했는지를 먼저 살피는 듯했다.

그러면 늘 남의 경기를 보게 돼.

나는 무슨 뜻인지 잘 이해가 되지 않아 사장을 바라보았다. 사장은 이어서 말했다.

팀이 있다는 건 이기고 질 때를 같이 겪는다는 거야. 이기면 기쁘고, 지면 괜히 하루가 망가지고. 그러면서 다음 경기를 또 보게 되지.

그는 잠시 말을 멈추고 벽에 꽂힌 LP 쪽을 바라봤다. 재킷의 색이 바래 어떤 앨범인지 한눈에 알아보기 어려운 것들이었다.

너만의 계보를 만들어. 그게 중요해.

경기를 하는 건요? 야구는 팀을 꾸리기도 어렵고…….

누가 경기를 하래? 우리는 기록을 보는 사람들이야. 그러니 기록으로 승부해야지.

그날 밤 나는 집에 돌아가 밤새 야구 관련 사이트를 검색했다. 최신 경기 결과보다 오래된 순위표를 더 많이 들여다봤다. 몇 년 치 성적이 한 줄로 정리된 표를 훑어 내려가다 보니, 어떤 팀들은 늘 위에 있었고 어떤 팀들은 늘 아래에 있었다. 가끔 순위가 바뀌긴 했지만, 대체로는 비슷한 팀들이 비슷한 자리에 머물렀다.

1, 2위를 다투는 팀들에는 오래 눈길이 가지 않았다. 매번 올라가고, 매번 내려오고, 매번 기대를 충족시키는 팀들은 경기를

보기 전부터 결론이 정해져 있는 이야기처럼 느껴졌다. 대신 내 시선은 4위와 5위 근처에서 멈췄다. 포스트시즌에 갈 수도 있고, 못 갈 수도 있는 자리. 마지막 경기까지 가봐야 알 수 있는 자리.

그래서 고른 팀은 묘한 유머의 정서가 있었다. 아쉽게 포스트시즌에 가지 못한 해엔 누군가 트럭을 빌려 선수들을 태우고 낚시를 떠난 사진이 돌았다. 유니폼 대신 낡은 티셔츠를 입고, 모자를 눌러쓴 채 웃고 있는 얼굴들. 그 사진을 보고 있으면, 이 팀이 가을 야구에 실패한 게 아니라 그냥 계절을 먼저 넘겨버린 것처럼 느껴졌다.

그 팀에는 별명이 유난히 많은 선수도 있었다. 하나만으로는 부족한 사람처럼, 상황에 따라 다른 이름으로 불렸다. 홈런을 치면 그중 하나로 불렸고, 삼진을 당하면 또 다른 별명이 나왔다. 마운드에 서 있는지 아닌지와 상관없이, 팀의 분위기를 설명하는 선수들도 있었다. 또 막 대단해지기 직전의 선수도 있었다.

그렇게 나는 나의 계보를 갖게 되었다.

5

소설 『플라이의 밤』은 영원히 날고 있는 야구공에 관한 이야기다. 그 공을 보며 사람들은 여러 예측을 한다. 결국 파울이 될 것이다, 혹은 아웃이 될 것이다, 그것도 아니면 실책성 플레이로 인한 안타가 될 것이다. 그 예측은 예언이 되고 그 예언을 중심으로 사람들은 서로를 설득하거나 배척한다.

공을 중심으로 생겨난 집단에서 누군가는 그것을 기록하고, 누군가는 노래를 만들고, 누군가는 이야기를 지어내 팔아 생계를 꾸린다. 당연히 사랑도, 폭력도 있다. 사람들은 그 공의 궤적에 자신의 삶을 겹쳐보며 살아간다.

그러나 그 모든 소동에도 공은 여전히 공중에 머물러 있을 뿐이다.

6

그가 언제부터 '플라이의 밤'에 오기 시작했는지 잘 모르겠다. 그는 어느 순간부터 그곳에 있었다. 국산 맥주 하나를 손에 쥔 채, 마치 그 맥주가 이 술집의 출입증이라도 되는 듯. 그는 덩치가 작다고 할 순 없었지만 어딘가 가녀린 구석이 있었는데, 자세히 살펴보니 뼈 때문이라는 것을 알 수 있었다. 손목뼈나 복숭아뼈, 무릎 같은 게 도드라져 보이는 체형이었다.

사장은 그에게도 자주 말을 걸었다. 그는 지미 헨드릭스의 이야기든, 비틀스의 수비 포지션 같은 이야기든 늘 같은 표정으로 들었다. 그건 듣는다는 행위였다기보다는 그냥 사장의 목소리와 이야기까지도 맥주의 일부라고 여기는 듯한 느낌이었다. 어떤 사람은 자리에 앉아 있는 게 아니라 시간에 앉아 있다는 생각. 음악과 상관없이 흔들리지 않는 방식으로, 완전히 멈추어 있지는 않되, 절대로 앞서 나가지 않는 방식으로 그는 그곳에 있었다. 그러니까 이 장소와 이 시간에 존재해야 마땅한 것의 질서를 거스르지 않는 것 같은.

그래서 나도 그를 그냥 두었다.

에어컨이 고장 난 어느 날, 그가 처음 입을 열었다. 탈탈거리는 선풍기 앞에서 우리 셋은 옹기종기 모여 맥주를 마시고 있었다. 여전히 사장이 이상한 농담들을 늘어놓는 와중에 그가 말했다.

야구를 틀어두면 어때요?

사장은 고개를 저으며 대답했다.

음악을 못 듣잖아.

소리는 끄고 화면만 켜두는 거예요.

사장은 그를 바라보며 맥주를 한 모금 마셨고, 그의 앞으로 땅콩 접시를 밀었다. 사장이 누군가의 말을 듣고 있는 건 오랜만이었다.

1975년 보스턴 경기요, 파울폴 옆으로 날아가던 그 타구. 그건 핑크 플로이드의 「Shine on You Crazy Diamond」예요. 공이 넘어갔는지 아닌지 알 수 없는 그 시간 동안 기타가 계속 같은 자리에 머무는 곡. 결정이 나기 전까지 음악도 결론을 미루는 거죠.

사장이 희미하게 고개를 끄덕였다.

1986년 뉴욕 경기, 글러브 밑으로 공이 빠져나가던 장면은 레너드 코언의 「Famous Blue Raincoat」가 좋아요. 실책은 설명하면 안 되거든요. 그냥 지나가게 둬야 오래 남아요.

그는 덧붙였다.

올림픽 결승전 같은 건요, 브라이언 이노의 「An Ending (Ascent)」이에요. 드럼도 없고 앞으로 가는 느낌도 없는데 시간은 분명히 흐르죠.

그는 마지막으로 이렇게 말했다.

야구는요, 음악이랑 같이 보면 경기가 아니라 구조처럼 보여요.

가게에는 그날부터 야구가 틀어졌다.

7

사장이 내게 지방에 하루 다녀와줄 수 있느냐고 물은 건 휴학을 결정했을 무렵이었다. 그즈음 나는 매일 '플라이의 밤'에 출근하는 일을 분명히 즐기고 있었다. 가게에 들어서면 사장의 농담이 있었다. 그 속에는 언제나 이름 없는 투수와 타자들이 있었고, LP 재킷 속 인물들과 옛 소설의 문장들이 함께 테이블에 앉아 있었다. 우리는 같은 시간대에 존재하지 않는 것들과 나란히 맥주를 마셨다.

사장의 이야기는 점점 더 현실과의 접점을 잃어갔지만, 그럴수록 나는 이곳에 속해 있다는 느낌을 받았다. 실제로 만난 사람보다, 아직 오지 않은 경기와 이미 끝난 음악이 더 또렷했다. 나는 그 허구들 사이에 자리를 하나 차지하고 있다는 감각으로 하루를 채우는 게 좋았다. 사장은 아르바이트 수당을 주는 것은 물론 원한다면 숙소도 예약해주겠다고 했다.

내가 다녀오면 좋겠지만, 요즘 가게에 틀어둘 야구 경기를 찾느라 시간이 없어.

아닌 게 아니라 사장은 미국 야구부터 한국 프로야구까지 온갖 경기를 샅샅이 뒤지고 있었다. 그러고 나면 LP가 꽂힌 벽 앞에 오래도록 서 있었다. 그렇게 경기와 음악을 하나하나 맞춰보며 틀었다 끄길 반복했다. 나는 가겠다고 했다. 장소는 대전의 한 클럽이었다. 사장은 주소를 적어주었다. 클럽 이름과 연락처, 그리고 작은 글씨로 덧붙인 메모 하나.

『플라이의 밤』 초판본 있음. 상태 보통.

나는 메모가 구겨지지 않도록 그날 빌려 갈 책장 사이에 넣어두었다. 퇴근길은 새벽인데도 열기가 가시지 않은 채였다. 티셔츠가 등에 쩍쩍 붙었다. 집으로 가는 길은 늘 비슷했다. 마주치는 사람은 거의 없었다. 나는 편의점 불빛이 보일 때까지 걷다가 문득 깨달았다. 가게에 가방을 두고 왔다는 사실을. 사장은 이미 귀가했을 터였다. 불이 꺼진 가게에는 투수가 공을 던지는 자세 그대로, 혹은 타자가 방망이를 젖히는 모습으로, 그것도 아니라면 경기장을 가로지르는 야구공이 멈춰 있을 것이다.

나는 사장에게 메시지를 보냈고, 아침에 일어나니 답장이 와 있었다. 일단 예매해둔 기차를 타라는 내용이었다. 지독히도 더운 여름이었다. 플랫폼에서 더위에 시달리며 기차를 기다렸다. 나는 땀을 닦는 대신 그냥 두었다. 티셔츠가 등에 붙는 감각이 현실을 증명하는 것이라고 생각했다. 이 더위는 정말 확실한 거야, 라고도 되뇌었다. 너무 더워서 기차가 영원히 오지 않을 것처럼 느껴졌지만, 그런 일은 없었고 나는 마침내 기차에 올라탈 수 있었다. 좌석에 앉아 한숨 돌리고 있으니 누군가 내 옆에 앉았다.

그였다.

그는 들고 있던 물병을 내게 건네며 말했다.

많이 덥죠.

지독하네요.

그래도 저는 여름이 좋더라고요.

왜요?

그는 바로 대답하지 않았다. 물병의 뚜껑을 다시 돌려 닫고, 병에 맺힌 물방울을 손바닥으로 훑었다.

뭔가가 계속 진행 중이라는 느낌이 있어서요.

나는 이제는 차가워진 티셔츠를 감각하며 대답했다.

저도요.

그는 사장에게 『플라이의 밤』 초판본에 대한 이야기를 들은 뒤로 내내 궁금했다고 했다. 그래서 오늘도 연락을 받자마자 나왔다고. 실은 메모만 건네주면 될 일이지만 꼭 실물을 보고 싶어서 함께 가기로 결정했다고 말했다.

책을 직접 보면 뭔가 알 수 있을 것 같아요.

나는 그 말이 무슨 뜻인지 묻지 않았다. 대신 다른 질문을 했다.

왜 그렇게 야구를 좋아해요?

그는 이번에도 바로 대답하지 않았다. 창밖으로 지나가는 논과 낮은 건물들을 한참 바라본 뒤 말했다.

이렇게 확실한 공수 교대가 있는 스포츠는 거의 없어요. 자신이 해야 할 일과 순서를 확실히 알 수 있다는 것은,

그는 숨을 한번 고르고 이어갔다.

……삶에선 잘 일어나지 않는 일이니까.

나는 그의 이름을 묻지 않았다. 그와 한낮에 '플라이의 밤' 바깥에 있다는 것만으로도 충분히 기분이 이상했으므로. 그러나 그 기분이 어떤 것인지는 알 수 없었다. 다만 주변의 풍경이 조금 더 또렷해졌다는 것, 야구라는 것이 가진 질서를 생각하게 되었다는 사실을, 축축한 티셔츠와 함께 감각할 뿐이었다.

이것이 야구에 대한 나의 세 번째 기억이다.

8

사장은 어느 날 『플라이의 밤』의 어떤 페이지를 펼쳐두고 오래 노려보다 이런 말을 하기도 했다.

허구는 현실을 대신해주는 장소가 아니라, 잠시 몸을 숨길 수 있는 은신처 같은 거야. 하지만 은신처에서 영원히 살 순 없어. 오래 머무르면 방향을 잃게 되는 거야.

하루는 사장이 쇼케이스 뒤쪽으로 손을 넣어 한참 동안 그곳을 뒤졌다. 나는 사장 뒤에 서서 그를 바라보고 있었다. 맥주만이 정렬되어 있던 그곳에서 그는 야구공을 하나 꺼냈다. 그러고 그 공을 바에 올려놓았다.

네가 경기를 보지 않아도 야구는 계속되고 있어.

새 공은 아니었지만 완전하게 낡았다고도 할 수 없는 공이었다. 공은 움직이지 않았고, 나는 공의 궤적을 상상했다. 어딘가를 하염없이 날다가 이곳에 도착했는지도.

경기는 늘 기록된다는 것도 이젠 잘 알고 있지?

네.

기록되지 않은 경기라고 해서 사라지는 것은 아니야. 그건 사람에게 남는 거야.

그러면서 사장은 그 공을 내게 주었다. 나는 그날 밤 쇼케이스에서 나타나 내게 도착한 야구공을 허공에 던졌다 받았다. 아무 곳에도 기록되지 않는 경기의 밤들이었다.

사장은 『플라이의 밤』만은 절대 밖으로 가져가선 안 된다고 했다. 빌려주는 것과 보여주는 것은 다르다고도 했다. 그래서 나는 가게에 앉아 그 책을 읽었다. 낮은 조명의 테이블 위에 책을 펼쳐두고, 쇼케이스에서 새어 나오는 냉기와 미지근한 맥주의 온도를 번갈아 느끼며 페이지를 넘겼다. 책에는 이런 대목이 나온다.

공은 떨어지지 않는다. 사람들은 각자의 이유로 이 자리에 모여 있지만, 어느 누구도 끝까지 머물 수는 없다. 오래 바라본 사람일수록 먼저 자리를 떠나야 한다. 어떤 것을 오래 붙잡고 있는 사람은 결국 자기 차례를 놓치게 되는 법이다.

나는 『플라이의 밤』이 갖고 싶어졌고, 사장 몰래 필사를 하기 시작했다. 어떤 문장들은 너무 매끄럽게 흘렀다. 마치 다음 문장을 알고 있는 것처럼. 내가 쓴 적 없는 건 확실한데 익숙한 기분이 들었다. 그러니까 나는 『플라이의 밤』을 베끼면서, 동시에 이것이 나의 문장이라고 내내 생각했다. 그 책을 베껴 쓰는 동안 방학이 끝나 있었다. 쇼케이스 안의 맥주는 정렬한 그대로 놓여 있었고, 병 사이의 간격도 달라진 것이 없었다.

매일같이 반복되는 야구 경기가 화면에 틀어져 있었고, 음악도 여전히 같은 볼륨으로 흐르고 있었다. **그러나 뭔가가 확실히 달라져 있었다.** 그것은 무언가가 끝나고 있다는, 혹은 끝났다는 감각이었다. 더 이상 설명이 필요하지 않은 종류의 끝이었다. 장면들은 여전히 내 안에 있었다. 사장의 수많은 농담과 음악과 소설도.

당연하게도 '플라이의 밤'은 어느 날 원래 존재하지 않았던 것처럼 사라졌다.

그 바깥으로 내던져진 나를 둘러싼 것은 더 이상 장면이 아닌 시간들이었다. 나는 학교에 복학했고, 해야 할 일들은 끝없이 늘어서 있었다. 그 자리엔 상징도 은유도 없었다. 대신 이력서 파일의 제목을 날짜별로 바꿔 저장하고, 자격 요건을 충족하지 못하는 공고들을 습관처럼 넘기는 일들이 기다리고 있었다. 수업이 없는 날에 할 수 있는 아르바이트를 찾았다. 편의점에서 일하게 되어 계산대에 서서 바코드를 찍고, 물품 진열 순서를 외우고, 유통기한이 지난 삼각 김밥을 폐기 봉투에 넣었다. 손님들은 대부분 같은 물건을 샀다. 캔맥주, 컵라면, 삼각 김밥. 나는 그 반복되는 패턴을 보며 이제부턴 누군가의 꿈속 등장인물이 아닌, 진짜 하루를 살아가야 할 일만 남았다는 것을 알 수 있었다.

그래서 평일 저녁과 주말엔 꼭 야구를 봤다. 저녁이 되면 화면을 켜고, 공이 던져지고 맞고 날아오르는 순서를 끝까지 지켜보았다. 야구를 보는 그 시간만큼은 아직 내게도 어떤 순서가 남아 있을지 모른다는 생각이 들었다. 나의 팀은 내가 응원을 시작한 때부터 10년 내리 지기만 했다. 좋아하던 선수들도 뿔뿔이 흩어졌다.

나는 소설 『플라이의 밤』에 적혀 있던 문장들을 조합해 그 내용을 적기 시작했다. 노트에서 문장을 옮기고, 다시 고쳐 쓰고, 파일로 옮겼다. 이곳저곳에 투고를 한 끝에 그중 한 작품이 발표되었다. 그 소식을 들은 날, 서랍 안에 넣어두었던 『플라이의 밤』 필사본을 다시 꺼냈다. 그리고 그 노트를 버렸다. 잘게 찢어 다른 책들 사이에 섞어서. 어떤 문장이 어디에서 왔는지 더 이상 구분할 수 없게 만들고 싶었다. 그 일은 특별한 장면 없이 일어났고, 나는 다음 날에도 같은 시간에 출근했다.

9

나는 그 뒤로 딱 한 번 대전에 다시 갈 일이 있었다. 출장 때문이었다. 계약서의 한 부분이 누락되어서였는지, 뭔가를 점검하기 위해서였는지는 잘 기억나지 않는다. 굳이 내가 아니어도 누구나 할 수 있는 일들이었으니까. 그래서 오히려 내가 가게 된 것 같기도 했다. 일은 대개 그렇다. 특별할 필요가 없을 때, 특별하지 않은 사람이 불려 간다.

그날 저녁엔 함께 출장 온 팀 동료들과 간단히 회식을 했다. 숙소와 가까운 식당에서 이야기를 나누다 자연스럽게 노래방까지 가게 되었다.

누군가는 분위기를 띄우겠다며 트로트를 불렀고, 누군가는 사랑 노래를 불렀다. 노래를 끝까지 부르는 사람은 없었다. 나는 화면에 흐르는 가사를 따라 읽었다. 한때 어떤 노래들을 한심하다고 생각한 적도 있었다. 너무 쉽게 위로하려 든다고, 너무 빨리 결론에 도달하려 한다고, 혹은 너무 작은 얘기를 한다고. 그러나 나는 그날 내게 익숙한 멜로디를 흥얼거릴 뿐이었다.

숙소로 가는 길에 『플라이의 밤』을 얻으러 갔던 클럽이 있던 골목을 지나게 되었다. 간판들은 모두 바뀌어 있었고, 어디에서도 음악은 새어 나오지 않았지만, 주소를 확인할 필요는 없었다. 그저 자연스럽게 알 수 있었다.

나는 그 앞에 멈춰 섰다. 그리고 아주 짧은 시간 동안, 그 여름을 다시 떠올렸다. 너무 더워서 기차가 오지 않을 것 같던 플랫폼. 말없이 건네받은 물병. 클럽 안의 밴드들. 조명이 닿지 않아 얼굴이 전부 드러나지 않은 사람들. 후렴이 어디인지 알 수 없는 음악. 그럼에도 몸을 흔드는 사람들.

그곳에서도 여전히 맥주를 들고 서 있던 그를 바라봤었다. 그는 음악을 따라 움직이지 않았고, 그렇다고 완전히 멈춰 있지도 않았다. 그 공간에 있어야 할 사람처럼, 그 시간에 맞춰 서 있었다. 영원히 결론을 유예할 것 같던 시간.

하지만 그 장면들은 너무 매끄럽게 이어져 있었다. 실제의 기억이라기보다는, 여러 번 떠올리며 다듬어진 이야기처럼. 얼마 뒤 그가 내 손에 『플라이의 밤』을 쥐여주었다고 나는 믿고 있었다. 그러나 그것이 정말 『플라이의 밤』이었을까. 그 책의 표지와 무게, 손에 남았던 감각까지 떠올리려 하자, 모든 게 허구처럼 느껴졌다. 그럼에도 그것은 동시에 놀랍도록 선명한 장면이었다. 어떤 허구는 실재보다 선명하기도 한 것이다.

나는 그 골목에서 그 모든 것을 잠깐 불러냈다가, 더 이상 붙잡지 않았다. 문득 거리를 걷고 있는 꽤 많은 사람이 그와 닮아 있다는 것을 깨달았다. 그것도 잠시, 걸음을 옮기자 골목은 금방 끝났고, 다시 큰길이 나왔다.

다음 날 나는 숙소에서 나와 기차역으로 향했다. 기차역의 스크린에는 야구 하이라이트가 나오고 있었다. 선택된 장면들만이 플레이되었고, 그것들은 모두 경기의 중요한 순간들이었다. 아무 일도 일어나지 않는 몇 초의 침묵 같은 건 하이라이트에서 중요하지 않았다. 기차는 금방 도착했다. 그리고 나는 한 번도 야구장에 가본 적이 없다는 사실을 깨달았다.

10

나는 야구장에 앉아 있다. 추위에 떨면서. 소음 속에서. 응원 소리는 파도처럼 번졌다가 사라진다. 손가락 끝이 먼저 얼고, 그다음에는 무릎이 언다. 사람들은 몸을 흔들며 같은 구호를 반복한다. 나는 그 반복 속에서 내 손을 확인한다.

왜 이곳에 와 있나. 사실 이건 질문이 아니다. 나는 내가 이곳에 왜 왔는지 잘 알고 있다. 이런 쓸데없는 질문으로 긴장감을 유발하려 하는 것도 내가 버려야 하는 일이다.

나는 오늘 야구공이 날아가는 것과 그것이 떨어지는 것을 보러 와 있다. 그건 아주 단순한 일이다. 단순함에 도착하기까지는 많은 시간이 걸렸다. 나는 오랫동안 단순한 것을 다른 것으로 바꾸며 살아왔다. 때로는 그것은 존재하지 않는 술집이었고, 아무도 하지 않은 농담이었고, 음악이었고, 야구였다. 또 소설 『플라이의 밤』이 나의 작가 세계에 영향을 주었다는 인터뷰 따위이기도 했다.

그래서 나는 여기로 왔다. 한 번도 와본 적 없던 곳. 화면으로만 보던 곳. 사람들이 같은 것을 소리치는 곳. 타자가 방망이를 들고, 투수가 공을 쥐는 곳. 차례가 있는 곳. 그리고 나는 오늘, 이 팀을 응원하고 있다.

한화.

소설에 절대로 적지 않을 것 같았던 이 고유명사를 적는 순간 이상하게도 더 이상 설명할 것이 없어졌다. 나는 한화와 함께 너무 오래 졌다. 그러나 돌아보면 그것은 함께 진 것이 아니라 어쩌면 나의 습관적 패배였을 뿐이다. 그러니 한화가 이기는 것 또한 어떤 상징도 아니다. 이것은 계보가 아니다. 이것은 마음이고, 좋아한다는 것이고, 싫어질 때도 있다는 단순한 사실이다. 지금 이 순간, 이 추위와 소음 속에서 같은 이름을 부르고 있다는 것만이 남는다.

이것은 구조가 아니다. 실재의 삶이다.

그러니까 이 순간을, 이 장면을 나는 더 이상 다른 이야기로 바꾸지 않기 위해서 여기 앉아 있는 것이다. 하이라이트로 남지 않는 시간들, 아무 일도 일어나지 않는 이닝과 이닝 사이를 견디는 마음까지를 포함해서. 그것을 기록하는 것은 이제 영원한 나의 일이다. 이것이 야구에 대한 나의 마지막 감상이다. ●

합리적 애착

심 너 울

　나는 어릴 때부터 특별하다는 소리를 들었다. 좋은 쪽이 아니라, 나쁜 쪽으로. 정확히는, 이상하다는 말을 많이 들었다고 해야 할 것이다. 나는 다른 아이들보다 조금 더 빠르게 말문이 트였지만, 대신에 다른 아이들과 잘 어울리지 못했다. 일테면 나는 왜 내가 가지고 싶은 장난감을 다른 아이들에게서 뺏으면 안 되는지 등을 전혀 이해하지 못했다.

　이제 나는 내가 무엇인지 안다. 공감하는 법을 타고나지 못한 인간. 이렇게 말하면 보통 사람들한테는 무시무시하게 들리는 모양이다. 그래서 감히 밖에서는 이런 이야기를 하지는 못한다. 하지만 나는 조금 억울하다. 내가 길에 돌아다니는 동물을 찢어발기거나 사람에게 특별히 위해를 가한 것이 아니고, 집에서 폭탄을 만들거나 도저히 파훼할 수 없는 밀실 살인 수법을 궁리해낼 만큼 똑똑하여 고기능적인 것도 아니다.

다행히 나는 당위를 지키고, 사람들에게 공감하는 척하는 편이 좋으리라는 것을 안다. 그것이 나의 고기능적인 면이다. 사실, 내가 정말로 공감하지 못하는 이들은 연쇄살인마 같은 사이코패스들이다. 왜 그들은 사람을 죽이지 못해 안달일까?

흠, 나는 헌혈을 한 적이 없다. 어떤 사람들은 이것이야말로 공감 능력의 부재 때문이라고 말할지도 모른다. 그런데 그건 나의 선천적으로 공감하지 못하는 차가운 마음 탓이 아니다. 나는 주사기가 무섭다. 주사를 꽂는 것도 내 피를 보는 것도 나에게는 상당히 달갑지 않은 일이다. 나는 나와 비슷한 사람들이 나와 같이 티를 안 내고 살아가고 있다고 믿는다. 그런 사람들이 연쇄살인마 같은 인간보다는 훨씬 많다는 거다. 그렇다고 우리가 소모임을 할 순 없겠으나.

그래도 이런 문제는 상당 부분 학습으로 개선할 수 있는 문제다. 그리고 나는 꽤 성공적으로 학습했다고 생각한다.

이제 나는 상대가 좋아하는 것을 빼앗으면 상대가 싫어하리라는 것을 안다. 대체 왜 좋아하는지 내가 이해할 수 없다고 해도. 누군가가 무엇을 좋아하는 일은 너무 주관적인 사건이고, 그것을 내 마음대로 이래라저래라 할 수는 없다.

내가 좋아하는 게 아무것도 없다는 뜻은 아니다. 나도 쇼팽의 음악을 좋아한다. 듣고 있으면 기분이 평안해지는 느낌이다. 다만 어떤 사람들은 쇼팽의 음악을 싫어할 수 있다는 사실은 이해할 수가 없다. 그들이 듣는 것이 나랑 같은 게 맞나? 하지만 그냥 세상은 그렇게 만들어져 있다고 받아들일 수밖에 없다.

뭐, 이 정도의 규칙만으로도 나는 범죄도 저지르지 않고, 범죄의 대상도 되지 않고 살아갈 수 있었다. 나는 사람들을 잘 안다. 특이한 사람 취급을 받는 것은 어쩔 수 없지만, 사람들이 특이한 사람에게 주는 어떤 사회적인 신호를 별로 신경 쓰지 않기 때문에 괜찮다. 나는 공감하지 않고, 사회적 신호에 상처받지도 않는다.

사실, 내가 그런 신호에 가지는 것은 아주 순전한 호기심이다. 나는 다른 사람들이 그런 신호에서 어떤 것을 느낄까 궁금하다. 특이한 사람 취급을 받으면 너무 매운 고추를 먹는 것과 비슷한 느낌일까? 알 수 없는 일이다. 나는 내가 무언가를 잃어버렸음을 알지만 무엇을 잃어버렸는지는 모른다.

생각해보면, 나의 이상한 면은 내게 호기심이라는 삶의 원동력을 부여한 듯하다. 나는 내가 지니지 못한 것을 알고 싶다. 선천적으로 불가능한 일임을 알고 있음에도. 날 때부터 시력을 가지지 못한 사람은 보이는 세계를 궁금해할 수 있다. 그 사람이 시력 없이 잘 살 수 있더라도. 마찬가지다. 나는 공감할 수 없음에도 잘 살고 있다. 적어도 나는 그렇게 믿는다. 그래도 가끔은 사람들의 공감이 무엇인지 알고 싶기는 하다.

나는 창원시청 환경정책과 소속 공무원으로 살고 있다. 이 직업은 나 같은 사람한테 잘 어울린다. 더 나은 환경이라는 건 데이터로 명백하게 확인할 수 있다. 앞바다의 녹조 농도는 측

정할 수 있으니까. 행복과 만족은 측정하기 몹시 힘들지만.

사내 정치 같은 피곤한 일도 덜한 곳에서, 나는 내 정원을 가꾸며 살아간다.

그러나 정원을 가꾸는 일도 내 마음대로 다 할 수 있는 건 아니다.

2015년 7월, 창원시청 2층에서 마산만 해양환경개선사업 주민 설명회가 열렸다. 오후 세 시쯤이었던가. 나는 2015년 상반기 마산만 질소 용존량을 발표 중이었다. 아미노산의 원료인 질소는 생물체에게 꼭 필요한 영양분이다. 하지만 동시에 지나친 질소는 오염원이 된다. 똥물에도 질소는 풍부하다. 지나칠 정도로.

마산 앞바다는 오랫동안 그 지나친 질소 때문에 문제가 많았다. 그러니까, 이건 도시의 역사와 연결된 문제다. 창원시와 진해시와 통합하기도 전, 수십 년도 더 전에 마산은 꽤 큰 산업도시였다. 마산에서는 이런저런 경공업이 성했고 항구에 수많은 배가 오갔다. 당시에는 바다를 깨끗이 해야 한다는 의식이 없었고, 산업과 생활 여러 장면에서 나온 폐수를 그대로 들이켠 마산 앞바다는 똥물이 되었다.

지금의 마산 앞바다는 푸르다. 마산 앞바다 정화 프로젝트는 민관이 수십 년간 걸쳐 일궈낸 하나의 승리다. 그리고 나 역시 환경정책과 공무원으로서 그에 일조했다고 할 수 있을 것이다. 질소 용존량의 변화를 설명하면서 나는 성취감을 느꼈다. 내가 성취감이라고 부르는 감정은 아마 당신들의 성취감과 크게 다르지 않을 것이다.

그러니 다음과 같은 질문을 받았을 때 느낀 놀라움과 당황스러움도, 당신들과 공유할 수 있을 것 같다. 공감이라는 단어가 더 어울리려나.

"그런데 왜 응원가를 못 부르게 합니까?"

50대 중반의 볼이 뻘건 아저씨가 일어나 물었다.

"네?"

나는 그 질문을 완전히 이해하지 못했다. 서른다섯 해 동안 사회성이 없었으나 그래도 배우기는 한 이의 직감에 따라, 그가 말한 문장이 어떤 은유적인 의미를 포함하고 있는 건 아닌가 고민했다. 하지만 그 짧은 순간 나는 아무 생각도 해내지 못했다. 아저씨는 다시 말했다.

"NC 응원가요. 시청에서 못 부르게 했다매?"

"죄송한데, 지금 환경정책 발표 중인데……."

아래에 앉아 있던 과장이 부랴부랴 단상 위에 올라왔다. 그는 내게서 마이크를 앗아가 말했다.

"제가 상급자입니다. NC 응원가요? 야구 말씀하시는 건가요?"

아저씨가 고개를 끄덕였다.

"예. 아니, 콜라빛 바다라는 표현이 가사에 들어가서 부적합하다 그랬잖아요. 그게 말이 됩니까?"

과장이 마이크를 내렸다. 그의 시선이 나에게 쏠렸다. 나는 과장의 얼굴 근육이 아주 미묘하게 경련하는 것을 관찰했다. 질문을 요구하는 뉘앙스. 나는 골똘히 생각했다. 어떤 기억이 내 머릿속을 번개처럼 스치고 지나갔다.

"아, 그러고 보니 2개월 전에……."

"2개월 전에?"

어차피 내가 알아서 말할 것인데, 과장이 쓸데없이 되물었다. 나는 말을 이었다.

"그 야구팀 응원가에 콜라빛 바다라는 표현이 있는데, 저희 정책이랑 반대된다는 민원이 들어왔어요. 그래서 보고서를 올렸더니 과장님이 결재를 해주셔서, 그래서 야구단에 공문을……."

과장이 폭소했다. 과장되게. 과장의 과장된 웃음. 나의 말을 끊기 위한 웃음이라는 걸 파악하고 나는 조용히 했다. 과장은 마이크에 대고, 아저씨를 바라보며 말했다.

"아, 좀 오해가 있었던 듯합니다."

"확실합니까?"

과장이 열렬히 고개를 끄덕였다. 그 아저씨의 눈빛에는 어떤 신뢰도 비치지 않았다. 사람들은 내가 공감을 못 하지만, 그들의 마음속을 꿰뚫고 있다는 사실을 몰랐다.

설명회가 끝나고, 과장과 나는 함께 사무실로 걸어갔다.

"현주 씨 보면 가끔 참 신기해."

나는 묵묵히 걸었다. 과장뿐만이 아니라 다른 사람에게도 너무나도 자주 듣는 말이다. 신기하다, 이상하다, 특이하다 등으로 변주되는 말들. 사람들은 그런 말들이 타인에게 실례가 될 수 있다고들 말한다. 하지만 나는 별다른 생각이 들지 않는다. 나는 그런 사회적 멸시에 상처 입는 방법을 모른다. 과장이 다시 물었다.

"마산 출신 맞죠?"

"아, 네. 창원시 마산합포구."

"그럼 마산 사람들 야구 좋아하는 거 잘 알 거 아냐. 왜 그런 보고서를 써서 올렸어요."

나는 오래되어 누런빛으로 떠오르는 옛 시절을 생각했다. 몇몇 과격한 이야기는 들은 적이 있었다. 아직 NC가 창원에 야구단을 만들지 않았을 때, 롯데를 응원하던 마산 야구팬들이 만원 관중의 야구장에 들어가려고 토치로 문을 뜯었다던가.

세상에, 그 무질서를 생각하자 약간 구역감이 들었다. 그깟 공놀이 때문에? 나는 인상을 약간 찡그렸다가, 표정을 바로잡고는 말했다.

"하지만 과장님, 처음부터 결재를 안 하셨으면……."

과장이 다급히 끼어들었다.

"아, 현주 씨 말이 원론적으로 맞지. 맞긴 한데."

　나는 과장 쪽으로 고개를 돌렸다. 과장은 확실히 얼굴이 평소보다 붉어 보였다. 과장은 부끄러워하고 있었다. 과장은 한 번 자기 입술을 핥고는 말했다.

　"그러니까 내가 현주 씨의 업무 능력을 믿고 있어요. 아주 중요한 일이 아니라면, 현주 씨가 올리는 것들을 믿고 결재하는 거지. 과에서 하루에 올라오는 서류가 몇 갠데, 내가 다 일일이 확인할 수는 없는 거예요. 그래요! 내가 게으른 탓이 커요. 인정해요. 하지만 이번에는 조금, 아쉽달까."

　우리 둘은 사무실 앞에 섰다. 문을 열고 들어가기 전에, 나는 답했다.

　"하지만 과장님, 저는 민원 내용이 합리적이었다고 생각합니다."

　"합리적이라고요?"

　과장이 멈춰 서서, 내 쪽을 바라보았다. 내 말에 당황한 듯했다. 나는 과장을 바라보았다. 항상 연습한 대로 옅은 미소를 지으면서.

　"네, 마산 앞바다는 콜라빛이 아니잖아요."

　"물론 그렇지. 이제는 맑지. 그런데 그 응원가 가사 같은 건 그냥 마산에 대한 소속감 같은 거잖아. 그런 거까지 신경 쓸 필요는 없고."

　"그래도 지금까지 열심히 정화한 성과잖아요. 그래서 저도 보고서를 쓴 겁니다."

과장이 한숨을 푹 쉬었다.

"나도 이해는 해요. 하지만 여기 더 오래 있었던 사람은 나 잖아요? 물이 깨끗해지는 과정도 더 오래 봤고. 조금 다른 가사를 써주면 좋겠다 싶지만 시민들의 향수를 컨트롤하는 건 공무원의 영역이 아니지 않나?"

과장은 확실히 나를 답답하게 여겼다. 조금 짜증이 났다. 내게 마산만은 오랫동안 가꿔온, 마침내 그 푸르름을 되찾은 정원이었다. 그 아름다움의 가치를 굳이 훼손할 이유가 있는가? 나는 덧붙였다.

"저는 여전히 과장님 말씀이 이해가 안 갑니다. 그런 노래를 허용하는 건 저희 과에서 낸 성과를 전면적으로 부정하는 거 아닌가요? 게다가 과장님도 마음에 안 드신다면서요?"

"마음에 안 들어요. 그래도, 마음에 안 들어도 해야 하는 일이 있잖아요. 공직 생활 이제 좀 알지 않아요? ……그래, 이해가 안 되겠지. 현주 씨는 그런 사람이니까. 됐고……. 퇴근하세요. 내가 알아서 해결할 테니까."

대놓고 인상을 찡그리면서, 과장은 사무실 안으로 들어갔다.

나는 터벅터벅 시청을 걸어 나왔다.

과장이 화가 났다는 것쯤이야 알 수 있었다. 나도 다른 사람의 감정을 읽을 수 있으니까. 다만 이런 경우에, 과장이 어째서 화가 났는지를 짐작하는 건 정말 쉽지 않은 일이었다. 상급자의 명령을 따르지 않아서, 그것이 1차적인 원인일 테지만 이 명령 자체가 비합리적이지 않나?

나 혼자만 마산만을 잘 가꾼 정원처럼 여기는 것이 아니었다. 마산만에서 먹을 수 있는 물고기가 다시 잡히고, 수십 년 동안 폐장되었던 해수욕장을 재개장할 준비를 하는 데 있어 불평하는 시민은 하나도 없었다. 그런데 그렇게 가꾼 정원을 보고 콜라빛 바다라고 말하는 응원가를 복구시키라니?

평생에 걸쳐, 사람들의 비합리적인 애착은 수차례 목격했다. 이제 그것에는 익숙해졌다고 단언할 수 있었다. 하지만 이런 모순되는 애착은 정말로 받아들이기 힘들었다. 깨끗한 마산을 사랑하면서 동시에 더러운 과거의 마산을 사랑할 수 있는가? 어떻게 그런 게 되지? 이걸 이상하다고 느끼지 못하는 것이야말로 이상한 것 아닌가. 도대체 누가 정상이고 누가 비정상인 거지?

피로가 해일처럼 밀려왔다. 어차피 운명은 정해져 있었다. 다음 날이 오면, 과장은 자기가 결재했던 보고서를 뒤집을 것이고, 나는 그것에 맞춰 공문을 다시 써야 할 것이다. 공문 한 장 쓰는 게 어렵지는 않지만, 내가 납득할 수 없는 일을 해야 한다는 것이 싫었다. 나는 한숨을 푹 쉬고는 터덜터덜 걸었다.

"저기요!"

어딘가 익숙한 목소리가 들렸지만 그 부름을 무시하고 걸어갔다.

“왜 사람이 부르는데 보질 않아요.”

방금 전, 설명회에서 보았던 아저씨가 내 앞을 가로막았다. 나는 잠시 멍하니 아저씨를 바라보다가 말했다.

“아, 저 부르시는지 몰랐어요.”

“어떻게 됐습니까?”

“그건 제가 말씀드리기 어렵고…….”

아저씨의 얼굴이 다시 붉어졌다. 그 아저씨는 놀라울 정도로 전형적인 마산 아저씨였다. 마산 사투리의 성조가 진하게 묻어나는 빠른 말씨, 감정을 전혀 숨기지 않는 모습, 그리고 선크림을 평생 바르지 않은 듯한 억센 피부까지. 그냥 둘러 둘러 말해서 어서 집에 보내는 게 최선이라고 생각했다. 퇴근 후 휴식 시간을 방해받고 싶지 않았다.

“오해가 있었다고 말했다 아입니까? 그럼 고쳐야지예.”

나는 아저씨의 시선을 피하면서 답했다.

“권고가 적합했는지 아닌지 판단하는 건 저 말고 위쪽에서…….”

“기면 기고, 아이면 아인 거지. 그거 하나 바꾸는 데 무슨 결재가 줄줄이 필요합니까?”

나는 다시 아저씨의 눈을 마주 보았다. 아저씨의 눈빛에서는 거의 아이 같은 갈망이 빛나고 있었다. 그놈의 응원가, 그냥 아무 노래나 부르면 안 되나? 지친 나는 감히 공무원이 해서는 안 될 말을 해버렸다.

"그런데 왜 그래야 하나요?"

"예?"

이번에는 아저씨가 좀 당황한 듯했다. 나는 약간, 게임에서 이길 때의 느낌과 비슷한 감각을 느끼면서, 말했다.

"사실 제 입장에서는 잘 이해가 안 가거든요. 민원을 넣은 사람이 있다는 게, 그거 때문에 불편하신 분도 있다는 거고 ……. 가사에 문제가 있으면 가사를 바꾸면 되는 것 아닌가요. 저희 모두 노력해서 깨끗한 바다를 만들고 있는데……. 다시 그때로 돌아가고 싶은 건 아니잖아요? 저도 마산 출신이라서 잘 알거든요……."

아저씨의 언성이 높아졌다.

"아니, 그게 그기 아니지! 공무원 선생이……."

나는 곧바로 후회했다. 처음 공무원이 됐을 때, 이런 식으로 민원인과 논쟁을 한 기억이 떠올랐다. 자세히 기억은 안 나는 데, 농업 폐수를 왜 바다에 방류하면 안 되냐는 식의 말도 안 되는 이야기였다. 내가 반박을 하자, 민원인은 국민권익위와 인권위와 감사원 등 수많은 기관에 나를 대상으로 민원을 넣었다. 나는 일주일 동안 불려 다니면서 민원인이 말이 안 되는 말을 하면 싸우려고 들지 말고 그냥 무시하라는 소리를 들어야 했다.

"아, 죄송합……."

애초에 나는 미안함을 느끼지 못하지만, 데이터베이스에 입력된 대로 비굴하게 말했다. 이런 사람한테 굳이 시간을 낭비하고 싶지 않았다. 그때 아저씨가 다짜고짜 말을 끊고 물었다.

"야구 안 봐요? 요즘엔 젊은이들도 많이 보던데."

예상치 못한 질문이었다.

"아, 네."

"진짜 여기 출신 맞아요?"

나는 고개를 끄덕였다. 아저씨는 호탕하게 웃었다.

"아, 그라믄 야구를 함 봐야 이해를 하겠네. 마침 여섯 시인데, 지금 야구 보러 가실래예?"

"예?"

나는 당황하여 되물었다. 당연히 거절해야 한다고 생각했다. 낯선 사람 따라가지 말라는 이야기는 누구라도 어려서부터 듣는 이야기니까? 그런데 내 혀와 내 호기심이 내 이성을 배신했다.

"아, 음, 네. 뭐, 그러죠 뭐."

또 고개를 끄덕여버리고 나서야, 후회했다. 괜한 말로 귀찮음의 폭풍에 휘말린 것 같아서. 어쩌랴. 호기심이 고양이를 죽이는 법이니.

우리 둘은 진짜로 야구장에 갔다. 나는 내가 스포츠 직관을 해볼 거라곤 꿈도 꾼 적 없었다. 심지어 아저씨는 티켓도 샀다. 아저씨는 우리는 홈팀 팬이니 1루 쪽으로 가야 한다고 했다. 오래된 야구장의 냄새나는 입구를 지나니 그라운드가 눈앞에 갑자기 나타났다. 평일이었지만 사람들이 꽤 많았다. 우리 둘은 구석 자리에 앉았다. 아직 새 야구장이 생기기 전이라, 햇볕에 색 바랜 플라스틱 의자는 아주 낡아 있었다. 정확히 말하자면 나는 앉아 있고, 아저씨는 시작하자마자 일어서서 선수들의 이름을 연호했다.

그라운드 위의 선수들이 던지고 치고 잡는 야구공은 너무 작아서 제대로 보이지도 않았다. 그 잘 보이지도 않는 공의 위치가 이리저리 변경될 때마다 사람들은 함성을 지르고 탄식을 내뱉었다. 나는 스포츠를 좋아하는 사람들의 마음을 결코 이해하지 못할 것 같았고, 나를 데려온 아저씨는 이미 나한테는 관심이 사라진 듯했다.

나는 잔디 냄새, 맥주 냄새, 오징어와 치킨 냄새를 맡으면서 주변 사람들을 관찰했다. 앞줄에는 글러브를 든 아이가 파울볼이 날아올 때마다 부질없이 공을 잡으려는 시도를 했다. 내 왼쪽에는 커플 둘이, 구단의 마스코트 가죽을 벗겨낸 듯한 망토를 입은 채로 NC 다이노스의 이름을 울부짖었다. 게임은 지고 있었지만, 남색의 유니폼을 입은 사람들은 다들 제각기 즐거워 보였다.

즐거움이라. 즐거움. 이 사람들의 즐거움은 어디서 오는 걸까. 나는 그것이 궁금했다. 사람들이 야구단에 대해 품는 어떤 소속감에 경기를 보는 것 자체를 즐거워한다는 것은 알고 있었다. 하지만 그 소속감의 근원이야말로 내게는 쉽게 이해하기 힘든 것이었다.

어차피 엔씨소프트가 이곳을 연고지로 구단을 만든 이유는 마산에 대한 사랑이 있어서가 아니다. IT 기업이니 오히려 성남시가 어울리겠지. 그들이 이곳은 선택한 건 단지 KBO가 이곳을 정해주었기 때문이다. 지역 균형, 상생 같은 미사여구들과 함께. 나는 사람들이 그런 이유로 연고지가 정해진 구단에 어찌 그리 애착을 퍼부을 수 있나 신기했다. 그깟 공놀이가 뭐라고.

하긴 내가 보기에 세상은 언제나 그런 것이었다. 세상에는 이용하는 사람이 있고 이용당하는 사람이 있다. 나 역시 이 관중들을 내 호기심을 채우는 데 이용하고 있었다. 뭐, 어느 쪽이건 나쁘지 않다. 나는 파울볼을 아직도 잡지 못해 안달이 난 아이의 마음을 상상했다. 삼진 판정이 한 번 날 때마다 맥주를 한 캔씩 들이켜는 것 같은 여자를 보았다.

나는 옆쪽의 아저씨를 바라보았다. 이 사람은 내가 노래를 다시 틀어줄 생각 따위는 없고, 야구를 본다고 해서 생각이 바뀌지 않을 거라는 사실을 짐작이나 할까. 나는 이런 아저씨 같은 사람들을 많이 보았다. 그 열정적인 순진함.

5회가 끝났다. 선수들이 사라지고, 야구장 직원들이 들어왔다. 원래 5회가 끝나면 클리닝타임이라는 재정비 시간을 가진다는 것을 그제야 알았다. 그리고 클리닝타임이 시작된 바로 그 순간, 아저씨가 날 잡아 일으켰다. 난 잘 익은 무처럼 쑥 뽑혀 올려졌다.

"가입시다!"

아저씨가 외쳤다. 나는 어안이 벙벙한 채로 대꾸했다.

"예?"

"따라오이소."

아저씨는 내 팔을 놓고는, 계단을 타고 아래쪽으로 걸어갔다. 무례하다고 해야 할지 어이가 없다고 해야 할지 알 수 없었지만, 어쩔 수 없는 호기심에 이끌려 아저씨를 따라갔다. 아저씨는 응원단장과 치어리더들이 있는 단상 앞에 멈췄다. 응원단장이 우리 둘 쪽을 쳐다보았다. 아저씨가 나를 가리키면서 외쳤다.

"보이소! 내가 직접 시청 가서 데려왔다 아이가."

응원단장이 반갑다는 듯 말했다.

"오, 그럼 환경정책과에서 나오신 거죠?"

"아……. 네."

나는 상황이 어떻게 돌아가는지 연산할 수 없었다. 응원단장은 아주 기쁜 듯한 웃음을 짓고 있었다. 나를 보고? 왜? 내가 여기 올 거라는 걸 알고 있었나? 그는 내게 손짓했다.

"올라오시죠!"

"제가요?"

"예, 올라오세요."

나는 주위를 둘러보았다. 춤추는 치어리더들도, 글러브를 들고 파울볼을 기다리는 아이도, 삼진 콜 한 번마다 맥주를 한 캔씩 마시는 사람도 나를 바라보고 있었다. 보통 사람이라면 아마도 수치심이나 흥분 같은 것을 느꼈을 터였다. 나는 단지 이 순간을 도저히 이해하지 못해 어리둥절해하고 있었다.

내가 우물쭈물하자, 응원단장이 마이크를 들고 말했다.

"여러분, 그동안 우리 「마산 스트리트」 못 불러서 아쉬웠죠?"

사람들이 다 함께 예, 하고 외쳤다. 응원단장이 말을 이었다.

"그래서 저희가 창원시청에 가서, 다시 부를 수 있게 해달라고 했습니다. 시청에서 시정하겠다 했고요. 여기 일하시는 분이 직접 오셨어요!"

나는 아저씨를 보았다. 아저씨는 껄껄 웃고 있었다. 그제야 상황을 이해할 수 있었다. 내가 아저씨를 이용하고 있는 것이 아니었다. 내가 아저씨에게 이용당하고 있었던 것이었다. 사회적 압력이라고 불리는 염력에 이끌려서, 나는 단상 위로 올라갔다. 응원단장이 마치 절친한 친구처럼 내게 물었다.

"불러도 되죠?"

나는 그런 자리에서 아직 정해진 건 없다고 말할 만큼 만용을 부릴 수 있는 사람은 아니었다. 고개를 끄덕였다. 이어지는 환호성 때문에 잠시 귀가 아팠다. 나는 얼른 단상에서 내려왔다.

"원래는 8회 공수 교대 때 부르는 노래지만……." 응원단장
이 잠시 뜸을 들이고는 말을 이었다. "자, 가봅시다!"
앰프에서 벼락같은 소리가 울렸다. 그러고 사람들이 노래
를 부르기 시작했다. 실제로 들어본 것은 그때가 처음이었다.

내가 태어난 그곳, 마산 스트리트
바닷바람 거친 항구의 도시
특별한 것도 정 갈 만한 구석 없어도
난 그곳을 사랑하네

콜라빛 나는 바닷물이 흘러 흐르고
아줌마의 구수한 마산 사투리
정든 그곳을 등지고서 난 떠나왔네
꿈을 가득 안고서

흘러가는 한강의 강물이여
마산항으로 내 마음 보내다오
가자!
Come on, Come on! 마산 스트리트여!
Come on, Come on! 나의 나의 친구여!
Come on, Come on! 마산 스트리트여!
뛰어올라라!

······쥑인다!*

나는 이 노래가 그저 신나기만 한 노래일 거라고 생각했다. 하지만 그렇지 않았다. 내가 듣기에, 이 노래는 슬픈 노래였다. 고향을 떠난 사람의 노래. 다시는 돌아갈 수 없는 과거에 대한 이야기. 나는 이 노래가 마산에 바치는 장송곡 같았다. 한때 성했지만 더는 그 동력을 되찾을 수 없는 도시. 이제 창원에 흡수된 도시. 다시는 옛 모습으로 돌아갈 수 없는, 깨끗하지만 그만큼 쓸쓸해진 도시.

사람들은 다시는 돌아갈 수 없는 과거를 이야기하면 슬퍼하지 않던가? 심지어 노래에서조차 화자는 꿈을 좇아 마산을 떠나 서울로 갈 수밖에 없는 운명이지 않았나. 그러나 사람들은 그 노래를 기뻐하면서 불렀다. 마치 축제처럼. 아니 그 순간만큼은 확실히 축제가 맞았다. 나는 내가 이 감정을 이해할 수 없다는 것에 비릿한 절망감마저 느꼈다.

옆에 있던 아저씨가 완전히 들뜬 채로 말했다.

"쥑이지 않습니까?"

나는 눈을 껌뻑였다. 이해할 수 없는 현상 앞에서, 원론적인 말을 되풀이할 수밖에 없었다.

"아직 결재가 난 사안이 아닌데······."

"에이, 그런 게 중요합니까? 다 함께 좋은 게 좋은 기지."

이제 결재가 중요한지 아닌지도 판단할 수 없었다. 머릿속이 어지러웠다. 나는 패잔병처럼 터덜터덜 자리로 돌아와 앉았다. 그러는 동안 사람들은 한 번 더 그 노래를 불렀다. 꿈을 좇기 위해 떠나야만 하는, 콜라빛 바다가 흐르는 도시의 노래를. 나는 그 노래를 멍하니 들었다. 그 비합리적인 애착을 어떻게 해석해야 할지 생각하면서.

곧 아저씨가 내 옆자리로 돌아왔다. 나는 아저씨를 올려다보고는 말했다.

"이럴 줄 알고 데려오신 거죠?"

아저씨는 아무렇지도 않다는 듯 고개를 끄덕였다. 나는 예상치도 못한 수로 승기를 빼앗긴 바둑 선수처럼 분했다.

"저는 정말 이해가 안 가요. 이런 노래를 꼭 지켜야 하나요?"

"마산 출신이신 거 아닙니까? 말투에서 티 나는데?"

"네, 그게 왜요?"

아저씨가 더 의아하다는 듯 되물었다.

"그런데 어떻게 이걸 이해를 못 합니까?"

아저씨는 마치 내가 덧셈을 이해하지 못하는 것 같다는 표정이었다. 하지만 나야말로 아저씨가 덧셈을 이해 못 하는 사람 같았다. 나는 답답함을 토해내듯이 말했다.

"고향의 바다가 깨끗해진 지금이 더 좋은 거 아닌가요? 응원가를 왜 이리 슬픈 걸 불러요."

"그야 옛날 바다보단 지금이 깨끗하고 좋지예. 그렇지만 타고난 거니까 어쩔 수가 없는 거 아입니까. 옛 시절을 다 같이 기억하니까. 마산 출신이면 다 이해할 낀데."

타고난 거라서 어쩔 수 없다는 말이 나의 속 깊은 곳을 긁었다.

"타고나서 어쩔 수 없다고요."

"그치, 그게 고향인 기라. 한번 잘 생각해봐요."

아저씨는 경기장 쪽으로 눈을 돌렸다. 타고난 것에 대해서라면 나 또한 어디에 꿀리지 않는다. 나의 타고난 성정. 타인의 마음을 알 수는 있지만, 그것에 공감할 수 없는 마음. 이런 마음을 가지고 태어난 데 유감을 느낀 적은 없었다. 그러나 이곳에 와, 즐거워하는 사람들을 보면서, 나는 질투심을 느꼈다. 인정하고 싶지 않지만, 나도 그들처럼 순진하게 즐거워할 수 있으면 좋겠다는 마음이 들었다. 이것이 뇌의 일정 부위가 더 크고 잘 발달한 사람이 느끼는 보편된 감정인가.

그 질투심마저 내게는 낯설었다. 내게 질투심은 훨씬 더 물질적인 감정이었다. 예를 들면, 내가 가지지 못한 물건을 가진 사람에 대해 느끼는 감정. 내가 해낼 수 없는 것을 성취한 사람에 대해 느끼는 감정. 그 순간, 나는 하나 되어 너무나 기뻐 보이는 관중들이 부러웠다. 그것이야말로 내가 영영 알 수 없는 것이기에 그럴까.

평생 올 일이 없을 거라 여겼던 야구장 관중석에 가만히 앉아, 나는 그 괴롭고 낯선 마음을 곱씹었다. 내가 알고 있는 세상이, 어느 정도는, 흔들리는 기분이었다. 아주 조금. 아니, 아주 조금보다는 더 많이.

언제나처럼 오전 일곱 시에 일어났다. 침실의 암막 커튼을 젖히자 떠오르는 태양 빛이 작렬했다. 다행히 태양은 동쪽에서 떠올랐고 내가 사는 아파트도 굳건히 서 있었다. 양치를 하고 몸을 씻었다. 샤워기에서 뿜어져 나오는 따뜻한 물결은 항상 그랬듯이 기분을 이완시키는 효과가 있었다. 상쾌하게 욕실을 나왔다. 세상은 한결같았다. 다행히도.

하지만, 곧바로 나는 무언가 걸맞지 않는다는 것을 깨달았다. 스트레칭을 하는데 몸이 원래의 컨디션과 조금 달랐다. 허리에서 엉덩이로 이어지는 근육이 결렸다. 평소라면 뭉치거나 할 이유가 없는 부위였다. 나는 척추기립근 쪽에 폼롤러를 굴리면서 그 이유를 깨달았다. 오래된 야구장의 낡은 의자에 몇 시간이고 앉아 있었기 때문이었다.

아마도 다른 사람이 패배감이라고 생각할 감정을 나는 다시 한번 느꼈다. 분했다. 어제의 감정이 내 일상을 방해하는 것까지는 예상치 못했다. 사람들 마음을 다 읽을 수 있다고 생각했는데 말이다.

하지만 그게 끝이 아니었다.

내 아침 일과는 약간의 스트레칭 시간이 추가된 것 빼고는 변화가 없었다. 나는 아파트를 나와, 자전거를 타고 시청으로 향했다. 시청에 도착했을 때는 딱 여덟 시 반이었다. 그 시간만큼은 평소와 다르지 않았다. 나는 만족했다. 일상은 반복된다. 어제 같은 일은 어쩌다 한 번 있는 아노말리일 뿐, 또 그런 일은 없을 것이다.

나는 환경정책과 사무실로 걸어갔다. 야구장과 콜라빛 바다 생각은 더 하지 않으려고 했다. 할 일이 쌓여 있었다. 몇 주 뒤로 잡힌 대학생 서포터즈들과 함께하는 환경 캠페인을 생각했다. 오늘은 과장과 그 이야기를 하면 좋을 것이다.

별생각 없이, 나는 사무실 문을 열었다. 사람들이 사무실 중앙에 모여 커피를 마시면서 이야기를 나누고 있었다. 그것 또한 세상이 내가 아는 모양대로 굴러간다는 증거였다. 나는 가볍게 목례하고, 내 자리로 들어가 내 일을 하면 됐다. 사람들도 나랑 스몰토크를 한다는 게 아무 의미가 없다는 것을 알고 있으니까, 별일 없을 것이다. 나는 목을 숙였…….

"어, 저기 왔다."

과장이 나를 가리켰다. 사람들의 시선이 한순간에 내게로 쏠렸다. 이것이야말로 내가 전혀 기대치 못한 상황이었다. 과장이 웃으면서 내게로 다가왔다.

"김현주 씨, 우리가 같이 일한 지도 5년이 넘었는데, 이런 캐릭터인 줄은 전혀 몰랐네!"

나는 이번에도 망연히 서 있을 수밖에 없었다. 왠지 모를 슬픔을 느끼면서 대꾸했다.

"예?"

"왜, 어제 마산구장 갔잖아요. 아니, 언제 그런 빅 이벤트를 준비했던 거예요? 뉴스에도 나오던데. 와. 솔직히 말해서 현주 씨는 찔러도 피 한 방울 안 나올 줄 알았는데……."

"제가 뉴스에 나왔나요?"

나는 절망하면서 물었다. 과장은 고개를 힘차게 끄덕였다. 나는 그게 긍정의 표시라는 걸 알았다. 하지만 과장은 바로 전날, 이런 일이 하고 싶지 않다고 했었다. 공직에 있는 사람이 이렇게 두드러지는 일을 하면 안 된다는 것도 알았다. 나는 고개를 숙이며 말했다.

"죄송합니다. 과장님, 전……."

"아니에요!"

과장이 다가와서 내 어깨를 툭툭 쳤다.

"전혀 예상치 못한 일이었는데, 잘했어요. 덕분에 스무스하게 넘어갈 수 있을 것 같아. 또 왜, 현주 씨가 이렇게 재밌는 사람인지는 몰랐잖아. 이전까지 너무 차갑게 대한 것 같아요. 일단 구단에 보낼 공문 써 와요. 앞으로는 이런 일 하기 전에 예고만 좀 해주고."

"예?"

"아, 그리고 NC에서도 현주 씨보고 시구라도 할 생각 없냐고 묻던데요."

"저는 괜찮……."

주변의 사람들 모두 내가 억지 겸손이라도 부리는 양 탄식 같은 소리를 냈다. 과장이 낄낄 웃으면서 말했다.

"살면서 그런 기회가 얼마나 있겠어? 한번 해봐요. 보니까 뭐, 쇼맨십도 출중하던데. 이런 건 받아야지. 시구한다고 해둘게요."

아무리 사양해도 과장이 결코 받아주지 않을 것이란 걸, 내 운명은 결정됐다는 걸 알았다. 내가 텔레비전에 나와서 시구를 하다니……. 부끄럽다거나 한 것은 아니었다. 다만 이것은 내가 살아가려는 삶의 방향이 아니었다. 나는 나만의 정원을 가꾸는 사람이다. 아무 관심도 없는 야구장에 들어가는 것은 내 삶의 방향을 송두리째 부정하는 일이었다. 과장은 그런 것에는 아무 관심이 없어 보였다.

과장은 다시 사람들 사이로 들어갔다. 사람들은 나를 보면서 뭐라 뭐라 떠들었다. 나는 내가 연산하고 생각했던 인간의 모습이 전부 다 무너져 내리는 것을 느꼈다. 그 느낌에서 비롯된 어마어마한 혼란을 드러내지 않기 위해, 애써 미소를 지었다. 사회적 미소였다. 나는 사회적 미소라는 것이 필요한 보통 사람들의 마음을 결코 이해할 수 없겠지만, 이 자리에서는 그것이 적절하다는 생각밖에 들지 않았다. ●

* 2015년 5월에 실제로 있었던 가사 논쟁을 모티프로 삼았으나,
  등장인물 및 사건은 모두 픽션임.

비공식 영구결번

위 수 정

위수정 2017년 『동아일보』 등단. 소설집 『은의 세계』 『우리에게 없는 밤』. 중편소설 『fin』. 〈한국일보문학상〉 〈이상문학상〉 등 수상.

2025년 4월 18일, 우리는 환호했다.

그날은 금요일이었고 나와 주홍은 텔레비전으로 롯데와 삼성의 경기를 보고 있었다. 5회, 레이예스가 친 공이 좌측 담장을 넘겼다. 우리는 소리를 지르며 박수를 쳤다. 롯데는 아직 몰라. 끝까지 봐야 해. 내가 흥분을 누르며 말했다. 그래도 올해는 좀 다른 거 같지 않아? 주홍이 맥주병을 들어 올리며 물었다. 나는 주홍의 빛나는 눈을 보며 답했다.

글쎄, 아직 봄이라.

내게는 징크스가 있다. 너무 기대하거나 너무 좋아하면 끝이 좋지 않다는 것. 마치 어떤 존재가 내 옆에 딱 달라붙어서 나의 말과 표정, 심지어 마음까지 꿰뚫어 보고 있다가 나의 기쁨과 설렘을 짓밟는 쪽으로 움직이고 있는 것 같달까. 그것은, 내겐 작은 행복조차 선사할 마음이 없는 게 분명했다. 그래서 기쁜 순간에도 나는 마음껏 기뻐하지 못했다. 티를 냈다가는 몽땅 뺏기고 말 테니. 내게 준비된 것은 오직 잘 준비된 실망뿐이었다.

그럼 너는 신을 믿는 거네?

나의 불행 징크스에 관한 말을 들은 주홍이 물었다.

신? 귀신도 신이라면.

내 말에 주홍은 피식 웃었다. 고진감래, 흥진비래. 이런 말이 왜 나왔겠어.

하지만 나는 특별히 심한 거 같아.

주홍은 고개를 저으며 되물었다. 불행 배틀 한번 떠볼까?

배틀은 뭐, 우리 둘 다 롯데 팬인 거만 봐도……. 하지만 나는 주홍과 달리 구단 선택권이 없었다. 태어나 보니 부산이었다. 부모도 조부모도 모두 경상도 출신이었다. 나는 아버지에게 롯데 과자만 사 먹으라고 교육받았다. 아니, 사실은, 해태는 사 먹지 말라는 말이 더 오래 기억에 남아 있다. 나는 아버지 말을 잘 따르는 어린이였다. 부끄러운 기억이다. 어쨌든 나는 모태 부산 갈매기다. 모태 신앙이라는 말을 이해하기 힘들었는데 롯데에서 벗어나지 못하는 나를 생각해보면 그들의 신앙이 이해되었다. 일곱 살에 부산을 떠나 30년 넘게 서울에 살고 있으면서도, 의지로 어쩌지 못하는, 선택한 적도 없는데 마음이 끈질기게 거기에 머물러 있었다. 벗어나려 해도 잘 되지 않았다. 이런 나와 달리 주홍은 자신이 롯데의 품으로 뛰어든

케이스였다. 주홍은 서울 토박이다. 주홍의 부모는 야구를 보지 않았다.

처음엔 롯데라는 이름에 빠진 거지. 중학생 땐 다 그렇잖아. 낭만에 눈이 돌아 있을 때. 베르테르의 연인인 로테와 야구라니. 그 기묘한 조합이 너무 멋진 거야.

그래도 중2 여학생이 야구에 빠지기란 쉽지 않았을 텐데. 나의 말에 주홍이 고개를 끄덕였다.

그때. 2000년 봄에.

2000년 봄. 롯데 팬이라면 잊지 못할 그해 4월 18일. 잠실에서 열린 LG전, 2회 초. 2루에 진루해 있던 임수혁이 쓰러졌다. 카메라는 임수혁을 비추었고 그는 하늘을 바라보는 자세로 흙바닥에 누워 있었다. 선수들이 슬라이딩하는 장면은 야구장에서 흔하게 볼 수 있었지만 하늘을 보고 누운 것은 있을 수 없는 일이었다. 주홍은 바닥에 누운 임수혁의 다리가 떨리던 모습을 생중계로 보았다.

저걸 봐도 되나.

주홍의 머리에 처음 떠오른 생각이었다고 했다. 봐서는 안 되는 장면을 보고 있다는 느낌이었어. 사실은 그리 긴 시간이 아니었을 텐데, 사람들이 달려가기까지는. 그런데 임수혁이 홀로 야구장 바닥에 누워 있던 그 시간이 너무 길게 느껴지는 거야. 왜 아무도 없지. 왜 저렇게 오래 사람을 혼자 두지……. 왜 보고만 있지. 관중도, 선수들도, 스태프들도 엄청 많은 구장이었는데 그 순간 아무도 없는 것 같은 거야. 그 사람 옆에 아무도 없더라고. 나, 짜장면을 먹고 있었거든. 그때 내가 느꼈던 건.

느꼈던 건?

불가능.

그렇게 말하는 주홍의 시선은 먼 곳을 향해 있었다. 주홍의 눈은 물리적으로 먼 곳이 아니라 과거의 시간을 바라보고 있는 듯했다. 나도 거기 있는 거 같았어. 거기 있는데 뭘 못 하고 있는 기분. 동조자가 된 기분. 숨도 안 쉬고 자세히 보고 있는데 너무 먼 거야. 그런 느낌은 처음이었어. 엄마가 손으로 이마를 닦아줬어. 짜장면 다 불었다고. 땀을 왜 이렇게 흘리냐고. 저런 거 보지 말라고.

주홍은 그날 단단히 체했고 이후 짜장면을 못 먹게 되었다고 했다. 동시에 그 후로 자신이 롯데를 떠나지 못할 거라는 걸 알았다고 했다. 임수혁을 저렇게 보낸 롯데가 어떤 길을 가는지 봐야 했거든.

그로부터 2년 뒤에 우리는 고등학교에서 처음 만났다. 여자고등학교였고, 당시 야구를 좋아하던 친구들이 몇몇 있었으나 롯데 팬은 나와 주홍뿐이었다. 우리는 당시 손민한의 팬이어서 그가 선발 등판하던 잠실구장에 직관을 하러 간 적이 있었다. 두산과의 경기였는데 그날도 롯데는 패색이 짙었다. 사람들을 구경하거나 응원하는 재미를 즐기던 나와 달리 주홍은 점점 얼굴이 굳어갔다. 응원에도 적극적으로 참여하지 않았고 운동장만 뚫어져라 바라보았다. 율동을 하고 응원가를 부르는 상대편 팬들을 조용히 노려보며 상대 팀이 출루할 때면 나직하게 한숨을 쉬었다. 나는 점점 마음이 불편해졌다.

집으로 돌아오는 지하철 안에서도 표정이 좋지 않은 주홍에게 나는 한마디 했다. 얼굴 좀 펴라. 이거 그냥 스포츠야, 스포츠. 진다고 뭐 어떻게 되냐? 재미로 봐야지.

나도 알아. 그런데 그게 잘 안 돼. 너무 열이 뻗쳐.

너 때문에 즐기지도 못하고 기분 잡쳤다고 말하려 했는데 주홍의 너무 솔직한 말에 나는 웃을 수밖에 없었다. 내가 웃자 그제야 주홍도 따라 웃었다. 네가 생각해도 웃기지? 내 말에 주홍은 더 크게 소리 내어 웃었다. 나는 그때 주홍의 미래를 잠깐 본 것 같은 착각이 들었고 주홍이 말했던 불가능한 기분을 조금 알 것도 같았다.

내가 대학에 들어가면서 우리 집은 경기도로 이사를 했다. 주홍과의 연락은 드문드문 이어지다 결국 어느 시점에 끊겼다. 나는 대학을 졸업한 뒤 회사를 다니다 1년을 채우지 못하고 그만두었고, 그즈음 주홍을 만난 적이 있다. 당시 주홍은 임용고시를 준비 중이며, 남자친구와 헤어진 지 얼마 되지 않았다고 했다.

첫사랑이거든. 너무 사랑해서 내가 대신 죽어줄 수도 있을 것 같았어. 그런데, 어느 날 같이 야구를 보러 가자더라고. 개가 LG 팬이었어. 주홍은 남자친구와 잠실구장에 간 이야기를 들려주었다. 그날도 롯데는 LG에게 지고 있었는데 옆에 앉은 연인은 기쁨을 숨기지 않고 계속 LG 응원가를 부르며 막대풍선을 쳐댔다고 했다. LG 타자들이 진루하고 홈런을 칠 때마다 그는 함박웃음을 지으며 주홍을 바라보았다. 주홍은 그에게 경기 내내 조롱을 당하는 기분이었다고 했다. 죽여버리고 싶더라. 나는 주홍의 까칠한 피부와 머리에 드문드문 나 있는 새치를 보았다.

시간은 또 흘렀고 나는 영국으로 어학연수를 갔지만 영어는 제대로 익히지도 못한 채 돌아왔다. 대학원을 갔다. 대학원에서 만난 친구들과 친환경 먹거리 스타트업 회사를 차렸고 결혼을 했다. 이혼을 했다. 회사가 커졌다. 꽤 많은 액수의 퇴직금을 받고 30대 후반에 파이어족이 되었다. 사람들은 내게 부럽다고 했지만 창립 멤버였던 내가 이른 나이에 퇴직을 결정한 것에 대해 수군거린다는 사실을 알고 있었다. 내가 빠진 뒤, 회사는 점점 더 성장했다. 나는 밤 아홉 시가 되면 술을 마셨다. 만취할 정도까지는 아니었고 와인 한 잔, 소맥 한두 잔, 또는 위스키 한 잔, 두 잔, 세 잔……. 하지만 운동도 규칙적으로 다녔고 재테크도 했으며 가능하면 건강식을 먹었다. 그리고 그에 대한 보상으로 매일 밤 아홉 시를 기다렸다. 술에 취하면 휴대폰에 저장되어 있는 사람들의 목록을 훑었다. 보통은 삭제를 했고 가끔은 연락을 했다. 다음 날 술이 깨면 주로 후회를 했지만 역시 돌이킬 수는 없었다. 그러던 나날 중 주홍에게 연락을 한 것이다. 전화를 받지 않아 메시지를 남겼다. 주홍아, 아직 번호가 그대로인가?

주홍은 다음 날 내게 연락을 해 왔다. 우리는 그렇게 다시 만났다.

주홍은 선생이 되지 못했다고 했다. 아니, 그런 말은 하지 않았다. 그저, 임용고시는 사정상 접은 지 오래고 학원 강사로 지내고 있다고 했다. 돈 잘 벌겠다. 주홍의 행색이 그렇지 않다는 걸 말해주고 있었으나 나는 모르는 척 그렇게 말했다.

뭐, 그냥. 조만간 그만두려고.

왜?

이민 가려고.

어디로?

호주. 그런데 내가 곧 전세 만기라 그게 좀 걱정이야. 한두 달이면 되는데.

주홍은 미혼이었고 애인도 없다고 했다. 너 요즘도 야구 봐? 나는 가장 괴리감 없이 대화할 수 있는 소재로 화제를 바꾸었다. 주홍은 고개를 끄덕이며 웃었다.

나는 야구 안 본 지 몇 년 됐다? 맨날 똑같잖아. 롯데도 너도 참 한결같네.

주홍은 그로부터 몇 개월 뒤, 내 아파트에 들어와 살게 되었다. 전셋집이 곧 만기가 되어 한두 달 정도 어디에서 살아야 할지 모르겠다고 했기 때문에, 그 정도야 괜찮지 않을까 했다. 나도 사람이 필요했다. 동거인. 말 그대로 함께 살아줄 사람. 주홍은 단출한 짐을 가지고 집으로 들어왔다. 이제 곧 떠날 거라서 대부분의 짐은 다 처리했다고 했지만 애초에 주홍에게 많은 짐이 있었을 것 같지는 않았다. 내가 외출하거나 자고 있을 때 주홍은 청소와 빨래 같은 집안일을 해놓았다. 말렸지만 그거라도 해야 마음이 편하다고 했다. 우리는 같이 밥을 먹었고 술도 마셨다. 밤 아홉 시가 되면 어김없이 알코올이 당겼으나 주홍이 있었기에 전처럼 무방비 상태로 마시는 일은 없었다. 그게 처음에는 불편했는데 나중에는 익숙해졌다. 그 점만으로도 주홍을 들이기 잘했다고 생각했다. 주홍은 학원을 그만둔 뒤로도 매일 오전 중에 집을 나가 오후 늦게 돌아왔다. 도서관에 다닌다고 했다. 영어 공부를 해야 하거든.

주홍은 두 달이 지나도 떠나지 않았다. 어떤 타이밍을 찾고 있는 것 같았다. 그중에는 내게 자신의 처지에 대해 말할 타이밍도 포함되어 있었을 것이다. 하지만 나는 모른 척했다. 마치 시간이 얼마나 흘렀는지 염두에도 없다는 듯 굴었다. 선의는 아니었다. 어쩌면 악의에 더 가까웠다. 주홍이 어떻게 말을 꺼내는지 보고 싶은 마음. 아쉬운 건 내가 아니니까.

주홍은 냉장고에서 무언가를 꺼내 먹을 때나 반신욕을 하고 욕실에서 나올 때면 내 눈치를 보았다. 장을 보거나 외식을 한 뒤 내가 계산을 할 때에도. 반면, 자신이 청소를 하거나 설

거지를 할 때라든가 요리를 하고 운전을 하는 동안에는 편안한 얼굴이었다. 나는 그런 건 그만하라고 말했다. 그 말이 이제 그만 나가달라는 의미로 들릴 거라는 것도 알고 있었다. 사실 주홍이 내게 먼저 부탁해 오기를 기다렸다. 구구절절 자신의 이야기를 늘어놓으면 나는 마치 내 일인 양 안타까워해줄 준비가 되어 있었다. 내게 미안해하는 주홍의 모습을 보고 싶었다. 왜 그런 마음이 들었을까? 나라가 뒤숭숭하고 주식장도 좋지 않아 심기가 꼬여서 그랬나. 그러다 야구 시즌이 되었고 우리는 나란히 텔레비전 앞에 앉았다. 수년간 야구를 보지 않아 주전들이 많이 바뀌어 있어 조금 낯설었지만 금방 적응했다. 자전거를 한번 배우면 아무리 오래 타지 않아도 타는 법을 잊지 않는 것처럼 어떤 기억이나 경험은 아무리 시간이 지나도 몸 어딘가에 저장되어 있어 잊고 싶어도 잊을 수가 없다.

2025년 4월 18일 경기는 롯데가 8 대 1로 승리했다. 롯데는 4연승을 이어갔고, 리그 2위에 올라서게 되었다. 무려 701일 만에 되찾은 단독 2위. 되찾았다고 하기에는 우리 팀 순위가 아닌 것 같기는 했지만. 그날 우리는 늦은 밤까지 술을 마셨다. 롯데가 2위에 오른 날을 축하하는 동시에 4월 18일을 기념하기 위해서. 우리는 마흔이 되어서도 임수혁 이야기를 했다. 그것이 마땅하다고 여겼는데 임수혁을 잊지 않겠다는 마음이라기보다는 아직도 기억하고 있다는 것을 확인함으로써 갖게 되는 도덕적 우월감 같기도 했다. 어쨌든 우리는 승리를 기뻐하며 건배를 했다. 여기 너 원하는 만큼 편하게 있어. 계속 같이 야구나 보자. 선심을 쓰듯 말했더니 주홍은 예상만큼 좋아하거나 고마워하지 않았다. 그저 눈을 내리깔고는, 가야 되는데 아직 좀 준비할 게 남아서, 미안, 하고 작게 말했을 뿐이었다. 그나저나 롯데 이러다 가을 야구 가겠는데? 내 말에 주홍이 고개를 들고 입을 열었다. 너, 기억하지? 그때, 임수혁이 쓰러졌던 그날도 롯데가 이겼잖아.

그랬나?

그걸 임수혁은 몰랐잖아. 그게 나는 너무 이상한 거야.

쓰러졌으니까 모르는 게 당연하지. 의식이 없었는데.

그런 말이 아니라.

주홍은 더 이상 내게 설명하지 않았다.

롯데는 다음 날 바로 2위에서 내려왔다. 하지만 우리는 매일 야구 보는 재미로 다음 중계 시간을 기다렸다. 경기를 보며 함께 밥을 먹었다. 하나는 실내 자전거를 타기도 했고 다른 하나는 안주를 만들기도 했다. 야, 이범호가 벌써 감독인 거 이상하지 않냐. 전준우가 노장인데 말 다했지. 그러다 우리는 고등학교 시절로 돌아갔다. 하나가 기억하지 못하는 둘의 과거에 대해 말하며 서로의 얼굴을 바라보았다. 우리가 벌써 이렇게 됐네, 그러네, 하며 나는 주홍이 띄엄띄엄 하는 이야기로 내가 모르는 주홍의 삶에 대해 짐작했다.

경기가 없는 월요일이나 우천으로 경기가 취소되는 날에는 하루가 영 심심하고 지루했다. 그렇게 봄이 지나고 여름이 되었고 우리는 함께하는 생활에 어느 정도 익숙해졌다. 주홍은 올 초에 만났을 때와 다르게 몸에 살이 올랐고 혈색도 좋아졌다. 주홍의 모습을 보면서 나는 내심 뿌듯했다. 내 덕인 것 같아서.

주홍은 아침 일곱 시면 일어났다. 나는 열 시가 되어야 겨우 눈을 떴다. 내가 일어나 거실로 나오면 새로 만든 국과 밥이 있었다. 청소를 해야 하는데, 되뇌기만 하며 머리카락이 굴러다니는 거실을 멍한 눈으로 보는 일도 없었다. 이제 나는 주홍에게 집안일은 신경 쓰지 말라는 말을 하지 않았다. 주홍이 내 집을 관리해주는 것이 좋았다. 그렇다. 나는 여전히 이 집이 '우리 집'이라고는 생각하지 않았다.

올여름도 마른장마라고 했다. 마른장마라기보다는 기후가 바뀐 거라는 주홍의 의견에 동의했다. 좋지 뭐. 야구도 계속 보고. 그런데 선수들은 힘들겠어. 주홍의 말에 내가 답했다.

돈을 얼마나 받는데. 저거 그냥 직장이야.

그래도 자기 구단에 대한 애정이 있잖아. 팬들도 있고.

야, 애정은 무슨. 팀 수시로 바꾸는데.

주홍은 입을 다물었다. 반박하고 싶겠지만 할 말이 없겠지, 하며 나는 조금 만족했다. 그러다 곧 미안한 마음이 들었다. 그런데, 그게 나쁜 건 아니잖아. 세상이 다 그렇지. 팀에 있을 때 최선을 다하면 되는 거지.

제구가 너무 안 돼. 한심하다. 저것도 프로라고.

주홍은 화면을 보며 말했다. 연속 볼넷으로 타자 두 명을 출루시킨 뒤 송구 실책으로 점수를 내어준 앳된 투수의 얼굴이 클로즈업되었다. 그는 연신 모자를 벗어 땀을 훔치고 있었다. 어쩌다 투수 같은 걸 하게 됐을까. 저렇게 고독한 직업을. 나는 고개를 흔들며 말했다. 안됐어. 예전엔 진짜 다 아저씨 같았는데. 지금 보니 애기들이네. 웃기다, 그치?

대신 연봉이 높잖아. 아니 근데, 저걸 왜 안 바꾸냐고. 다른 투수 많은데. 벌주는 거야, 뭐야. 감독 뭐 하냐.

내 말에는 아랑곳 않고 화를 내는 주홍을 보며 기질이란 정말 타고나는 게 분명하다고 생각했다. 게다가 잘 바뀌지 않는 것 같다고. 나도 그런가? 우리의 분노 출력값이 비슷했다면 우리는 좀 더 가까워졌을까? 속으로 넘겨짚는 일이 좀 적었을까?

8월이 되었고 주홍은 알바를 나간다고 했다. 심야 배송 일인데 서너 시간 정도 하면 운동도 되고 돈도 벌고 나쁘지 않다고 했다. 너 열두 시면 자야 하는 거 아니었어?

야간 숏타임이야. 아홉 시에 가서 새벽 두 시면 들어오니까. 심야가 시급도 세고 사람 만날 일도 적고, 운동도 할 겸. 나는 뉴스로 종종 접한 배송 기사들의 과로사를 떠올렸다. 그래도 조심해. 해보고 힘들면 그만둬. 알겠지? 책임질 수도 없으면서 그런 말을 했다. 위안이 될 것 같아서. 주홍은 희미하게 웃으며 고개를 끄덕였다.

주홍이 알바를 시작한 후로는 함께 저녁 반주를 하기 힘들어졌다. 숏타임이라고 했지만 주홍은 녹초가 되어 들어왔다. 2주 정도 지났을 뿐인데 얼굴이 축나 있었다. 더운 날씨에 익숙하지 않은 노동을 하니 당연한 일이었다. 그럼에도 주홍은 아침에 일어나 청소를 했고 식사를 준비했다. 나는 죄책감이 들었다. 알바 꼭 해야 해? 너무 힘들어 보이는데. 주홍을 위하는 마음으로 한 말이라고 스스로를 속였다. 그 마음이 아주 아니지는 않다고.

그 무렵에 롯데는 3위를 지키고 있었다. 4위와는 게임 차가 꽤 벌어져 이대로라면 무리 없이 가을 야구를 볼 수 있겠다고 생각했다. 확률 95프로라고 인터넷에 떴어. 주홍은 내 종아리 마사지기에 다리를 끼운 채 누워서 말했다. 드디어 8년 만에 가을 야구를 보는구나. 하지만 역시 복병이 숨어 있었다. 내가 방심한 탓이었다. 내 옆에 붙어 있는 존재를 잠시 잊었던 것이다. 지긋지긋한 그것. 내가 웃는 꼴을 못 보는 그것을.

전준우가 햄스트링 부상으로 빠진 게 원인이었다. 처음 2연패는 그러려니 했다. 그 이후 내리 3연패를 당한 뒤, 한화와의 3연전 마지막 경기에서 연장 11회 끝내기를 밀어내기 볼넷으로 내어주고 패했을 때엔 헛웃음이 나왔다. 그럼 그렇지. 그래야 롯데지. 나는 소주를 꺼내 컵에 따랐다. 주홍은 입에 담지 못할 욕설을 내뱉고는 내가 술잔을 기울이는 모습을 바라보다 자신도 술을 따라 한입에 털어 넣었다. 야, 너 알바 가야잖아. 말릴 새도 없이 주홍은 한 잔을 더 따라 마셨다. 다 죽여버려. 아니다. 내가 죽어야지. 그래야 저 꼴을 안 보지. 나는 웃음이 났고 주홍은 나를 노려보다 어느 순간 나를 따라 슬쩍 웃어버렸다. 넌 혼자 살면 안 되겠다. 내 말에 주홍의 웃음이 씁쓸한 미소로 바뀌었다.

오늘은 이기겠지. 8연패 뒤, 삼성과의 3연전 중 마지막 경기였다. 주홍이 쉬는 날이었고 우리는 오징어 김치전에 막걸리를 마시기로 했다. 1회부터 점수를 내주는 꼴을 보고 주홍은 이마를 찌푸렸다. 그러곤 전을 부치겠다며 인덕션 앞으로 가버렸다. 나는 주홍이 가져다주는 갓 구운 전을 받아먹으며 막걸리를 들이켰다. 설마 오늘도 지겠어. 말을 내뱉고 아차, 했다. 그리고 금방 마음을 달리 먹었다. 진짜로 그렇게 생각하는 건 아니에요. 질 거야. 또 질 거야. 계속 질 거야. 그것이 들으라고 되뇌었다. 하지만 4회, 디아즈가 투 런 홈런을 날렸을 때 나는 나직하게 한숨을 내쉬며 욕설을 내뱉었다. 조졌네. 전과 달리 주홍은 분노하지 않았다. 오히려 빙글빙글 웃는 얼굴이었다. 주홍은 금방 잔을 비웠고 나는 계속 주홍에게 술을 따라주었다.

이번 경기 역시 패색이 짙다고 생각했는데 7회에 분위기가 달라졌다. 유강남, 전민재의 연속 안타에 이어 한태양이 동점타를 터뜨렸다. 삼성은 흔들렸다. 7회에 롯데는 무려 6점을 냈고 우리는 자리에서 일어나 하이파이브를 하며 환호했다. 드디어 연패 탈출이다. 오 예다. 오 예! 주홍은 취해서 발그레진 얼굴로 팔짝팔짝 뛰었다. 나는 주홍이 흥분해서 뛰는 모습을 그날 처음 보았다. 일이 힘들구나. 평소와 다른 주홍을 보며 왜 내가 그런 생각을 했는지 알 수 없었다. 주홍은 그저 손뼉을 치며 아이처럼 웃고 있을 뿐이었는데.

경기는 엎치락뒤치락하더니 재역전을 당했다가 9회 말 황성빈의 솔로 홈런으로 동점이 되었다. 연장까지 갔으나 결국 무승부로 끝나고 말았다. 넌 호주에 왜 가는 건데? 내가 물었다.

한국에 너무 오래 살아서.

왜 호주야? 가서 뭐 한댔지?

가서 생각해보려고. 언니한테 가서.

언니? 무슨 언니?

있어. 그런 언니가.

내가 알기로 주홍은 동생이 하나 있을 뿐이었다. 더 캐물었으나 주홍은 그냥 아는 언니라고만 했다. 야구만 봤는데도 열 시가 넘어 있었다. 나는 입맛을 다시며 말했다. 아, 정말 허탈하네. 오늘은 이겼어야 했는데.

나는 롯데가 벌을 받는 거 같기도 해.

이건 또 무슨 이대호 도루하는 소리?

롯데랑, 우리랑, 싹 다.

취했구나. 일찍 자자.

다음 경기 또 지면 가만 안 둘 거야. 진짜 죽여버린다.

주홍은 나직하게 힘주어 말했다. 나는 또 지랄이냐고 화를 내려다 주홍의 눈에 눈물이 고여 있는 것을 보자 화가 쏙 가라앉았다. 그러게. 롯데가 너무했어. 우리한테. 나는 좀 전에 주홍이 웃으며 팔짝팔짝 뛰던 모습을 떠올렸다. 가만히 울분을 삼키는 주홍과 웃으며 환호하는 주홍 사이에 잔잔한 주홍이 있었으면 했다. 주홍에게는 그 중간 지대가 없었다. 겉으로 기쁨, 행복과 우울, 분노만 표출하는 건 아니었지만 말하지 않고 표정이 없는 대부분의 순간에도 내면은 극과 극에 서 있는 것 같았다. 반면에 나는 그 사이에서 서성이는 사람이랄까. 기쁨도 우울도 애매하게 느껴서 삶을 그저 되는대로 소비하며 부유하는. 우리가 사랑하는 연인이라면 서로 완전히 달라서 잘 맞았을까. 아마 아닐 것이다. 다음 날 주홍은 숙취 탓인지 식사 때를 제외하고는 하루 종일 방에서 나오지 않았다. 경기가 없는 월요일이어서 나는 심심하게 하루를 보낼 예정이었다. 야구가 없는 날은 활기를 잃어버린 일요일 오후 같았다. 주식 창을 열어 종목들을 훑어본 뒤, 몇 가지 종목을 팔고 샀다. 비슷하면서도 다른 뉴스들을 꼼꼼하게 찾아 읽다가 롯데 응원 방에 들어가 팬들이 남긴 댓글을 보았다. 널널한 3등이었는데 이렇게 수직으로 꼬라박기도 쉽지 않을 거다. 예로부터 롯데는 욕하면서 보는 맛이지. 폰세 님 롯데로 와주세요. 우승아

왜 도망가, 수줍은 아이처럼……. 재치 있는 댓글들을 보며 큭
큭 웃음을 삼켰다. 뭐가 그렇게 재밌어?

부스스한 얼굴의 주홍이 내 옆에 서 있었다. 깜짝이야. 나는
주홍을 향해 노트북 화면을 돌렸다. 이거 좀 봐. 얘들 왜 이렇
게 웃기냐. 주홍은 천천히 다가와 노트북을 한참 바라보았다.
그러다 피식 웃고는, 나 좀 씻을게, 하고는 욕실로 들어갔다.
주홍이 소리 내지 않고 가만히 걸어가 욕실 문을 조용히 닫는
모습이 유령 같다고 생각했다.

몸이 좋지 않아 보이는 주홍을 위해 저녁에 북엇국을 끓여
밥을 차려주었다. 내가 밥을 차린 것이 정말 오랜만이라는 사
실을 요리를 하며 깨달았다. 주홍은 입맛이 없어 보였으나 밥
한 그릇을 말아 끝까지 다 먹었다. 오늘 나도 같이 나가볼까?
주홍에게 물을 따라주며 물었다. 어디를?

너 알바하는 데.

왜?

왜는, 도와주려고 그러지.

……그럴래?

나는 주홍의 반응에 내심 당황했다. 정말로 따라갈 생각은
없었기 때문이었다. 하지만 응, 근데 내가 가면 방해되는 거 아
니야? 하고 걱정스러움을 가장해 물었다. 주홍은 표정 없는 얼
굴로 나를 가만히 바라보았다. 그 찰나의 순간 나는 본심을 들
키지 않기 위해 눈빛을 잘 포장해야 했다. 그래, 그럼. 주홍은

끝내 오지 말라는 말은 하지 않았다. 별수 없이 나는 나갈 준비를 했다. 청바지에 티셔츠를 꺼내며 자책하다가 주홍에게 화살을 돌렸다. 예의상 하는 말을 못 알아듣는 거야 뭐야. 저렇게 꽉 막혀가지고.

출근 시간이 되었고 나는 거실로 나왔다. 이렇게 입고 가면 되겠지?

트레이닝팬츠 없어? 위에 셔츠는 땀 잘 흡수되는 게 좋아. 많이 움직여야 해서.

방으로 들어가 다시 옷을 갈아입고 나왔다. 우리는 주홍이 300만 원을 주고 샀다는 낡은 소울이 주차되어 있는 곳으로 가기 위해 엘리베이터를 탔다. 내일 또 지면 20년 만의 9연패다. 주홍이 층수를 알리는 빨간 숫자가 바뀌는 것을 바라보며 말했다. 설마, 내일은 이기겠지.

어제 이겼어야 했어.

그러게. 근데 이미 진 걸 어째. 지하에 내려 함께 걸어가는데 주홍이 갑자기 걸음을 멈추었다. 아, 맞다. 같이 못 가겠다.

왜?

차에 짐 실어야 해서. 내가 그 생각을 왜 못 했지? 미안.

나는 내심 안도했으나 홀로 집으로 올라오는 동안 의구심이 피어올랐다. 주홍이 내게 일부러 그런 거라고. 함께 갈 생각이 애초에 없었던 거라고.

집에 돌아온 나는 괜히 집 안을 서성이다 발코니에 널려 있는 빨래를 걷었다. 뉴스를 보며 빨래를 개켰다. 주홍의 낡은 셔츠와 반바지, 보풀이 인 양말을 개켜 차곡차곡 쌓았다. 그저 세탁한 옷감들일 뿐인데 주홍의 온도가 느껴졌다. 그것들을 들고 주홍의 방으로 들어갔다. 침대 위에 주홍의 옷들을 올려놓고 주위를 둘러보았다. 어쩐지 호기심이 생겼다. 침구는 단정하게 정돈되어 있었고 테이블 위에는 영어 회화 책과 토익 책 들이 꽂혀 있었다. 붙박이장 앞에 섰을 때 는 잠깐 망설였다. 이건 옳은 행동이 아니라는 마음의 속삭임. 하지만 여긴 내 집이잖아. 게다가 내가 뭘 훔칠 것도 아니고. 나는 스스로 변명을 한 뒤 조심스레 붙박이장을 열었다. 특별한 것은 없었다. 익숙한 옷 몇 벌과 속옷들과 가방 몇 개. 그때 그냥 장을 닫고 나왔어야 했는데 나는 구석에 놓여 있는 가방들을 들어 하나씩 열어보았다. 왜 그랬을까. 주홍이 나를 떠보지 않았다면 그런 일은 일어나지 않았을까. 이제 와서 되새겨봤자 어쩔 수 없다. 어제 게임을 이겼어야 했다는 말이 아무 의미 없는 것과 마찬가지로.

　나는 주홍의 가방에 들어 있는 오래된 영수증과 마스크, 동전이나 립밤 따위를 살폈다. 그러다 구석의 에코백이 눈에 띄었다. 무심코 손을 넣어보니 낯선 느낌의 무언가가 손에 닿았다. 가방을 열어 그 안에 담긴 것을 보았다. 총. 그것은 총이었다. 영화에서 많이 보았던 검은색의 총신이 짧은 권총. 나는 생각지도 못했던 물건을 한동안 바라보았다. 마치 밥솥을 열었는데 망치가 들어 있는 걸 본 기분이랄까. 나는 심장이 툭툭대는 것을 느끼며 그것을 꺼내어 들었다. 묵직하게 손에 감기는 권총. 총신에는 19젠 5 오스트리아, 라고 영어로 각인이 되어 있었다. 무게감이나 모양을 봐서는 진짜인지 가짜인지 구분이 되지 않았으나 진짜일 리는 없을 것이라 생각했다. 우리나라에서는 총을 구할 수가 없으니. 하지만 불법으로 구할 수도 있지 않을까. 아니, 주홍이 그럴 리가. 나는 총을 제자리에 두고 밖으로 나왔다. 놀란 마음을 진정시킨 뒤, 컴퓨터 앞에 앉아 좀 전에 보았던 19젠 5 오스트리아를 검색 창에 쳐보았다. 글록. 최저가 225,000원. 방금 본 총과 같은 모양의 장난감이 죽 떴다. 자세히 들여다보니 단순한 장난감은 아닌 듯했다. 6밀리미터 비비탄을 넣고 사격장에서 사용하는 것이었다. 마음만 먹으면 사람을 해칠 수도 있어 보였다. 나는 다시 주홍의 방으로 들어가 총을 꺼내어 확인했다. 이질적인 느낌. 불길한데 계속 쥐고 있고 싶은 기분. 배송 알바를 한 것도 아닌데 몸이 땀으로 젖어 있었다. 방에서 나와 찬물로 오래 샤워를 하면서도 검고 묵직한, 아무 감정도 없어 더 냉혹해 보이는, 그것을 계속해서 떠올렸다. 손에 쥐었을 때의 그 감촉을. 주홍은 왜 그런 걸 가지고 있는 것일까. 어디에 쓰려고. 주홍이 습관처럼 내뱉던 말이 귓가에 맴돌았다. 죽여버린다.

주홍은 언제나처럼 새벽 두 시 반에 집으로 돌아왔다. 고생했다. 내 말에 주홍은 어, 덥다, 하고는 바로 욕실로 들어갔다.

주홍이 방으로 들어가는 것을 본 뒤에도 나는 한참 거실 소파에서 텔레비전을 보는 척했다. 주홍이 방에서 나와, 너 혹시 내 방에 들어왔었냐는 말을 하는 게 아닐까, 그러다 총을 들고 나와 너 이거 봤냐고 묻는 거 아닐까, 상상하며. 설마 감시 카메라 같은 걸 설치해둔 건 아니겠지. 나는 주홍의 방에 들어간 것을 후회했다. 아니다. 후회하지 않았다. 주홍을 집에 들인 것을 후회했다. 잘 알지도 못하면서. 나는 왜 예전에 잠깐 알았던 주홍을 오래전부터 알고 지낸 사이라 믿었던 것일까.

다음 날 오후 다섯 시 반에 우리는 어김없이 야구를 보기 위한 준비를 했다. 주홍은 치킨을 시키자고 했다. 오늘은 내가 살게. 주홍이 치킨을 먹자고 하는 것도, 자신이 사겠다고 하는 것도 드문 일이었다. 무슨 좋은 일 있어? 나의 물음에 주홍은, 아니, 그냥, 하고는 리모컨을 들어 텔레비전을 켰다. LG와의 경기가 예정되어 있었고 어제 주홍이 말한 대로 이번 게임에서도 패하면 20년 만의 9연패라는 굴욕적인 기록이 남게 될 참이었다.

4회까지는 나쁘지 않았다. 우리는 양념 반 프라이드 반의 고전적인 조합으로 치킨을 먹으며 맥주를 곁들였다. 주홍이 맥주 반 잔을 한 번에 꿀꺽꿀꺽 넘기는 것을 보고 내가 말했다. 너도 술이 많이 늘었다? 주홍은 나를 흘끗 보더니 웃으며 답했다. 노가다하면 이렇게 되나봐.

누가 보면 하루 종일 일하는 줄.

너는 안 해봤으니까 모르지.

주홍은 쉽게 넘어가는 법이 없었다. 어쩌면 주홍은 그냥 하는 말일 뿐인데 내가 하나하나 곱씹게 되는 건지도 모르겠지만 그래도 쉽게 넘어가지지는 않았다. 오늘 왠지 이길 거 같아. 주홍의 말에 나는 이마를 찌푸리며 말했다. 그렇게 말하면 진다니까. 아니나 다를까, 중반 이후 LG에게 끌려가던 롯데는 9회에 점수를 내긴 했으나 결국 패하고 말았다. 나는 롯데가 진 것보다 주홍이 더 걸렸다. 또 누구를 죽이겠다고 하면 어쩌나. 너 말이야. 주홍이 입을 열었다. 응? 내가 고개를 틀어 주홍을 바라보았다. 주홍이 다음 말을 잇기를 기다리는 그 짧은 순간 나는 몰려오는 두려움을 느꼈다. 내가 잘못을 했기 때문에. 주홍의 가방을 뒤져보았기 때문에. 주홍이 무언가를 묻는다면 솔직하게 대답해야겠다고 마음먹었다. 아니면 아예 답을 하지 않거나. 주홍이 그런 것처럼.

너는 지금 이 상황에서 한 명을 데려올 수 있다면 누구를 투입하고 싶어?

다행히 야구 얘기였다. 음, 글쎄……. 나는 길게 한숨을 내쉬었다. 그래도 역시 최동원 아닐까?

주홍은 나의 대답에 미소를 짓고는 고개를 끄덕였다. 너는?

나는……. 주홍은 맥주잔을 톡톡 건드리며 한참을 고민했다. 가능하지도 않은 일인데 그렇게 고심하는 모습에 웃음이 났다. 주홍을 무섭다고, 저 애가 불편하다고, 멀다고 생각했던 내가 우스워지는 순간이었다. 하지만 주홍이 눈에서 사라지면 나는 또 의심하겠지.

아무래도 역시 난 20번.

임수혁? 왜?

지금은 세상이 발전했으니까, 그런 걸 다시 안 봐도 되지 않을까? 그래서 치사하게 비공식 말고 공식 영구결번으로 남았으면 좋겠다.

최동원처럼?

응. 이대호처럼. 하지만 영구결번 같은 거 못 하면 또 어때.

주홍은 잔을 들어 남은 맥주를 천천히 남김없이 마셨다. 눈을 가늘게 뜬 채 맥주를 넘기는 주홍의 옆모습을 나는 가만히 바라보았다.

롯데는 그러고 세 번을 더 패했다. 열세 번째 게임에서는 크게 이겼지만 그 후로는 전과 같은 경기력은 나오지 않았고 결국 7위로 시즌을 마감했다. 주홍은 시즌이 끝나기 전에 호주로 떠났다. 주홍이 떠나기 전날에도 우리는 야구를 보았고 기념으로 와인을 마셨다. 묻고 싶은 것이 많았으나 우리는 야구 얘기를 포함한 잡담만 하다 밤을 맞았다. 근데, 호주에 있다는 언니는 누구야?

언니? 아, 친척 언니. 나랑 정말 친했거든.

그래, 다행이다. 언니가 있어서. 나 놀러 가도 돼?

그럼. 되지.

나 정말 간다. 진짜 간다.

나는 주홍이 내 말을 믿지 않을까봐 계속 말했다. 주홍은, 알았다고, 진짜 오라니까, 하며 웃었다.

주홍이 떠난 뒤, 나는 내게 물건이 너무 많다는 생각을 했다. 주홍과 함께 써도 충분했던 것들이었다. 미니멀리스트가 되어볼까. 부엌을 정리하며 필요 없는 그릇들을 버리려고 했는데 선뜻 추릴 수가 없었다. 나는 주홍이 쓰던 방에 들어가 붙박이장을 열어보았다. 예상대로 거기 남아 있는 것은 내가 쓰던 물건들뿐이었다. 주홍은 정말 호주에 갔을까? 주홍이 어디에 있건 내게 연락을 하지 않으면 우리는 다시 만날 수 없을 것이다. 나는 다시 글록 19젠 5를 검색했다. 아무리 찾아봐도 225,000원짜리는 없었고 255,000원이 최저가였다. 나는 그것을 장바구니에 담았다가 이틀 후 결제 버튼을 눌렀다. 그날 밤 침대에 누워 내게 곧 도착할 검은 권총을 떠올렸다. 손에 쥐었을 때 묵직하고 단단한 그 느낌. 그것을 빨리 손에 쥐고 싶었다. 나는 그것이 필요하다고 생각했다. 그 어떤 것보다 그게 필요하다고. 총이 있으면 나도 무언가 다시 시작할 수 있지 않을까. 무엇을 다시 시작하고 싶은지도 모르면서 그런 확신을 했다. 시작하고 싶은 마음이라든가 확신 같은 감정은 이제 나를 영영 떠난 줄 알았는데. 술을 마신 데다 밤이라서 그럴지도 모르겠다고 생각했다. 내일 눈을 뜨면 모든 게 다시 시들해져 있을지도. 하지만 당장은 내 목덜미를 감싸고 있던 무언가가

살짝 밀려 나가는 것이 느껴졌고 그것만으로도 더없이 만족
스러웠다. ●

타이거즈 정신을 찾아서

임 현

임 현 2014년 『현대문학』 등단. 소설집 『그 개와 같은 말』 『그들의 이해관계』. 중편소설 『당신과 다른 나』.

$$1$$

타이거즈 김호령이 실은 진짜 김호령이 아니라고 내게 처
음 일러준 사람은 매형이었다. 페넌트레이스 막바지, 처서도
훨씬 지난 무렵이었으나 무더운 날들은 여전히 계속되고 있
었다. 2025년 올해는 가을이 없었고, 가을 야구도 없을 게 거
의 확실해 보였다. 시즌 초반부터 주전 선수들의 줄부상이 이
어지더니, 기어코 우승 다음 해의 징크스마저 이어가는 듯했
다. 그나마 만년 백업 김호령이 이번 시즌 붙박이 중견수로 자
리 잡은 것이 유일한 수확이라면 수확이었는데…….

"그럼 저건 누군데요?"

텔레비전 중계 화면을 가리키며 내가 물었다.

"표치수."

"그러니까 그게 누군데요?"

이번엔 매형이 내 얼굴을 빤히 쳐다보며 되물었다.

"「사랑의 불시착」을 몰라?"

매형에 따르면 언젠가부터 김호령을 대신해 표치수—정확히는 2019년 tvN 방영 16부작 드라마 「사랑의 불시착」에서 표치수를 연기한 배우 양경원—가 타이거즈의 유니폼을 입은 채 중견수로 활약하는 중이라고 했다.

이혼한 뒤에도 매형이 종종 나를 찾아오는 이유가 아무래도 누나 때문이지 않을까 짐작했으나, 정작 우리 두 사람 사이에 누나에 대한 말이 오간 적은 거의 없었다. 그렇다고 뭔가 더 의미 있는 대화를 나눈 것도 아니었다. 한번씩 손질된 생물 생선을 들고 나타나서는 그 핑계로 낚시 이야기를 늘어놓는 것이 전부였다.

"떡붕어랑 향붕어랑 입질 다른 거 처남은 아나?"

"지난번 참붕어랑은 또 달라요?"

"다르지. 이름만 붕어지 다 달라."

"그래서 이건 어떻게 해서 먹는 건데요? 비릴 거 같은데."

"시래기 삶은 거 한 줌 넣고, 다진 생강 넣고, 설탕 대신 매실액 넣어서, 쌀뜨물 넉넉하게 찜으로. 그리고 처남은 매운탕 끓일 때 쑥갓만 너무 많이 넣더라. 마지막에 미나리도 좀 넣으면 좋아. 불 끄고 숨 죽을 때까지만."

그러고는 뭔가 더 빠진 게 없는지 곰곰이 되짚어보다가 양념장에 들어가는 재료와 비율은 나중에 다시 문자로 넣어주겠다고도 했다.

"아니다. 내가 지금 얼른 해줄게. 저녁 아직이지?"

내 대답을 채 듣기도 전에 매형은 냉장고를 열어 재료부터 살피기 시작했다. 반찬 뚜껑을 열어 냄새를 맡아보기도 하고, 각종 소스나 유제품 들의 유통기한을 일일이 확인할 때는 괜히 긴장이 되기도 했다.

"뭐가 없긴 없네."

혼잣말처럼 매형이 중얼거렸다. 그런 다음에는 잠깐만 기다려보라고 하더니, 현관문 밖에서 무언가를 잔뜩 담은 장바구니를 가지고 금세 돌아왔다. 언제 준비했는지 거기에는 삶은 시래기와 다진 생강, 쌀뜨물을 담은 물통과 매실액, 미나리도 한 단 들어 있었다. 처음부터 이럴 생각이었다는 걸 나도 모르진 않았다.

내가 보기에 매형은 해야 할 일과 하고 싶은 일의 차이가 너무 커서 불행한 사람 중 하나였다. 전국의 금어기와 적당한 출조 시기를 꿰고 있었고, 계절에 맞춰 주꾸미나 전갱이를 잡아오기도 했으며, 매운탕을 기가 막히게 끓이는 자신만의 비법도 가지고 있었다. 그러니까 한때 경찰공무원이었던 매형이 진짜

하고 싶었던 일은 프로 낚시 선수였다. 고작 그런 일에 무슨 프로 선수씩이나 되려는 걸까 싶었으나, 당시 매형의 태도는 몹시 진지했었다. 비번 날에는 누나 모르게 전국으로 낚시를 하러 다녔고, 당근마켓에서 사들인 낚시 용품만 해도 적지 않았다. 업무 중에도 좀처럼 집중을 하지 못했던 모양이었는데, 종일 유튜브로 「나만 믿고 따라와, 도시어부」를 시청하는 바람에 민원인들의 항의도 여러 번 받았다고 했다. 그렇다고 그때까지 매형의 낚시 사랑을 전혀 몰랐던 건 아니었다. 다만, 다니던 직장까지 그만둘 정도로 무모한 사람이라는 걸 몰랐을 뿐. 그리고 이 모든 사실을 누나도 나도 너무 뒤늦게 알아버렸다.

매형이 혼자만 품고 있던 자신의 원대한 꿈을 털어놓았을 때에도 누나는 사태의 심각성을 아직 깨닫지 못한 것 같았다. 어떻게든 매형을 설득해보려고 했었다.

"내가 당신을 몰라? 지난번에 그 뭐야, 알파고 때 이세돌처럼 바둑 두고 싶다고 이것저것 사고 그러더니 그거 지금 다 어딨어? 오목만 몇 판 두다가 이제는 아예 쳐다도 보지 않잖아. 제발 그냥 취미로만 해, 취미로. 누가 그것까지 못 하게 말려?"

누나의 만류에도 불구하고, 정작 매형은 자신이 원하는 건 그런 게 아니라고 했다. 취미라면 이미 너무 많았다. 주말에는 사회인 야구도 하고, 꾸준히 독서 모임에도 참여했으며, 러닝 동호회에도 가입되어 있었다.

"그럼 뭔데?"

"진짜 제대로 한번 해보고 싶어서 그래."

"그러니까 왜 그걸 멀쩡한 직장까지 그만두면서 하려고 하냐고."

매형이 하고 싶은 것은 단순한 낚시가 아니라, 프로 낚시 선수였기 때문이었다. 무엇보다 공무원 복무 규정상 엄격하게 겸직을 제한받고 있었고, 자신이 계속 경찰로 남아 있는 한 엄밀한 의미에서 진정한 프로라고 할 수도 없다는 게 매형의 주장이었다.

뭐, 애당초 직업에 대한 자부심이나 투철한 사명감 같은 게 있어서 경찰이 된 것도 아니었으니까. 일반행정직 대비 높은 초봉과 수당, 상대적으로 낮은 경쟁률이 더 큰 이유였다. 상담을 받으러 간 공무원 학원에서도 같은 이유로 추천했는데, 무엇보다 당시 여자친구였던 누나가 안정된 직장을 가진 남자와 결혼하기를 원했기 때문이었다. 그리고 누나가 그런 조건의 남편감을 고집했던 데에는 그때 아직 중학생밖에 되지 않았던 나의 존재도 한몫을 했다고 생각한다.

어려서부터 나는 재능이 있다는 말을 자주 들었다. 그게 뭐든 그랬다. 공부든 예체능이든 별로 어려울 게 없었다. 부모님이 살아 계셨을 땐 그게 나름 자랑거리였던 적도 있었다. 그러나 누나가 나의 유일한 보호자가 된 뒤에는 나의 재능은 누나의 가장 큰 근심거리가 되어버렸다. 무엇보다 거기에 들어갈

비용이 누나를 두렵게 했을 것이다. 한번은 어버이날을 맞아 누나에게 편지를 쓴 적이 있었다. 부모님을 대신해 누나에게 고마웠던 일들, 기억나는 미안한 일들, 나중에 내가 누나를 위해 하고 싶은 일들도 적었다. 쓰다 보니까 제법 분량이 길어졌는데, 누나는 그보다는 고작 색종이로 접은 카네이션 쪽을 더 놀라워했다. 이러저리 살펴보던 누나가 결국 울음을 터뜨려 렸다.

"어쩜 너는 이런 것도 다 잘하니……."

그러고는 나를 끌어안은 채, 훗날 매형에게도 하게 될 그 말을 똑같이 중얼거렸다.

"이런 건 그냥 취미로만 하면 안 될까."

어린 나이에도 불구하고 나는 그 말의 의미를 이해할 수 있었다. 그랬으므로 적당한 선에서 내가 가진 재능을 숨겨야 했는데, 하다 보니까 그게 또 잘 숨겨졌다. 갑자기 떨어진 성적에도 담임 선생님은 부모님을 사고로 잃은 탓이라고 여기는 듯했다. 나는 연기력도 좋아서 거짓말도 제법 능숙했다. 그것은 누구에게도 피해를 주지 않았고, 누나를 슬프게 하지도 않았다. 이후로 어딜 가든 늘 중간 정도만을 유지했으며, 웬만해서는 튀지 않으려고 있는 듯 없는 듯 적당히 서툰 사람처럼 행동했다. 누나에게 다시 편지를 쓰거나, 선물이랍시고 공들여 무언가를 접어주는 일도 없었다.

그러니까 누나라고 다를 게 없었다. 더욱이 첫째만 한 둘째 없다고, 누나의 재능은 늘 나를 월등히 앞서는 수준이었다. 그런 사람 눈에 내가 가진 소질이란 겨우 취미 활동처럼 보이는 것도 어쩌면 당연한 일이었을지 모른다. 부모님이 돌아가시자마자, 누나는 독일 유학 생활을 청산하고 한국으로 돌아왔다. 가지고 있던 바이올린을 처분한 뒤 그 돈으로 당장의 생활비를 마련했는데, 그 모든 일에 누나는 전혀 망설임이 없었다. 아쉬워하지도 않았다. 누나가 한국에 없는 동안 많은 것이 달라져 있었기 때문이었다. 누나는 모르던 일들이었다. 그러니까 그사이 우리 가족이 이전에 살던 동네로부터 제법 멀리 떨어진 곳으로 이사를 했고, 세간이 크게 줄어들었으며, 자신의 재능을 지켜주기 위해서 부모님이 쿠팡 새벽배송까지 뛰기 시작했다는 사실을 누나는 아주 나중에서야 알게 되었다. 무엇보다 부모님을 잃게 만든 그 사고의 원인이 과로에 의한 졸음운전 때문이 아니라, 온전히 자기 자신 때문이라고 누나는 믿고 있는 듯했다.

"처남, 이리 와서 간 좀 봐봐."

매형이 끓인 붕어찜은 역시나 기가 막혔다. 그게 떡붕어인지 향붕어인지 알 수 없었으나, 비린내도 전혀 없었다. 그럼에도 무언가 부족한 게 있었는데, 한때는 세 사람이었던 밥상 앞에 오직 두 사람만 남아 있다는 게 어딘가 사람을 허전하게 만들었다. 아마 매형도 같은 생각이었을 것이다. 수저를 든 채 물끄러미 나를 바라보던 매형이 조심스럽게 먼저 말을 꺼냈다.

"있잖아, 우리 소주도 한잔할까?"

2

2015년 프로야구 신인 드래프트 당시, 김호령은 전체 103명 중 102번째로 지명을 받았다. 그나마 103번째 지명을 받은 선수가 대학 진학을 이유로 입단을 포기하였으므로 사실상 김호령이 그해 마지막 지명 선수였던 셈이다. 딱히 기대가 있어서라기보다는 육성 자원쯤으로 분류되었을 이 선수가 시즌 초반부터 1군 무대에 등장할 수 있었던 데에는 신종길, 김주찬, 김원섭 등 당시 타이거즈 주전 외야수들의 잇따른 부상이 결정적이었다. 더구나 김호령의 빠른 발과 넓은 수비 범위는 제값보다 비싸게 영입했다가 내보낼 때는 그냥 공짜로 내줘버린 이대형을 떠올리게 했는데, 타격에서도 이대형을 떠올리는 이들이 적지 않았다. 차마 이대형이 아까울 정도로 김호령의 타율과 출루율은 형편없었기 때문이었다.

그리고 김호령의 이름을 아는 이들이라면, 이듬해 치러진 LG와의 와일드카드 결정전을 기억할 것이다. 양현종과 류제국을 선발투수로 내세운 두 팀의 무실점 승부가 이어지던 가운데, LG 김용의의 끝내기로 결국 아쉬운 패배를 맞이했던 날이었다. 9회 말 1사 만루. 외야는 전진 수비 중이었고, 김용의의 타구가 좌중간을 향해 날아갔을 땐 이미 모든 상황이 끝난 것이나 마찬가지였다. 그럼에도 김호령은 당시 좌익수였던 김주찬보다 더 빠르게 질주하며 기어코 김용의의 끝내기 안타를 끝내기 희생플라이로 만들어버렸다. 곧이어 어림없는 홈 송구까지 보여줬을 땐 누군가는 이렇게 생각했을지도 모른다.

뭘 또 저렇게까지…….

그런다고 결과가 바뀌는 것도 아닌데. 그러나 그 순간 매형이 떠올린 것은 끝날 때까지 끝난 것이 아니라던 요기 베라의 명언이었다고 했다.

"그러니까 매형 말은 지금의 김호령은 그때의 김호령이 아니라는 거잖아요?"

"그렇지."

"표치수라고?"

"그렇다니까."

"매형."

"응."

"취했어요?"

반주로 살짝 목만 축이려던 것이 초저녁부터 벌써 세 병째였다. 그러나 매형은 내 말에 반박하는 대신 휴대폰에서 사진 한 장을 찾아 보여주었다. 낯선 노인들 틈에 다소곳이 서 있는 매형만이 눈에 띄었다. 어디 종친회 모임 같기도 하고, 산악회

모임 같기도 했는데, 맨 왼쪽 사내를 가리키며 매형이 말했다.

"김봉연."

그러고는 김봉연을 기준 삼아 오른쪽으로 한 사람씩 옮겨 가며 김성한, 이대진, 정회열, 홍현우, 조계현, 이순철…… 마지막으로 사진 밖에서 카메라를 들고 있는 사람이 "이종범"이라고 했다. 그제야 나는 그들 뒤편에 걸려 있는 현수막을 발견할 수 있었다. 거기에는 '불멸의 타이거즈 레전드 낚시 동호회 정기 출조'라고 쓰여 있었다.

"야구 선수들이 원래 이렇게 낚시도 좋아해요?"

"아무래도 그렇지. 서로 닮은 게 많은 스포츠니까. 장시원 PD도 「최강야구」 하기 전에 원래 「도시어부」 했었잖아."

듣고 보니, 또 그럴듯하게 들렸다. 둘 다 타이밍이 중요하고, 장비의 영향을 많이 받으며, 멘탈과 전략이 관건이니까. 무엇보다 주 시청자 층도 비슷하달까. 아무튼 나의 의심을 해소시킨 매형은 그간 있었던 일들에 대해 본격적으로 들려주기 시작했다.

예년처럼 함평과 광주를 오가며 시즌을 맞이하던 김호령은 간간이 교체 출전 명단에 이름을 올렸다. 여전히 수비와 주루 실력은 수준급이었으나 타격에서만큼은 삼진과 범타 일색이었는데, 그런 그가 팀을 무단으로 이탈한 것은 지난 4월 초의 일이었다. 이후 어디서도 김호령의 흔적을 찾아볼 수 없었고,

다른 선수들의 동요를 염려한 구단 측에서 이를 은폐하기로 결정한 것이었다. 무엇보다 우승만 했다 하면 다음 해에는 부진을 면치 못하는 타이거즈의 오랜 징크스도 한몫하긴 했다.

1997년 우승, 1998년 5위.

2009년 우승, 2010년 5위.

2017년 우승, 2018년 5위.

2024년 통산 열두 번째 우승은 이미 2025년의 나락을 예고하고 있었다. 인터넷 커뮤니티를 중심으로 이러한 불길한 예감은 벌써부터 기정사실화되고 있는 추세였다. 그런데 거기에 선수의 무단이탈이라니……. 불난 데 기름을 붓는 격이었다. 야구는 팀 플레이였고, 작은 것 하나에도 흔들리기 쉬운 멘탈 스포츠였다. 그 때문에 심재학 단장을 중심으로 한 프론트에서는 신속하게 움직이며 단속에 나섰고, 은밀하게 대역을 섭외하기에 이르렀다. 그 결과 다행인지 불행인지 그 표치수, 아니 양경원이 기대에 비해 훨씬 좋은 성적을 거두고 있던 것이었다.

"배우라서 그런가. 몰입감이 좋아."

바닥에 눌어붙은 붕어찜을 숟가락으로 긁어내며 매형이 중얼거렸다.

"그러면 그냥 계속 몰래 쓰면 안 되는 거예요?"

"숨긴다고 그게 언제까지 숨겨질지는 모를 일이고. 게다가 실은……."

매형은 잠깐 뜸을 들이며, 더 긁어낼 것도 없는 냄비 바닥만

유심히 바라봤다.

"김호령이 사라지면서 뭔가를 가져간 모양이야."

"뭘요?"

"타이거즈 정신."

"타이거즈 점심?"

"아니, 점심 말고 정신."

"그게 뭔데요?"

"나도 모르지."

뭔지는 몰라도 타이거즈에게 중요하다는 것만큼은 분명해 보였다. 타이거즈 정신이 없는 타이거즈는 아무래도 완전한 타이거즈라고 볼 수는 없을 테니까.

"근데 그걸 왜 가져갔대요?"

"그들이 알고 싶어하는 것도 바로 그 점이야."

'불멸의 타이거즈 레전드 낚시 동호회'가 이 일에 직접 나선 것도 그 이유라고 했다. 그러니까 전직 경찰공무원이었던 매형은 얼마 전 그들로부터 사라진 김호령, 정확히는 잃어버린 타이거즈 정신을 찾아달라는 의뢰를 받았다고 했다. 수사기관의 공식적인 루트를 통하기에는 부담스러웠을 테니까. 대신 비밀리에 조용히 문제를 해결할 만한 사람을 구하던 중 찾아낸 사람이 매형이었던 것이다. 그리고 그에 대한 대가로 제안한 것은 '불멸의 타이거즈 레전드'와의 영구 스폰서십 계약이었다. 무엇보다 매형에게는 진정한 의미에서의 프로 낚시 선수로 거듭날 수 있는 기회이기도 했다.

"그거 근데 위험한 일 아니에요?"

김호령. 이름만 들어도 왠지 범상치가 않았다. 호령虎靈. 타이거 스피릿Tiger Spirit. 발도 빨라서 마음먹고 도망친 거라면 웬만해선 잡힐 것 같지도 않았다. 매형은 소리 없이 웃고만 있었다. 그러고는 대답 대신 비틀거리며 자리에서 일어서는 매형을 나는 부축했다.

"택시 불러줘요?"

그러나 매형은 한사코 오늘은 좀 걷고 싶다며 고집을 부렸다.

"아마 한동안 못 보러 올 거야."

그날 나는 골목 앞까지 배웅하고, 멀어지는 매형의 뒷모습을 한참 동안 바라보았다. 그때는 그게 매형과의 마지막이 될 줄은 몰랐다. 알았다면, "택시 불러줘요?" 같은 소리 말고 다른 말을 했을 텐데. 옛날이야기도 좀 하고, 낚시 이야기도 더 들어주다가, 누나 욕도 같이 좀 하면서……. 무엇보다 오늘은 그냥 자고 내일 가라는 말을 하지 못했던 게 나는 줄곧 후회가 되었다.

3

매형은 내게 아빠보다는 엄마 같은 존재였다. 그럼 누나는?

누나는 뭐 그냥 누나였고. 그러니까 '그냥 누나'와 '엄마 같은 매형' 사이에는 좁힐 수 없는 간극이 분명 존재했다. 누나는 진짜 누나였지만, 매형은 진짜 엄마가 아니었으니까. 의도하진 않았으나 매형도 그런 거리감을 느낀 순간이 없진 않았을 것이다. 어쩌면 우리 가족을 지키기 위해 가장 애쓴 사람도, 우리 중 가장 외로운 사람도 매형이었을지 모른다. 그리고 매형의 실종 신고를 위해 방문한 경찰서에서 나는 우리의 관계를 새삼 재확인할 수 있었다. 매형과의 연락이 두절된 지 석 달쯤 지난 뒤의 일이었다.

"가족이 아니시네요? 그럼 접수 자체가 안 돼요."

누나와 이혼한 매형은 진짜 매형도 아니었던 것이다. 혈육도 아니고, 법적으로 보자면 남이나 마찬가지였다. 그걸 나도 몰랐던 게 아니었다. 달리 뭐라고 불러야 할지 몰라서 그냥 부르던 대로 불렀을 뿐. 매형이 이제 매형이 아니라는 사실이 명백해지자 비로소 나는 진짜 엄마를 잃은 기분이 들었다. 엄마만 두 번 잃은 셈이었다.

한편, 타이거즈 정신을 도난당한 타이거즈의 몰락은 예상보다 더욱 심각한 수준에 이르렀다. 가을 야구는커녕, 정규 리그 최종 순위 8위. 최악의 결과였다. 나는 분노와 비방으로 가득 찬 '호랑이 사랑방'과 '타이거즈 갤러리'를 비롯한 여러 인터넷 팬 카페 등을 들락거리며, 혹시라도 있을지 모르는 타이거즈 정신에 대한 단서들을 찾아 나섰다. 매형이 찾으려고 했던 것이 무엇인지부터 우선 알아야, 매형도 찾을 수 있을 거라는 판단에서였다. 그곳에서조차 아직 김호령이 대역이라는 사실을 눈치챈 사람은 없었다. 오히려 그나마 호의적인 게시물들은 모두 김호령에 대한 것들뿐이었다. 그런 글들을 보면서 나는 나도 모르게 어금니를 세게 깨물었다.

아무것도 모르면서.

이게 다 누구 때문인데.

그럼에도 달리 물어볼 데가 없었다. 나는 그곳에 여러 번 타이거즈 정신에 대해 아는 것이 있는지 질문을 남겼다. 그렇다고 별다른 성과가 있던 것은 아니었다. '그게 뭔데요?' 하고 되묻는 댓글이 가장 많았고, '그런 건 네가 알아서 좀 직접 찾아봐라'라는 댓글이 두 번째로 많았다. 개중에 그나마 성의를 보인 반응이라면 겨우 이 정도였다.

—'타이거즈 정식'을 잘못 알고 계신 거 같은데요. 광주 송정동 쌈밥집 점심 특선 메뉴인데, 가격은 조금 있지만 양도 많고 맛있어요. 타이거즈 선수들도 자주 와서 먹는다는데, 저도 거기서 김선빈 본 적 있어요.

누군가 조직적으로 은폐하고 있다는 의심이 들기도 했다. 그 조직의 실체를 알게 되기까지는 그리 오래 걸리지 않았다.

유일한 단서를 토대로 나는 송정동 쌈밥집으로 향했다. 뭐라도 해야겠는데, 타이거즈 정신과 관련해 얻은 정보가 그곳 밖에 없었다. 혹시 매형도 이 쌈밥집에 대해 알고 있었지 않을까. 떡갈비골목 가운데 유일한 그 쌈밥집은 생각보다 허름한 단층 건물이었다. 내부는 쓸데없이 넓기만 했다. 일부러 점심쯤에 맞춰서 갔으나 손님은 내가 유일했다. 한 끼에 9만 8천 원이나 하는 타이거즈 정식을 주문했다. 2인부터 주문 가능한 메뉴라고 했는데, 그 점을 고려하더라도 너무 비쌌다. 대신 양은 진짜 많았다. 2인분이라 그런가 아무리 먹어도 줄지가 않았다.

"모자라면 더 가져다 먹어. 괜히 눈치 보지 말고. 본전은 뽑아야 하잖아."

사장인 듯 보이는 노인이 셀프 바를 가리켰다. 주방이고 카운터고 다른 직원은 더 보이지 않았다. 그러고는 시키지도 않은 계란말이를 가져와 테이블에 내려놓더니, 내 맞은편에 자리를 잡고 앉았다.

"혼자 온 거야?"

나는 입안에 든 쌈을 우물거리며 고개를 끄덕였다. 계란말이는 나를 위한 게 아니었다. 자기가 먹으려고 가져온 것이었다. 노인은 아직 뜨겁고 푹신한 계란말이 한쪽을 반으로 갈라 입에 넣고 우물거리더니 물었다.

"왜? 타이거즈 정신 때문에?"

그 순간 나는 입에 있던 쌈밥이 그대로 다 튀어나올 정도로 흥분하며 되물었다.

"그걸 아세요?"

혹시라도 내가 잘못 들은 것은 아닌지 재차 확인했다. 그러나 노인은 여유롭고 신중하게 계란말이를 줄곧 우물거릴 뿐이었다. 한참 동안 더 씹고 겨우 삼킨 뒤에야 입을 열었다.

"올해 우리 집에서 이 메뉴 시킨 사람이 자네가 두 번째야. 내가 봐도 너무 비싸. 나는 이 돈 주고 안 사 먹지. 근데, 딱 자네 같은 손님 하나가 이걸 시키고는 같은 걸 물었던 적이 있거든."

"우리 매형이 여기 왔었다고요? 그게 언젠데요? 그래서 어디로 갔는데요?"

무례한 줄 알면서도 나는 급한 마음에 노인 앞에 놓인 계란말이 접시를 빼앗듯 치워버렸다. 그럼에도 노인은 당황하지 않았다. 이번에는 내 몫의 쌈 채소 사이에서 통마늘 한 알을 골라 된장에 찍어 먹었다. 또다시 아주 오랜 침묵이 이어졌다. 나는 우물거리는 노인의 입만 한참을 쳐다보고만 있어야 했다.

"이 식당도 호황이던 시절이 있었지. 타이거즈 선수들도 많이 왔었고. 다 옛날 얘기지만."

그러고는 가게 한편에 놓여 있는 텔레비전을 바라보았다. 드라마도 아니고, 야구 중계도 아니었다. 국회방송 채널이었다.

"저기 앉아 있는 사람들 중에 타이거즈 팬이 얼마나 될 것 같아? 모르긴 몰라도 절반 이상은 될걸?"

호남을 지지 기반으로 둔 정당이 의석의 과반을 차지하고 있다고는 하지만 지나친 억측이라고 생각했다. 저기에 영남 출신들이 얼마나 많은데. 그러나 노인은 내 말에 고개를 가로 저었다. 김무성도 하태경도 나경원도 심지어 변희재도 실은 모두 타이거즈 팬이라고 했다.

"자네 매형이라는 사람이 다녀간 뒤로 나도 생각을 많이 해 봤어. 프로야구 원년 이후로 40년이 넘도록 스스로를 충성스러운 타이거즈 팬이라고 자처해왔는데, 고작 타이거즈 정신이 뭐냐는 질문 따위에 제대로 된 대답 하나 못 했으니까. 아차 싶었던 거지. 온종일 머릿속에서 그게 떠나지가 않더라니까. 그게 뭘까. 도대체 그게 뭐길래 저 비싼 정식까지 시켜서 2인분이나 먹었던 걸까……. 그러다가 내가 뭘 하나 찾아낸 게 있지."

노인은 자리에서 일어서 카운터로 향했다. 그곳에서 장부 한 권을 찾아서 돌아왔다. 그러고는 장부의 맨 뒤 페이지를 펼쳐서 나에게 보여주었다.

"이거야."

거기에는 아주 익숙한 이름들과 함께 타이거즈 우승 연도가 나란히 적혀 있었다. 노인은 내게 한국 현대사를 가르치듯 열두 번에 이르는 타이거즈의 우승 경력을 차근차근 되짚어 주기 시작했다.

엄혹했던 군사정권 시절 이룩한 타이거즈 왕조는 문민정부가 들어서던 해인 1993년 우승 이후 잠시 주춤하는 듯했으나, 외환위기의 전조 현상을 보이던 1996년과 결국 국제통화기

금에 구제금융을 요청한 1997년, 연이어 한국시리즈에서 승리한다. 이후, 국민의정부에서 참여정부로 이어지는 동안 단한 차례의 우승도 없이 암흑기에 들어간 타이거즈는 기가 막히게 이명박의 실용정부가 들어선 이듬해, 4대강과 미국산 쇠고기 파동과 함께 2009년 또 한 번 정상에 오른다. 그러니까 2017년, 2024년이라고 상황은 다를 게 없었다. 전국 각지에서 대통령의 탄핵을 촉구하며 정국이 어수선하던 해였으니까.

"일종의 저항 정신이지. 동물원의 호랑이는 사냥을 하지 않으니까."

노인은 야당 인사 중에서 암암리에 타이거즈의 우승을 바라는 사람들이 많은 이유도 그 때문이라고 했다. 타이거즈의 우승은 보수정당의 재집권을 전제하기 때문이었다.

"귀에 쏙쏙 들어오네요. 약간 음모론 같긴 하지만."

"비상계엄령만 아니었더라면 올해도 우리가 우승했을지 몰라. 그런데 그게 과연 더 좋은 쪽이었을까."

그러고는 어딘가 쑥스러운 표정을 지으며, 변명하듯 노인이 말했다.

"그래도 김문수는 차마 못 뽑겠더라고. 아직 진정한 타이거즈 팬은 아닌 거지. 40년이나 됐는데……. 도움이 좀 됐을까?"

"아니요. 전혀요."

여전히 타이거즈 정신이 무엇인지 모르겠는 건 마찬가지였다.

“그래도 시간 내주셔서 고마워요.”

“내가 고맙지. 나는 음식 팔아주는 사람들은 다 고마워.”

그러고는 노인은 내가 내민 카드로 19만 6천 원을 결제
했다.

“9만 8천 원 아니었어요?”

나는 깜짝 놀라 소리쳤다.

“1인분에 9만 8천 원. 대신 요구르트는 두 개 줄게. 2인분 먹
어도 원래 두당 하나씩만 주는 거야.”

빨대를 꽂은 요구르트 두 개와 카드를 건네주던 노인이 내
손을 꼭 잡고는 진지한 표정으로 조언했다.

“결국엔 돌아올 거야. 타이거즈 정신도, 네 매형도. 이 나이
까지 살아보니까 그래. 다 돌고 돌아서 제자리로 돌아가. 그때
까지 참고 기다려. 그렇다고 지금보다 더 좋아질 거라는 기대
는 하지 말고.”

“언제까지요?”

“정권 바뀔 때까지.”

노인은 내 쪽으로 바짝 다가와 귓가에 대고 조용히 “윤 어
게인” 하고 속삭였다. 노인의 입에서 마늘 냄새가 진하게 풍
겼다.

김호령은 대체 어디로 사라진 걸까.

용산행 KTX를 기다리는 동안 나는 광주송정역 계단에 걸

터앉아서 깊은 생각에 빠져들었다. 좀처럼 답이 나오지 않는 질문들만 가득했다. 타이거즈 관련 최근 뉴스를 검색해보기도 했다. 박찬호랑 최형우도 그래서 떠나버린 걸까. 타이거즈 정신이 없는 타이거즈를 버리기로 한 걸까. 김호령은 왜 하필 그걸 가져가서는……. 생각은 다시 꼬리에 꼬리를 물었다.

그러니까 타이거즈 정신은 어디로 사라진 걸까.

매형은 어디로 사라진 걸까.

이 소설에서 누나는 과연 어디로 사라진 걸까.

그렇게나 많이 먹었는데도 어느 순간이 지나자 매운탕 생각이 간절해졌다. 쑥갓과 미나리를 넣은 매형의 매운탕이. ●

놓을 수 없다면
그 손을 바람에 맡겨라

한정현

한정현 1985년 출생. 2015년 『동아일보』 등단. 소설집 『소녀 연예인 이보나』 『쿄코와 쿄지』. 중편소설 『마고』. 장편소설 『줄리아나 도쿄』 『나를 마릴린 먼로라고 하자』. 〈오늘의작가상〉 〈퀴어문학상〉 〈부마항쟁문학상〉 〈젊은작가상〉 등 수상.

최현금이 치마를 입지 않게 된 것은 의신여학교를 다니면서부터였다. 정확히는 은사인 세실리아가 알려준 공놀이 덕분이었다. 그해 경성 바닥은 작은 공놀이 하나로 들썩였다. 박석윤인가 하는 사내가 도쿄로 유학 가서 하라는 공부는 안 하고 공에 빠졌다던가. 그런데 그 공놀이라는 것이 참 신기하더란다. 일본의 내로라하는 집 자제들이 모여 하는 그 공놀이, 조선인도 좀 해보자, 했더니 그건 안 된다던 공놀이. 그런데 인간이라는 게 그렇지, 하지 말라면 더 하고 싶다. 그 공놀이는 빠르게 조선으로 들어왔고 언제인가 군산이란 데서 펼쳐진 일본인 학생과 조선인 학생 들의 대결은 일본인과 조선인의 자존심 싸움으로까지 번졌다고 했다. 한데, 일본인만큼은 아니었으나 어째 그들 못지않게 우스운 꼴을 자아냈던 게 조선의 사내들이었다. 자신들도 일본인들로부터 그 공놀이 금지를 당해

보았으니 매사 금지만 당하는 조선 여자들의 마음을 이해할까 싶었지만, 웬걸. 조선 남자들은 이번엔 조선 여인들의 공놀이를 금지시켰다. 하지만 여자들도 이제 교육을 받는 시대였다. 1925년 3월 5일 마산 의신여학교는 외국인 여선교사를 필두로 여성 야구 클럽을 탄생시켰다. 내친김에 여성 야구 클럽은 대회도 열었다. 진주에서 열린 야구 대회에서 의신여학교는 시원여학교에 비록 48 대 40으로 패배했지만 경기에 참가한 선수들은 그 무대를 잊을 수가 없었다. 최현금도 당시 투수로서 그곳에 있었다. 자신의 스승인 세실리아가 해주었던 말을 기억하면서 말이다.

"세상이 참 이상하죠? 아메리카에서도 얼마 전까지 이건 사내들만 가지고 놀았던 공이랍니다. 저희 어머니 땐 정말이지 만져보지도 못했다네요."

세실리아는 그러면서 이 공을 현금이 잠시 맡아주면 좋겠다고 덧붙였다. 현금은 물끄러미 그 공을 바라보다가 조심스레 손에 쥐어보았다. 조선에는 1904년 아메리카 선교사 필립 질레트가 처음 가지고 온 그 공. 그 공놀이가 현금에게 알려준 것은 또 있었다. 바로 인생은 어찌 될지 모른다는 것. 의신여학교가 40이라는 점수로 패한 것은 순전히 마지막 9회 때문이었다. 끝날 때까지 알 수가 없구먼. 누군가 현금의 곁에서 그렇게 중얼거렸을 때, 현금은 그것이 이 공놀이를 말하는 것인지, 갑자기 이 공놀이라는 세계로 들어와버린 자신의 인생을 말하는 것인지 모를 일이다 싶었다. 그 누가 알았을까. 사내들이나 입는 줄 알았던 다리에 꼭 붙는 바지를 입고 사람들이 보는 앞에서 다리를 들며 이 작은 공을 힘껏 던지는 사람이 현금이 될 줄을 말이다. 현금은 자신이 지나갈 때마다 혀를 차는 노인들이나 휘파람을 부는 사내들을 보며 생각했다. 자신이 못 갈 곳도, 할 수 없는 것도 없을 거라고. 하지만 역시 그 공놀이도 세상도 인생도 현금의 예상대로 흘러가진 않았다. 얼마 지나지 않아서 의신여학교 야구팀은 흩어져 각자의 길로 가게 되었다. 대부분의 선수들이 결혼을 하기 위해 졸업을 선택했기 때문이다. 현금은 일본 현지처의 자식이었다. 고베에서 큰 상점을 하는 아버지가 조선에 거래를 하러 들어올 때만 찾았던 현금의 어머니 사이에서 낳은 아이, 그게 현금이었다. 현금만이 결혼에서 자유로웠다. 제대로 결혼하긴 그른 몸이었으니까. 그런데 확실히 인생은 참 섣불리 안다고 말하기엔 어려운 구석이 있었다. 현금은 이제 도리어 결혼을 쉬이 할 수 없는 자신의 처지가 좋았다. 그 공놀이를 잊을 수가 없었으니 말이다. 어디엔가는 자신처럼 무언가로부터 밀려난 사람들만을 모아놓은 야구팀이 생기면 좋겠다고, 현금은 그런 생각을 잠시 해보기도 했다. 처음으로 쥐어본 자신의 것, 그게 야구공이었으니까. 졸업식 날, 현금은 그 공을 다시 돌려주기 위해 세실리아를 찾았다.

"야구를 직접 하는 것도 좋지만……. 할 수 없다면 글로 써

보는 건 어때요?"

그러면서 세실리아는 공을 받는 대신 두툼한 신문 한 부를 현금에게 건넸다. 정말이지 이 공놀이는 끝날 때까지 끝을 알 수가 없는 걸까. 세실리아가 펼쳐준 면에 있던, 이길용이라는 기자가 쓴 기사는 야구 이야기로 빼곡했다. 스포츠만 전문으로 다룬다는 그 기자가 쓴 '조선야구사'라는 제목의 기사는 참으로 신나는 내용이었다.

"현금 양도 글재주가 있으니까 신문기자로 취직하면 어떨까요. 야구 경기도 직접 보러 가지 않겠어요?"

기사에 빠져 있던 현금을 되돌린 것 역시 세실리아의 말이었다. 과연, 이 신문사는 여자인 나를 받아줄까. 하지만 경성이라면 다를지도 모를 일이었다. 최근에는 글깨나 쓴다는 여자들 이야기가 줄곧 오고 가지 않던가. 현금은 다음 날 날이 밝자마자 옷가지와 세실리아로부터 받은 야구공을 챙겨 마산역으로 향했다. 어머니는 어차피 아편을 구하러 항구에 나갔을 것이다. 현금은 어머니 방문 앞에 편지를 남기고 돌아섰다. 어머니가 자신을 찾지 않을 것을 알았지만 그래도 어머니를 두고 가는 마음은 편치 않았다. 하지만 어머니, 제가 최현금 기자라는 명함을 가지고 언젠가 돌아올 수 있다면…….

1. 건강과 평화

돌아올 순 없었던 걸까…….

아무리 찾아봐도 최현금 기자라는 이름은 발견할 수 없었다. 이제는 글자마저 희미하게 바랜 기사를 한동안 보던 의선은 귀퉁이가 해져가는 스크랩북을 덮고도 한참을 그 자리에 그대로 앉아 있었다. 의선은 문득 자신이 최현금의 행방은 알 수 없어도 다른 한 가지는 알 수 있을 것 같다는 생각이 들었다. 그러니까 무언가를 처음 온전히 가져본다는 것……. 의선은 살면서 무언가를 쥐어본 적이 없었다. 그게 돈이든, 음식이든, 그리고 누군가의 사랑이든. 돈이 있으면 항상 가족에게 보내야 했고, 음식은 형제 자매와 나눠야 했다. 누군가의 사랑은……? 글쎄, 사랑이라는 단어는 드라마에서나 본 것 같았다. 그러니까 「서울의 달」에서 그 멋있고 세련된 은행원 채시라가 꽃제비 한석규의 이해 못 할 행동들을 끝내 용서하고 또 용서하는, 남들은 도리어 채시라를 이해하지 못하는 그런 마음 같은 건가. 차라리 돈이라면 본 적이라도 있지, 의선은 사랑을 실제 본 적은 없었다. 그런 의선이 온전하게 쥐어본 것은 단 하나였다. 바로 야구공. 사실 의선은 야구를 좋아하지 않았다. 무등경기장 앞에서 소주를 물이라고 속여 파는 아르바이트를 하면서 별의별 추태를 다 봤었다. 광주 사람들은 저들이 그렇게 치를 떠는 전두환이가 야구를 선전에 이용하는 걸 알면서도 정말 좋아했다. 경기에 지면 직접 경기를 하겠다고 난 입까지 하는 사람들이었다. 뭐, 멀리 갈 것도 없었다. 의선의 아버지는 야구가 진 날이면 졌다는 핑계로 그놈의 소주를 마시고 또 마셨다. 게다가 의선을 볼 때마다 가슴을 힐끗거리는 삼촌은 어떻고……. 남자들은 짜기라도 한 것처럼 모두 야구 팬이었다. 하지만 그날 의선에게 굴러들어온 공은 의선이 그다지도 싫어한 해태 타이거즈의 공이 아니었다. 빙그레 김대중 선수가 던진 공이라고 했다. 너나 가져라, 이 재수 없는 거. 그날 경기에 진 빙그레 응원 팀의 누군가가 부어오른 다리를 주무르던 의선에게 던져주고 간 것이었다. 재수 없는 해태 놈들, 김대중이랑 무슨 상관이라고 하여간 그 새끼만 나오면 소리를 질러대고. 그러면 꼭 우리가 진다니까. 의선은 그 공이 '재수 없어서' 괜찮을 것 같았다. 자신의 손에 꼭 들어맞는 야구공을 보면서 의선은 그게 자신이 손에 쥐어본 유일한 거라는 사실을 깨달았다. 네가 태어나는 바람에 너네 아빠와 결혼했다는 어머니의 넋두리를 들으며 자란 자신과 너 때문에 졌다고 버려진 야구공은 정말 잘 어울리는 한 쌍이라고 생각했다. 하지만 그때도 야구를 보고 싶다거나 좋아하고 싶다는 마음이 든 것은 아니었다. 왜냐면 의선이 생각하기에 어떤 야구 팀이든 결국 의선 같은 여성을, 조금은 못난 사람들을, 그러니까 가진 것도 내세울 것도 없는 사람들을 받아줄 곳은 없어 보였다. 따져보면 야구팀들도 온통 커다란 기업의 아래 있지 않은가. 그게 아니라도 정치인들의 눈에 들려 애쓰든가 말이다. 좋은 팀들은 조금이라도 선수가 실수하면 곧장 끝장이었다. 그런 의선이 야구를 떠올리기 시작한 건 버려져서 굴러들어온 공 때문이 아닌 어떤 마음 때문이었다. 본 적 없어서 믿지도 않았던 사랑을 이야기할 때 굳이 애쓰지 않아도 생각나는 누군가가 있다는 걸 스스로가 느낀 순간부터. 그래, 그 마음. 그 마음을 따라가다 만난 사람이 최현금이었다. 동네 도서관의 옛날 신문 가판대 안에 가지런히 놓인 그 이름. 그래서 그 최현금은, 신문기자가 되었을까, 아니면 자신처럼 그저 공을 쥐고 놓지 못하는 사람이 되었을까. 누군가를 향한 마음 때문에 자신도 모르는 사이 야구의 역사를 따라가고 있던 의선은 문득 최현금도 혹시 알았을까 궁금했다. 야구공을 손에 쥐고만 있는 야구 선수가 없듯이, 사실 그 동그란 것은 손에 쥐고 있을 때보다 놓아버렸을 때 훨씬 더 값어치가 있다는 것을 말이다. 물론 무엇을 안다는 것이 무엇을 할 수 있다는 뜻은 아니었다. 아무래도 놓기 힘든 것은 분명히 있었다. 그건 역시 최현금을 의선에게 데려다준 어떤 사람에 대한 마음으로부터였다. 그러니까…….

"혹시 야구하는 거 안 좋아해요?"
잔뜩 숨을 참고 있던 의선은 그 말에 자신도 모르게 훅 숨을 내쉬었다. 같은 은행원이고 여성이라고 해도 은행 안에서 고졸과 대졸의 차이는 컸다. 상고와 상대가 말을 섞는 것은 흔치 않은 일이었다. 상고를 졸업한 의선은 졸업식도 전에 학교와 제휴된 은행으로 보내진 참이었다. 의선보다 먼저 이곳에서 일을 한 선배에게서 물려받은 유니폼이 너무 작아서 숨을 쉴 때마다 눈치가 보였다. 자기 가슴을 빤히 보는 부장의 시선은 삼촌을 떠올리게 했지만 무조건 참아야 한다는 생각에 가슴이 더 짓눌리는 기분이었다. 그래서 처음에 의선은 자신에게 말을 건 주영의 질문을 알아듣지 못했다. 게다가 야구라니. 여자도…… 야구를 하나요?

"전라도 광주 사람이라고 하던데……. 거긴 다 해태 야구 좋아하지 않나요?"

오사카 사람들이 그러던데……. 주영은 자신의 말에 갸웃거리는 의선을 자연스레 탕비실로 이끌었다. 그제야 부장의 시선에서 벗어난 의선은 안도의 숨을 내쉬면서도 전라도라는 말이 영 신경 쓰여 주영의 눈치를 살폈다. 김영삼이가 대통령이 되고 좀 나아졌다고는 하지만 서울에 사는 누구도 전라도 출신이라는 것을 함부로 입에 올리지 않았다. 사투리도 최대한 빠르게 숨기는 게 전라도 광주 사람들이었다. "근데, 그 옷 일부러 그렇게 작게 맞춘 건 아니죠?" 주영은 그리 말하며 탕비실 구석을 뒤지는가 싶더니 어느새 유니폼 하나를 찾아내 건넸다. 의선은 주영의 능숙한 행동을 보면서 문득 자신보다 먼저 이곳에 왔을 사람들에 생각이 닿았다. 그 여자들은 다들 어디로 간 걸까. 김영삼이가 대통령 되면 아무도 안 죽을 줄 알았는데, 여전히 많은 사람이 죽거나 사라지는 거 같았다. 의선의 선배 중 한 명은 무너진 강남의 백화점에서 일하다가 영영 돌아오지 못하고 있었다. 의선은 자신처럼 서울로 보내졌던 사람들이 다들 어디로 그렇게 빠져나간 건지 궁금했다. 부모님은 의선이 서울의 은행에 취직했다고 온 동네에 자랑을 해놓은 참이었다. 의선이라면 나서서 그만둘 수는 없을 거 같은데……. 하긴 같은 동네 연자 언니도 희영 언니도 서울의 어딘가에 취직해 다들 출세했다고 부러워했었다. 그러나 연자 언니는 강남의 백화점이 무너지기 한 해 전 출근하던 도중 한강 다리가 끊어져서 죽었고 희영 언니는 신촌 자취방에 들어가다 연대 앞에서 시위대에 휩쓸려 눈을 크게 다쳤다고 들었다. 그 여자들, 빠져나간 게 아니라 그냥 어딘가에 버려진 것일 수도 있구나……. 생각에 잠긴 의선을 되돌린 건 주영이 건넨 커피 믹스였다. "부장에게는 아예 없는 사람처럼 보이는 것도 괜찮은 방법이에요." 의선은 문득 주영의 말투에 간절함이 묻어 있다고 생각했다. 그리고…….

"여자도 야구하죠. 뭐, 받아주는 팀은 없겠지만……. 그래도 야구 얼마나 재밌는데요. 저놈의 부장 놈을 그냥!" 주영은 그러면서 배트를 휘두르는 시늉을 해 보였다. 의선이 픕, 하고 웃어버리자 주영은 제가 말 잘해놓을 테니까 커피 마시고 천천히 나오세요, 하며 손을 흔들고 탕비실을 나갔다. 늘 맏이 역할을 해왔던 의선에게 그 등은 왠지 무엇이든 말해도 될 것 같은 기분을 들게 했다. 한데 반대로 왠지 이거 하나는 말할 수 없을 것 같았다. 야구를 좋아하지 않고 알지도 못한다고. 그 순간부터 의선은 그냥 야구를 좋아하는 사람이었다.

은행 업무는 생각보다 단순했다. 아니, 의선이 하는 일이 단순한 건지도 몰랐다. 의선은 은행에서 딱히 하는 일이 없었다. 하루에도 수차례 커피 믹스를 타고 이면지를 정리했다. 한눈에 봐도 정치인처럼 보이는 사람들이 오면 어디론가 사라지는 부장의 방에 쌓인 종이를 하루에도 몇 번이나 파쇄기에 넣고 돌렸다. 금융실명제가 실시된다고 하더니 어째 부장을 찾는 사람이 늘어난 듯했다. 하지만 의선은 자신과 상관없는 일이라고 생각했다. 다만 유니폼을 바꾼 후 여러모로 숨쉬기가 편안하다고 느꼈다. 의선은 어릴 적부터 자신의 가슴이 싫었다. 자신의 어머니를 닮아 유달리 큰 가슴. 재가 얼굴은 박색이어도 가슴은 크잖아. 어려서부터 지금까지 이 사람 저 사람에게 만져진 가슴. 의선은 서울로 올라올 때 단 하나 좋은 게 있었다. 아버지로부터, 삼촌으로부터 시달려온 가슴에서 벗어난 것 말이다. 하지만 서울에는 부장 같은 사람들이 또 넘쳐났다. 그런 사람들 앞에서 의선의 탓을 하지 않은 건 주영이 처음이었다. "네가 그렇게 가슴을 다 내놓고 다니니까 그런 거지!" 의선의 어머니마저도 의선에게 그런 말을 하곤 했었으므로 주영이 좋아하는 야구라면 의선도 좋아할 수 있었다.

"주영 님은 어느 팀을 좋아하세요?"

이 한마디가 하고 싶어서 의선은 야구라는 것을 알아보기 시작했다. 야구 보러 갈 시간도, 돈도, 텔레비전도 없었으니 쉬는 날이면 그저 동네 도서관에 가서 이것저것 기웃댔다. 떠올려보면 의선 주변에서 야구를 본다는 여자는 없었다. 김영삼이가 전두환이마냥 야구를 좋아해서 박찬호라는 야구 선수를 청와대에까지 초청했다고 하지만, 의선이 생각하기에 야구는 국민 스포츠가 전혀 아니었다. 야구는 순전히 남자들의 세계였다. 야구장에 가는 여자들은, 그나마 남자친구를 따라가는 대학생들이었다. 그러니까 사실은 선택받은 사람들의 경기. 무등경기장에서 일할 때 여학생들이 야구 선수를 보러 왔다고 하면 야구도 모르는 것들이 어딜 오냐고 빈정대던 남자들을 의선은 여전히 기억했다. 주영 때문에 야구를 본다고 말하면 아마 자신의 아빠나 삼촌도 그 남자들처럼 빈정댈 게 빤했다. 의선은 역시 혼자 야구를 알아가야겠다고 다짐했다. 그렇게 야구에 대해 알아보면서 의선은 문득, 세상 어디엔가 자신처럼 이류도 아닌 삼류 인생들, 그러니까 승패만이 중요한 이 프로의 세계에서 이미 탈락한 선수들만을 모아 힘껏 그들의 능력을 발굴해주는 팀이 있으면 좋겠다는 생각을 했다. 만약 그런 팀이 있다면…… 그렇다면 의선은 그 팀을 좋아할 거라고. 물론 의선도 삼미 슈퍼스타즈를 알았지만 뭐랄까, 의선이 그리는 팀은 그것과도 조금 달랐다. 아예 처음부터 누군가에겐 더는 안 될 것 같은 선수들만 모인 팀이었으면 한다는 그런 생각들. 하지만 알면 알수록 야구 또한 장사였기에 의선은 그런 팀이 나올 수 없다는 생각도 함께했다. 이런 생각을 진지하게 하다니, 의선은 야구에 대한 자신의 마음을 설명하기 어렵다고 느꼈다. 설명하기 어려운 건 또 있었다. 그건 자꾸만 주영에게 말을 걸고 싶은 의선의 속내였다. 여러 차례 그저 먼발치에서 주영을 보기만 하던 의선이 저 말을 겨우 꺼낸 것은 회사 사내 야구팀 경기에 전 여직원이 응원조로 불려 간 날이었다.

"저는 한신 타이거즈요."

네? 의선은 처음 듣는 팀이었다. 나름대로 공부를 해 간 의선이었다. 롯데, 빙그레 이런 팀이 나올 줄 알았는데……. 주영은 빙긋 웃으며 말을 이었다.

"저, 교토에서 왔잖아요. 우리 간사이 팀은 한신 타이거즈거든요."

뭐, 저도 후쿠시마처럼 2군 선수들을 모아 힘껏 연습시키는 그런 팀도 좀 좋아하고 싶지만, 응원하는 야구팀 바꾸는 게 쉽지 않네요. 주영은 그리 중얼거렸고 의선은 그제야 처음 만난 날 주영이 오사카라는 말을 했던 이유를 알 것 같았다. 그리고 전라도 사람들은 야구를 좋아하지 않냐는 주영의 말도 이해했다. 전라도에서 오사카라는 도시는 낯설지 않았다. 제주도 난리통에 전라도까지 쑥대밭이 되던 그때, 오사카로 넘어가서 자리를 잡은 사람들이 한 집 건너 한 집 있을 정도였다. 그리고 의선은 여태 주영을 두고 사람들이 수군거리던 말의 뜻 또한 이해했다. 부장이 주영을 어려워한다던 그 말, 학벌도 남다르게 좋고 우리보다 잘사는 데서 왔다던 그 말이 뭔지 의선은 주영의 말을 듣고서야 겨우 알 수 있었다. 주영이 자신의 아들도 나중에 교토국제고에 들어가서 야구를 하겠다고 하려나, 라는 말을 중얼거렸을 때에 의선이 순간 고개를 들자 주영은 무언가 예상한 사람처럼 별일 아니라는 듯 웃어 보였다. 제가 열여덟에 애를 뱄거든요. 그날 의선은 주영에게 아무것도 더 물어볼 수 없었다. 아니, 물어보지 않아도 충분했다. 마치 주영은 준비한 사람처럼 자신이 한국에 오게 된 이유를 쉬지 않고 설명했다. 열여덟에 수재들만 모인다는 교토대에 입학했고, 야구 동아리에 가입했다가 만취한 상태에서 선배에게 강간을 당했고, 그때까지 아이를 지운다는 교육을 받아본 적이 없어서 결국 낳았다는 이야기, 막상 낳고 보니 아이 얼굴 보는 것이 고역이어서 자신의 부모에게 보내버렸다는 이야기, 재일교포 사회가 좁아 일본에 살기가 힘들어져서 한국으로 왔다는 이야기…… 이야기는 거의 쏟아지고 있었다. 한참 정신없이 듣던 의선은 문득 그 말을 내뱉는 주영의 눈이 평소와 달리 자신을 바로 보고 있지 않다는 걸 깨달았다. 그런데 왜였을까,

의선은 도리어 처음으로 주영을 바로 볼 수 있었다. 의선에겐 마주하기 어려운 자식은 없었지만 확실히 피하고 싶은 부모는 있었으니까. 준비된 연기를 하는 주영을 보던 의선이 불쑥, 이리 말했다.

"그럼…… 주영 님께서 저 야구 좀 가르쳐주실래요?"

그날 주영과 의선이 간 곳은 인사동 길 초입의 야구 연습장이었다. 여자 둘이 들어서자 술 취한 남자들이 휘파람을 불어댔다. 주춤하는 의선을 본 주영은 보란 듯 주인에게 돈을 건넸다. 막상 배트를 들고 보니 의선은 용기가 생기는 기분이었다. 한 번도 이런 단상 위에 올라본 적 없었고 무언가를 정면으로 바라본 적도 없었다. 의선은 주영이 알려준 대로 자세를 고쳐 잡고 날아오는 볼을 힘껏 쳐내기 시작했다. 날아오는 볼을 피하면 오히려 몸에 맞을 수 있다는 주영의 말은 정답이었다. 정면으로 바라보다 가장 가까울 때 배트를 움직여야 했다.

"의선 씨, 우리 할아버지는 우토로 광산 피해자였거든요? 일제 때요. 교토의 우토로라는 곳으로 끌려온 거예요. 거기서 죽도록 일만 했대요. 진짜로 죽도록요. 근데 그때 꿈이 야구 한번 해보는 거였대요. 할아버지 말이, 끌려오기 전에 조선인하고 일본인하고 하는 야구 시합에서 조선이 이기는 걸 봤대요. 물론 그 조선인들은 우리 할아버지랑 다르게 완전 엘리트들이었대요. 뭐, 그래서였을까요. 교토에서 야구 한번 해보는 게 소원이었대요."

의선은 잠시 주영을 바라봤다. 의선에겐 주영처럼 야구와 얽힌 애틋한 기억이 없었다. 해태 타이거즈는 사연이 있으려나……? 해태 타이거즈는 매년 5월에는 광주 팀임에도 무등 경기장에서 경기를 할 수 없었다. 하지만…… 왜였을까, 언제부터인가 사람들은 그런 일들 하나하나를 입에 잘 올리지 않았다. 의선의 주변에서 죽거나 사라진 사람은 많았지만 아무도 그들을 피해자라고 하진 않았다. 오히려 그 사실을 숨기기 바빴다. 아버지도, 삼촌도, 이모도, 고모도, 어머니도 뉴스에 나오는 이야기들을 알고 있었고 심지어 그 장소에 있었지만 누구도 그 이야기를 꺼내진 않았다. 의선에게조차 누가 물어보면 절대 말하지 말라는 듯 입단속을 시키곤 했다. 그렇기 때문에 의선은 자신의 부모나 주변 사람들이 어떤 큰일에 연관되어 있을 거라곤 상상조차 해본 적이 없었다. 도리어 주영의 이야기가 신기하게까지 느껴졌다.

"그런 데서도 할아버지 도와주는 일본인도 있었고 그래서 그 일본인한테 야구공도 선물받고 그랬다네요. 참, 세상 쓸모없는데 괜찮기도 하고 그렇죠? 그 야구공 지금은 저에게 있답니다."

주영은 자신의 할아버지에게 받은 야구공 덕분에 야구를 좋아하게 됐다고 말했다. 공부를 열심히 했던 것도 조선인이라 공부를 하지 못했던 할아버지가 공부를 해야 한다는 말을 입에 달고 살아서라고도 했다. 물론 그때의 주영은 세상의 모든 야구 선수가 성실하게만 살면 좋은 공을 던지는 줄 알았었다. 하지만 시간이 흐르면서 주영은 자신이 어쩌면 일본의 불운한 야구 선수 중 최고로 꼽히는 게리 토머슨이라는 사람과 비슷한 인생일지도 모른다는 생각이 들었다고 했다. 그래도 주영은 야구를 여전히 좋아한다고 했다. 아니, 그렇기 때문에 야구를 좋아한다고 했다.

"그런데 정말, 일본에도요. 뭐가 전통이 없어도…… 남들이 보기엔 실패한 선수들을 모아서 만든 팀이 있다면…… 왜인지 저도 그 팀을 응원했을 거 같아요."

이윽고 자리를 옮겨 간 호프집에서 주영의 말에 의선은 퍼뜩 주영을 바라보았다. 그런 주영 앞에서 의선은 문득 최현금을 떠올렸다. 사람들은 야구를 할 수 없던 최현금의 삶을 그저 실패한 삶이라고 볼까. 적어도 의선은 그렇게 생각하지 않았다. 의선은 조심스레 최현금의 이야기를 꺼냈다.

"오, 최현금이라는 사람, 멋있는데요? 그래도 그 사람, 늘 무언가를 했잖아요. 야구가 아닌 다른 걸 했다고 해도…… 그 사람은 자신의 인생을 후회하지 않았을 거 같아요."

'주영 님의 삶도 멋져요.' 의선은 그 말을 하고 싶었지만 대신 그저 맥주를 조금 빠르게 마셨다. 자신도 주영처럼 야구 공을 간직하고 있다고 말하고도 싶었지만 왜인지 주영의 사연 있는 공과 아무렇게나 굴러온 자신의 공이 똑같다고 말해도 되나 싶어서 역시나 그저 맥주만 마셔댔다. 아무래도 처음

마셔본 데다 너무 빠르게 마신 맥주 때문이었을까, 의선은 주
영의 입에 자신도 모르게 잠깐 입술을 댔다가 떼었다. 주영은
잠깐 의선을 바라보았지만 이내 아무렇지도 않게 다시 맥주
를 마시며 그해 야구 경기에 대한 이야기를 했을 뿐이었다. 그
날 주영은 취해서 몸을 가누지 못하는 의선을 자취방까지 데
려다주었다. 주영은 다음 날도, 그다음 날도 별말이 없었다.
오히려 가끔씩 인사동에 야구를 하러 가자고 했다. 도리어 어
쩐지 자신이 없어 숨게 되는 건 의선이었다. 주영은 몇 해 후
IMF가 터지고 가장 먼저 정리 해고 대상자가 되었다. 오히려
저임금자인 의선만이 은행에 남게 되었다. 주영이 일본으로
돌아가야 했을 때 의선은 주영의 부서 앞에 오랜 시간 최현금
의 스크랩북을 들고 서 있었다. 물론 그 스크랩북은 주영이 아
닌 의선이 끌어안은 채 집으로 돌아왔다. 마치 던지지는 못하
고 손에 쥐고만 있는 야구공처럼. 다음 날 더는 주영이 없는
회사에 의선이 여느 날처럼 누구보다 일찍 출근했을 때, 의선
은 자신의 책상 위에 놓여 있는 낡은 야구공과 짧은 메모를 하
나 발견했다. '건강과 평화'. 의선은 태어나서 처음으로 그날
조퇴라는 것을 써보았다. 주영이 언제 돌아가는지도 모르고
무작정 김포공항으로 달려갔고 그저 한없이 떠오르는 비행기
들을 종일 바라보다 돌아왔다. 그렇게 주영이 돌아가고 몇 해
가 지났을 무렵에야 의선은 연고 팀이 없어서 야구를 좋아하
지 않는 강원도 출신의 사내를 만나 결혼을 했고 아이를 낳았

다. 아이가 군대에 가고 제대를 할 무렵이 될 때까지 같은 은행을 다니며 하루도 지각이나 조퇴를 하지 않았다. 삶이 명확히 정돈될수록 이루지 못한 꿈들은 희미해져만 갔다. 그사이 해태는 기아가 되었고 빙그레는 한화가 되었다. NC라는 팀이 생기고 SK라는 팀은 SSG가 되었다. 김대중이 대통령이 되어 금을 모았고 노무현은 자살했으며 박정희의 딸이 대통령이 되는 것까지 봐야 했다. 북한의 김정일이와 만나는 남한의 대통령들을 보았고 서태지는 은퇴했으며 Y2K니 뭐니 하면서 입었던 헐렁한 청바지들을 다시 입고 나오는 케이팝 스타들을 보았다. 많은 것이 변한 것 같았다. 의선에게도 변화가 있었다. 의선에게 드디어 좋아하는 팀이 생긴 것이다. 현대라는 팀이 생겼다가 이름도 생소한 넥센이 되었을 때였다. 그때 잠시, 의선은 넥센이라는 팀을 마음으로나마 응원했었다. 가난하고, 아무것도 없는 팀. 그것이 마음에 들었다. 대부분 2군 선수로 분류되었거나 신인들을 데리고 와서 훈련시킨 팀이라는 것도 마음에 들었다. 의선은 넥센이 우승을 목전에 두고 삼성에 패배했을 땐 대구까지 가서 경기를 관람했었다. 가족들에겐 30년 지기들과 여행을 간다고 둘러댔지만, 남은 건 친구가 아닌 턱돌이와의 사진뿐이었다. 그리고 그렇게 넥센이 키움이라는 팀이 되었을 때 왜인지 의선은 자신이 여전히 키움을 응원할 것이라는 확신이 들었다. 문득, 의선은 모든 것이 변하는 것 같았지만 무언가는 결코 변하지 않는 것 같다는 생각을 했다. 그제야, 의선은 주영이 그때 해준 그 말들을 자신이 잊지 못했다는 사실을 깨달았다. 되짚어보면 그 30여 년의 시간 동안 의선은 퇴근 후 일이 잘 안 풀리면 혼자 야구 연습장을 찾아가지 않았던가……. 그런 의선이 배트를 드는 대신 볼을 던지기 시작한 건 그 야구 연습장이 사라진 직후였을 것이다. 인사동의 야구 연습장 터엔 복합 쇼핑몰이 들어서고 케이팝 팬들이 한복을 입고 몰려들었다. 드디어 사라지는 건가, 의선은 그런 생각을 하며 케이팝이 울려 퍼지는 그곳에 서보았다. 이제 배트를 휘두르는 대신 볼을 던지며 의선은 자신이 주영을 내려놓을 수 있을지도 모른다는 예감이 들었다. 손에서 떠나가야 더 좋은 것들, 확실히 그런 것들이 있었다, 있을 거였다. 그래서였나. 의선은 평생 데면데면하던 아들이 자신의 명예퇴직 기념으로 여행을 가자고 권유해 왔을 때 교토에 가보고 싶다는 말을 꺼내보았다. 그렇게 의선이 교토 여행을 선택한 그해, 고시엔에서 한국계 학교인 교토국제고가 우승을 했다. 일본인 주장이 한국어 교가의 동해를 발음하며 노래하는 모습이 카메라에 잡힐 때였다. 의선은 왜인지 눈물이 나기 시작했다. 그게 우토로로 끌려가 모진 노동을 했다는 주영의 할아버지 때문인지 아니면 강간당해서 생긴 아이도 낳아야 했던, 그 아이에 대한 마음을 정할 수가 없어서 도망치듯 한국에 온 주영 때문인지, 그것도 아니면 의선이 넥센을, 그러니까 키움을 좋아했던 이유인 가난하고 명예도 없는 팀이 우승에 도전해서인지 알 길이 없었다. 다만 어렴풋 깨달았다. 야구팀의 이름이 바뀌고 건물들이 사라지고 새로운 대통령이 탄생하며 세상의 풍경이 바뀌고 정말 마치 모든 것이 달라지고 사라지는 것처럼 보였지만…… 사실 역사는 반복되었고 아무것도 완벽히 사라진 것은 없었다는 것을. 그리고 그 반복이 만들어낸 삶이 단지 희미하거나 단조로운 것만은 아니라는 것을, 그 반복이야말로 어쩌면 소중한 것을 지키는 일상이었다는 것을……. 그렇기에 의선이 평생을 갈구했던 삶의 가치와 그 가치를 알아보았던 주영에 대한 마음 또한 여전히 그곳에 있다는 것을. 의선은 주영에게 묻고 싶었다. 주영은 자신에게 그 공을 건네고 조금은 홀가분했는지. 자신은 주영에게 받은 그 공을 영영 놓지 못했다고, 그걸 인정해야겠다고도 말하고 싶었다. 그렇다고 해서 자신의 인생이 실패한 거냐고 물으면 아닌 것 같다고, 누군가는 그렇게 말하겠지만 마치 주영이 최현금의 삶이 멋있다고 했던 것처럼, 그때 주영의 삶이 참 멋있다고 느꼈던 자신처럼…… 의선 자신의 인생도 어느 한구석은 주영 덕분에 멋있었다고……. 그러니 자신도 그때 주영이 자신에게 남긴 메모처럼 이제는 정말 건강과 평화라는 말을 할 수 있지 않겠느냐고…… 말이다. 그러나 의선은 그 말을 끝내 주영에게 하지 못했다. 왜냐하면…….

2. 번외 : 이 산을 넘어, 곰을 피해, 팀 토머슨 2025

'초연 상, 토머슨도 가을이면 밤을 주우러 산에 가고 싶었을까요.'

오타니에게 저런 메시지가 온 것은 일주일 전이었다. 별다른 직업도 없고 친구도 없는 이곳 교토에서 초연은 별다른 고민거리도 긴장거리도 없었다. 물론 최근엔 초연이 살고 있는 사쿄구에서도 곰이 목격되었다고 해서 놀라긴 했지만 너무 비현실적이라 그랬을까, 그때뿐이었다. 하지만 토머슨이라는 저 단어는 조금 달랐다. 우선 초연과 오타니가 처음 만난 곳이 그 야구 선수 토머슨에 관한 전시였기 때문이다. 이른바 「초예술 토머슨 이론」. 도쿄 자이언츠에서 거액을 들여 모셔 왔지만 치는 볼마다 죽는 볼이 된 전설의 야구 선수 게리 토머슨을 오마주로 한 온갖 쓸모없는 비상구들에 대한 전시였다. 그 전시를 보러 갔던 그 시기, 초연은 막 교토에 온 상태였다. 일본어도 제대로 못하고 미국에서 만난 일본인 남편을 따라 일본에 온 사람. 영어가 되면 뭘 하겠는가, 아시아 국가는 자신들의 언어가 있고 그 언어를 못하는 사람은 신생아나 다름없었다. 어쩌자고 초연은 오랜 시간 공들여 쌓아 올려온 자신의 공부까지 포기하고 덜컥 교토에 온 것일까. 갑작스러운 임신 때문이었지만 허탈하게도 아이는 곧 자연유산되었다. 초연은 괜히 토머슨이 자신과 비슷해 보여서 전시가 짓궂게까지 느껴졌었다.

"오타니 상, 맞습니까?"

아마 전시에 온 모두가 돌아보았을 것이다, 토머슨이 아닌 오타니를, 오타니라는 사람을. 진짜 오타니 쇼헤이가 왔을 리는 당연히 없었다. 여기서도 오타니가 주인공이라니, 초연은 그런 생각을 하며 오타니라는 그 사내를 바라보았다. 그……야구 선수 오타니가 아니고 그냥 뭐…… 사람 오타니…… 알고 보니 10년째 아무런 소설도 발표 못 하는 소설가 오타니를 말이다. 초연은 그때 기억이 떠올랐지만 간신히 웃음을 삼키고 트위터도 안 하는 오타니를 위해 경찰의 주의 사항을 착실히 전달해주었다.

"지금 밤이 문제예요? 곰 만날라……. 사쿄구에도 곰 나타났대요. 그 라멘 거리요!"

물론 초연이 오타니와 친해진 건 초예술 때문은 아니었다. 임신 9주 차 갑작스러운 유산 탓인지 아니면 책 한 권 읽을 수 없이 온종일 고립된 생활을 할 수밖에 없던 교토에서의 삶 탓인지 어느 순간부터 초연은 자신을 모르는 누군가와 간절히 이야기를 하고 싶어졌다. 한국이라면 점집이나 정신과라도 갔을 텐데 언어가 되지 않으니 꿈도 꿀 수 없었다. 초연은 교토예대 앞을 지나다 받은 전단지가 떠올랐다. 이야기를 들어주는 상담 대행이 한 시간에 고작 1천 엔이었다. 소설가에 성적 취향이 동성인 남성이라는 것, 그리고 영어가 가능하다는 것을 보고 초연은 오타니를 상담 대상으로 신청했다. 남편은 아무래도 자신을 걱정할 게 뻔하니 국제교류회관에서 일본어 수업을 듣는다고 둘러댔다. 오타니 씨……. 살다 보니 오타니와 지인이 되기도 하는구나. 무엇보다 오타니가 초연의 마음에 들었던 건 오타니로 사는 게 피곤하지 않냐는 초연의 물음에 오타니가 했던 대답 때문이었다.

"그러니까 저는 이 세상의 균형을 만들고 있는 거지요."

초연은 메이저리거 오타니와 무명 소설가 오타니의 균형에 대해 메이저리거가 아닌 무명 소설가 오타니가 말했다는 게 좋았다. 하지만 왜인지 오늘의 오타니는 아까부터 무언가를 썼다가 지우기만을 반복하고 있었다. 결국 초연이 먼저 나섰다.

"대체…… 무슨 일인데요? 열리면 죽는 토머슨의 비상구라도 열어버린 건가요?"

엉겁결에, 바로 정답이었다.

"그게……. 전 남친이 왔습니다."

"두 분, 은행을 정확히 밟으셨군요."

그리고, 초연은 오타니와 그 오타니의 전 남친이라는 작자 앞에서 은행을 밟고 서 있는 중이었다. 히가시오지거리의 대부분은 교토대학교 요시다캠퍼스였기에 온갖 학생들이 우르

르 몰리는 곳이었고 교토대가 거기에 있던 시간만큼이나 성
장한 은행나무들이 상징처럼 서 있는 곳이기도 했다. 그곳에
서 조금만 더 걸으면 요시다히가시거리가 나오고 거기엔 오
타니의 아르바이트 장소이자 초연의 단골 가게인 jete가 있었
다. 그러고 보니 오늘의 약속 장소가 어째서 jete가 아닌가, 그
건 정말 당연하게도 느껴지기도 했다. 전 남친을 일터에 끌어
들일 용감한 사람이 어딨담……. 대신 모든 교토대생들 앞에
서 은행을 밟고 냄새를 풍기는 사람이 되었지만 말이다. "그렇
게 크게 말씀하실 필요는 없었잖아요……." 초연이 무안한 마
음에 아주 조그마한 한국어로 중얼거렸다. 오타니의 전 남친
이니까 당연히 일본인이지 했던 건데 치는 볼마다 족족 아웃
이 되는 팀 토머슨 멤버답게 그것도 역시 잘못 친 볼이었다.

"한국인이세요?"

네? 초연은 자신이 거의 2년 만에 누군가로부터 한국어를
들었단 사실을 깨달으며 그를 바로 보았다. 뭐야, 오타니가
국제 연애를 한 거였어? 하긴, 오타니는 영어를 할 줄 아니까.
그러고 보니 그저 전 남친이 나타났으니 같이 만나러 가줄 수
있겠냐는 것 외엔 들은 게 하나도 없었다. 이제야 겨우 이름
을 알게 된 게 전부였다. 기훈, 정기훈. 오타니의 전 남친. 아
까부터 오타니는 영원히 줄지 않는 마법의 커피라도 테이크
아웃해 온 건지 고개를 숙인 채 커피만 마시고 있었다. 하지
만 오타니, 너는 분명 나에게 해외여행은 해본 적도 없다고 했

었는데…….

초연이 아는 오타니는 참 바쁜 사람이었다. 매일 새벽 세 시에 일어나 자전거로 신문 배달을 하고 여섯 시엔 카모강을 달리거나 초코잡 체육관에 가서 한 시간 정도 달리기를 했다. 일곱 시가 되면 간단히 토스트를 해 먹고 책을 읽다가 교토예대 앞 나카무라슈퍼마켓에서 캐셔 일을 했다. 정오가 되면 jete에서 아르바이트를 시작했다. 바쁠 때면 초연도 종종 그곳에서 음식 서빙 같은 일을 도왔다. 신맛이 강하게 나는 케첩을 쓰는 jete의 나폴리탄은 꽤나 인기가 많았고 초연도 좋아했다. 초연은 의자가 필요하다고 하면 자신이 앉은 의자까지 내어주는 마음씨 좋은 jete의 사장이 그리웠다. 하지만 결국 그들이 간 곳은 60년 동안이나 한곳에서 장사를 했다는 카페 홈타운이었다. 이 주인 노부부는 60년간 교토대 앞에서 별의별 학생들을 다 본 것인지 웬만한 일에는 놀라지 않았다. 초연이 생각하기에 친구와 함께 친구의 전 남친을 만나기엔 이보다 좋은 장소가 없을 것 같았다. 홈타운은 카레와 커피 딱 두 종류밖에 팔지 않으므로 초연은 자신의 건너에 앉아 부지런히 카레를 먹고 있는 기훈을 물끄러미 바라보았다. 그나저나 대체 이 사람은 왜 찾아온 거야? 초연은 다시 오타니를 바라보았다. 이번엔 줄지 않는 마법의 카레라도 만난 것인지 오타니는 묵묵히 그저 밥을 먹고 있었다. 결국 이번에도 초연이 나설 차례인 건가 싶었지만…….

"올해 한신이 졌다면서요, 9회에 점수를 내줘서요. 토머슨이라도 나타난 건가……."

초연은 토머슨이라는 말에 퍼뜩 기훈을 보았다가 이윽고 오타니를 힐끔거렸다. 오타니는 분명 야구에 관심이 없는 사람이었다. 그래서, 그러므로 오타니라는 이름을 짊어지고도 살아갈 수 있는 게 소설가 오타니였다. 하지만 그런 오타니의 전 남친 기훈이 처음으로 꺼낸 말은 한신 타이거즈의 가을 야구 승패였다. 오타니는 야구를 좋아하지 않은 걸까, 아니면 좋아할 수 없게 돼버린 걸까. 초연은 어떠한가. 초연은 그 전까지 야구라면 조금은 부대낄 정도로 좋아하는 고향인 광주의 분위기 때문에 괜히 야구를 싫어했었다. 그건 일종의 반항심이기도 했다. 모두 한결같은 마음이라는 게 때론 버거웠다. 그러나 초연을 야구의 세계로 데려다놓은 것은 또 아이러니하게도 어떤 마음이었다. 초연의 남자친구 중 한 명이 야구 광팬이었기 때문이다. 얼결에 야구를 좋아하는 사람이 된 것까진 좋았는데 이래저래 팀을 정할 때가 문제였다. 대부분 고향 소속 팀을 따라가거나 야구를 좋아하게 만들어준 사람이 응원하는 팀을 따라가는 게 보통이었다. 모두들 초연이 야구를 좋아한다고 말하면, 기아 타이거즈? 하는 것도 이유가 있는 거였다. 그런데…… 야구가 다 뭐라고, 초연은 한동안 꽤 깊은 고심에 빠졌다. 솔직히 이미 그때 알았던 건지도 모른다. 야구의 응원 팀이라는 것이 마치 이름의 성과 같아서 한번 정하면 쉽사리 벗어날 수 없다는 것을 말이다. 그런 초연이 마음을 정했던 것은 집 근처 야구장이 평일엔 7회 말부터 무료로 개방한다는 사실을 안 날부터였다. 초연은 그때 까치산역에 살고 있었다. 아직 목동구장에서 프로야구 경기가 열리던 시절이기도 했다. 목동 학원가에서 일하던 초연은 지친 마음에 자연스레 야구장으로 걸어 들어갔다. 이놈의 야구, 스트레스받을 것을 알면서도……. 하지만 경기 팀을 보니 조금 생소했고 초연은 왠지 스트레스를 받지 않을 거 같았다. 넥센이었다. 그날, 초연은 조금 기이한 자세로 공을 치는 한 선수를 봤다. 옆 좌석에 앉은 사람이 "서 교수 파이팅"이라고 할 때까지 초연은 왜 그가 그런 말을 하는지 몰랐지만 집으로 돌아와 무척 좋은 경기를 보여준 그 선수의 이름을 검색하고서는 충분히 납득했다. 밀리고 밀려 은퇴 직전까지 갔던 한 선수가 어떤 식으로 노력했는지를 알고서. 그리고 그런 선수들로 꾸린 이 작은 팀에도 관심이 갔다. 그러고 보면 초연은 그때도 제일 가난한 팀을, 제일 사연 있는 선수들을 좋아했었다. 기아도 아닌 넥센을, 서건창을 말이다. 신기한 것은 그 이후다. 서건창이 팀을 나가고 넥센이 키움이 되고 나서 초연은 더 이상 야구를 보지 않게 될 줄 알았다. 그런데 팀 이름이 바뀌는 건 문제가 아니었다. 초연은 여전히 야구팬이었고 키움의 팬이었다. 기라성 같은 대기업들 사이에서 적은 팬들을 보유했지만 좋은 선수들이 나오기도 하는 팀. 하지만…… 마음으로 응원할지언정 초연은 이제 야구를 보지 않는다. 막상 초연이 가장 사랑했던 사람은 야구 광팬이 아니었으니까. 그러나저러나……
대체 기훈이라는 이 사람은 왜……. "설마 교토에 야구 보려
고 오신 건 아니죠?" 초연이 겨우 그리 물었을 때 기훈은 살짝
고개를 저으며 웃어 보였다. 기훈은 예전부터 찾고 싶은 사람
이 있다고, 그건 오타니도 잘 알고 있을 거라고 이야기를 꺼냈
다. 초연은 그럼 이 사람은 오타니가 아닌 다른 사람을 찾으러
온 것인 걸까 생각했지만 일단 잠자코 그의 이야기를 들어보
기로 했다. 초연이 아는 오타니는 사람과 정을 나누지 않는다.
그러니까 이성적인 정을 말이다. "오타니 상은 아무도 만나지
않고, 즐겁습니까?" 작년 연말 jete에서 사장님과 오타니, 그리
고 초연이 조촐한 연말 식사를 했던 때였다. 초연은 언어를 핑
계 삼아 시부모 댁에 남편을 혼자 보낸 참이었다. 시부모는 좋
은 사람인지 그렇지 않은 사람인지 종잡을 수가 없는 전형적
인 교토 사람들이었다. 남편은 자신의 집엔 흔쾌히 혼자 가겠
다고 했지만 초연이 오타니, jete의 사장과 연말 모임을 하겠
다고 하자 잠시 생각에 잠기더니 이렇게 말했다. "당신은 오타
니 상에 대해선 너무 너그러운 거 같아. 사람은 여러 가지 면
이 있을 수도 있는데." 남편은 오타니를 실제 만난 적도 있었
고 오타니의 성향을 잘 알기 때문에 둘 사이를 오해하거나 신
경 쓰진 않았다. 오히려 초연이 오타니를 만난 후 교토 생활에
적응하는 거 같아 고마워하는 눈치였다. 그러니 그건 어떤 의
도를 품은 말은 전혀 아니었다. 그러게, 그치만…… 적어도 오

타니는 속을 모르겠는 타입은 아닌걸? 초연은 정말 그렇게 생각했다. 그나마 사장과 오타니의 속은 알 수 있어서 다행이라고 여기며 오랜만에 가벼운 마음이 되어 떠들고 마셨다. 그때 사장은 오타니가 아무도 만나지 않고 일만 하는 것이 신기하다며 저런 말을 했던 것이다. 그 순간이었을까, 오타니가 스치듯 꺼낸 것이 이 전 남친에 대한 이야기였다. 그 이후 연애로 사람을 만나지 않게 되었다는, 그 전설의 전 남친…….

"어머니가 지인분을 뵙고 싶어서 꼭 교토에 오고 싶어 하셨는데 그만 사고로 돌아가셨거든요. 저라도 어머니의 지인분을 찾아뵙고 싶어서 왔어요."

오타니도 알고 있다는 말에 초연은 오타니가 자신에게 왜 말을 하지 않았을까 싶어 오타니를 힐끔거렸지만 오타니는 여전히 말이 없었다. 그러고 그다음 날 전설이 된 건 전 남친 기훈이 아니라 초연의 현 친구 오타니였다. 약속 장소에서 마주한 건 오로지 초연과 기훈뿐이었다. 약속 시간이 지나고 나서야 오타니에게선 짧은 문자가 와 있었다. '산에 가서 곰을 만난다면 어쩔 수 없겠습니다.' 초연이 아는 오타니는 이런 사람이 아니었다. 괜히 무안해져서 조금 쩔쩔매듯 기훈에게 이런저런 말을 붙여댔을 때였다. 그렇군요, 곰이었군요. 오히려 잠잠한 건 기훈이었다. 기훈은 초연에게 여기까지 나와주어 감사하다는 말과 함께 불편할 테니 동행하지 않아도 된다고 말했다. 순간 초연은 기훈이 이미 오타니가 나타나지 않을 걸

예감하고 있었다는 생각이 들었고, 이왕 이렇게 된 거 대답 대신 궁금한 걸 묻기로 했다. "오타니는 굳이 왜 찾은 거예요?" 그 어머니의 지인이라는 사람을 곧장 찾아가면 될 일이 아니었나, 하는 거였다. "용서하려고요." 기훈이 조금도 망설이지 않고 그렇게 말했을 때 초연은 고개를 갸웃했다. "누구를요?" "누구긴요, 오타니를요." 초연이 잠시 멈춰 서서 그의 얼굴을 바라보자 그가 조금은 허탈한 듯 웃으며 그리 덧붙였다.

"그리고 저 자신을요."

기훈의 어머니 지인이라는 사람이 사는 곳은 초연과 기훈이 만난 교토대에서 반대 방향에 있는 도시샤대학 너머였다. 니조성에서는 좀 더 북쪽이었고 금각사보다는 약간 아래 방향이었다. 사실 관광지와는 조금 무관한 곳이었는데…… 어라…… 엊그제 곰이 나왔다던 우쿄구 쪽이네? 초연이 저도 모르게 중얼거리자 오타니의 전 남친은 고개를 갸웃거렸다.

"교토부도 아니고…… 교토시에는 곰이 없을 텐데, 교토시 안쪽까지 곰인가요?"

"그러게요. 남편도 놀라긴 하더라고요."

"그런데…… 곰을 실제로 본 사람이 있나요?"

그러고 보니 적어도 교토시 내에서는 곰을 실제 목격한 사람은 없었다. 경찰 트위터에도 항상 곰과 같은 동물을 목격했다는 말뿐이었다. 초연은 가만히 그를 보다가 어차피 고작 한 시간 남짓일 테니 기훈의 어머니 지인을 만나러 가는 길에 동행하겠다고 했다. 솔직히 오랜만에 듣고 말한 한국어가 무척 반갑기도 했다. "뭐 어차피 밥도 먹을 시간이고요." 그리 말하며 구글 맵을 뒤적이는 초연을 보던 기훈은, 교토대생들은 라멘에 좀 미쳐 있거든요, 하면서 자연스레 초연을 안내했다. 초연은 문득 왜 자신이 기훈보다 교토를 잘 알 거라고 생각했는지 스스로에게 의아한 기분이 들었다. 아니나 다를까, 천장이 낮고 재즈를 틀어주는 라멘집에 들어갔을 때 주인은 마치 아들이라도 본 사람마냥 그를 반가워했다. 기훈! 이제 괜찮은 거야? 식사를 마치고 커피를 마시러 들어간 킷사에서도 주인들은 그를 기억하고 있었다. 기훈, 돌아온 거야? 한참 만에야 초연은 그를 만난 모두가 그를 걱정하고 있다는 것을 깨달았다. 이쪽 길로는 오타니와 한 번도 온 적이 없었다는 것 또한. 하지만 반대 방향으로 가서 jete의 사장님을 만났다면 오타니 걱정부터 했을 거였다. 초연은 왜인지 그날 이제야 무언가를 알아가는 사람이 되는 것 같다는 생각을 하며 천천히 기훈이 안내하는 길을 따라 걸었다. 니조 쪽으로 가는 버스는 붐빌 게 뻔하니 버스 대신 일단 걷고 싶다는 기훈의 의견에 따라 초연과 기훈은 카모강을 가로질러 도시샤 쪽으로 걷기로 했다. 초연보다 몇 발자국 앞서 걷던 기훈은 구남친 오타니 대신 시간을 쓰게 된 초연에게 미안했는지 앞서 걸으면서도 이런저런 이야기를 꺼냈다. 이를테면 이런 거였다. 자신의 어머니는 자

신이 어릴 때부터 교토를 너무나 좋아했는데 정작 교토에는
가본 적도 없었고 야구를 보긴 했지만 열성적으로 좋아하는
것처럼 보이진 않았다고. 그러면서 기훈은 그땐 그게 이해가
되지 않았는데 자신이 교토에 살았을 때는 어머니의 그 마음
이 이해가 되었다고 했다. 이야기를 듣던 초연이 고개를 갸웃
거리자 기훈은 볼 한가득 숨을 불어 넣다 무언가 내뱉는 듯 내
쉬었다. 기훈은 다들 자신이 어머니 때문에 교토에 갔다가 졸
업 후에도 교토에 남은 거라고 생각하지만 사실 교토에 남은
건 순전히 오타니 때문이었다고 덧붙였다. 잠자코 그의 이야
기를 듣던 초연이 그 말에 걸음을 멈췄다.

"누가 떠난 거예요?"

기훈 역시 초연의 말에 걸음을 멈추고 초연을 바라보다 말
했다.

"초연 씨는, 그런 걸 알 수가 있나요?"

오타니가 떠났구나, 당신을. 그래, 초연에게는 그리도 좋
은 친구 오타니지만…… 세상 모든 사람에게는 그리도 성실
한 오타니지만…… 당신에게는 다른 오타니일 수도 있었겠
지. 초연은 문득 자신이 늘 사과하고 싶었던 누군가가 떠올랐
다. 초연은 남편을 무척 좋아했지만 남편을 만나기 전 다른 사
람과 4년 동안 함께했었다. 초연이 그를 떠난 것은 남편을 좋
아한 것도 있었지만 정확히 말하면 남편이 더 좋아할 만한 사
람이라는 생각 때문이기도 했다. 그러니까 초연의 시선에서가

아니라 세상의 시선에서 보았을 때 말이다. 초연은 그를 떠난 후 그의 앞에 나타나겠다는 생각을 해본 적이 없었다. 초연은 그가 자신을 용서할 거라는 걸 알고 있었다. 그는 그런 사람이었다. 그래, 그러므로…… 확실히 기훈을 떠난 건 오타니였다. 오타니는 용서받고 싶지 않아서 곰이 있는 산으로 가버린 것일지도 몰랐다. 자신을 용서할 수 없어서 차라리 곰을 만나버리려고……. 깨끗해서 바닥이 보이는 카모강을 한참 바라보던 초연은 다시 이어지는 기훈의 말에 고개를 돌려 그를 쳐다보았다.

"초연 씨, 저희 어머니가 교토를 좋아하셨다고 했잖아요, 교토에 와본 적도 없으면서요. 야구를 보긴 했지만 그렇게 열성적으로 좋아하는 것처럼 보이진 않았는데 제가 태어나기 이전부터 가지고 계신 야구공도 있었어요. 그 낡다 못해 바스러질 거 같은 걸 얼마나 애지중지하시던지……. 어린 마음에 한 번 만졌다가 얼마나 혼났는지 모릅니다."

기훈은 어머니를 이해하는 데 자신의 모든 시간을 할애한 사람이었다. 말이 트이고 인지가 생긴 이후부터 기훈이 느낀 어머니는 뭐랄까, 줄곧 어딘가에 무언가를 두고 온 사람 같았다. 그렇다고 어머니가 매정한 어머니라거나 성실하지 않은 아내였던 건 아니었다. 조금 이른 나이에 기훈의 아버지가 암 투병을 했을 때 어머니는 직장을 다니면서도 화 한번 내지 않고 남편을 살피고 기훈을 챙겼다. 기훈의 할머니조차 어머니의 손을 잡고 고맙다고 눈물을 흘릴 정도였다. 직장에서는 성실 직원으로 표창장까지 받은 사람이었다. 시간이 흐르고 나서야 기훈은 어머니가 그럴 수 있었던 건 아버지를 이해해서라는 생각이 들었다. 그러니까 사랑이 아닌 이해. 물론 그것도 사랑일 수도 있구나, 를 나중에 깨달았지만 기훈은 어린 시절 늘 어머니에게 묻고 싶었다. 다른 사람은 몰라도 자신은 안다고, 대체 어머니는 어디에서 누구를 보고 있는지 말해달라고. 기훈이 그 이유를 알게 된 건 입시를 막 본격적으로 준비하던 고등학교 2학년 때였다. 어머니의 오래된 앨범을 들추고 나서야 그녀가 평생 손에 쥐고만 있던 그 야구공을 누굴 향해 던지고 싶었는지 알 수 있었다. "그런데요, 초연 씨 제가 그 이유를 알았을 때요. 그때가 고등학생이었거든요." 그렇게 말하며 기훈은 조금 허탈한 웃음을 지어 보였다.

"그게 막…… 와, 애틋하다. 어머니가 누군가를 사랑해서 너무 애틋하다, 이런 게 아니고요. 오히려 화가 났어요. 그러니까 고작…… 고작 그런 사람 때문에 고작 그런 사랑 때문에 나를 외롭게 한 건가. 아버지는 괜찮았을까, 아버지에게 미안한 마음 같은 거 없나? 뭐 이런 생각들이 들어서요."

그러면서 기훈은 몸을 돌려 카모강을 바라보았다. 매일 같은 시간 카모강 북쪽에서 트럼펫을 연주하는 아저씨는 오늘도 무척 열심이었다. 그가 연주하는, 완벽하지 않은 트럼펫 선율을 초연은 참 좋아했다. 초연이 교토에 겨우 마음을 붙인 건

다 이런 장면들 덕분이었다. 물론 오타니 덕도 분명했다.

"그런데요, 초연 씨. 제가 오타니를 만나고, 또 오타니와 헤어지면서 어렴풋이…… 왜인지 어머니가 생각나더라고요. 모두가 알지만, 그러니까 어떤 공이든 그걸 손에서 놓아야, 그걸 던져버려야 더 값어치가 있는 걸 알지만…… 그걸 할 수 있는 사람이 인생에서 몇이나 될지…… 말입니다."

오타니와 헤어지고 나서야 기훈은 어머니가 왜 그렇게 야구 연습장에 들락거리면서 어설픈 폼으로나마 열심히 공을 던졌는지 알 것 같았다. 기대, 희망……. 그건 그 사람을 다시 만나 무언가를 할 수 있을 것이라는 기대와 희망이 아니었다. 이제 그만 잊을 수 있다는 기대와 희망……. 하지만 언제나 삶은 기대를 기대로만, 희망을 희망으로만 남겨두고 평생을 그것을 쫓으며 살게 한다는 사실 역시…… 어머니는 나이가 들수록 깨달았을 것이다. 그런 기이함들이 빼곡한 게 삶이지만 사람들에겐 그저 김의선, 누군가의 아내 그리고 누군가의 어머니, 어느 은행에 몇 년 근속했음, 이런 것들로만 기억되고 끝난다는 것 또한.

"어머니도 사실은 너무나 놓고 싶었겠죠……."

삶은 확실히 기이한 구석이 있었다. 기훈의 말끝에 눈물을 보인 건 기훈 자신도 오타니도 아니라 초연이었으니까. 초연은 자신이 끝내 손에 쥐고 있는 게 무엇이었는지 알고 있었으니까, 그래서 교토에서 아무것도 하지 않은 채 2년을 흘려보내기만 했으니까. 자신의 삶이 어느 면에서 완벽히 실패했고 그걸 만든 건 모두 자신의 욕심과 기만 때문이었다고 여겼다. 오랜 시간 매달려온 공부는 아무런 쓸모도 없어졌고 찾아온 아이는 사라졌는데 삶은 계속되어야 했으니까. 무엇보다 그 걸 만들어낸 건 초연 자신이었으니까. 그럼에도 그걸 놓을 수 가 없었다. 던져버리면 어딘가로 날아가기라도 했을 텐데 손 에 쥔 것이 고작 그것이라는 생각에 버티기만 했었다. 기훈은 가만히 초연의 곁에 섰다. 눈물을 흘리는 초연의 곁에서 기훈 은 그저 트럼펫의 선율을 조정하고 다시 트럼펫 소리를 만들 어내려 애쓰는 사람과 그 곁을 달리는 사람들, 그런 사람들 곁 을 맴도는 새들을 한동안 바라보았다.

"기훈 씨, 되게 재밌는 게요. 기훈 씨가 의아해한 것처럼요, 교토시 내부에서 곰을 실제로 본 사람은 아무도 없더라고요."
한참 만에야 다시 강을 건너기 시작한 초연이 기훈에게 꺼 낸 말은 그거였다. 사실 그랬다. 곰 같은 것을 봤다는 이야기 는 많았지만 실제 곰을 본 사람은 아무도 없었다. 오히려 그게 더 무섭기도 했다. 눈에 보이지 않아서 잡히지 않지만 분명 어 딘가에는 존재한다는 것이 사람들을 더 무섭게 만들었다. 초 연의 말에 기훈은 갑자기 오, 하는 표정이 되더니 "그럼 오타 니 걱정을 좀 덜 해도 될까요? 하긴, 내가 아는 오타니는 이미 산을 넘었을 사람이긴 하네요"라고 답했다. 초연은 초연대로 잠시 자신이 오타니를 너무 잊고 있었다는 생각에 웃음이 터졌다. 어차피 오타니는 내일 아침 아르바이트를 해야 해서 나타날 사람이었다. 아니, 이건 좀 슬픈 건가. 초연이 고개를 끄덕이자 기훈은 막 세수를 끝낸 사람처럼 어딘가 상쾌한 표정이 되어 초연을 돌아보았다.

"오타니가 여전해서 다행이었어요. 자신은 도망칠지언정 제가 교토에서 외로울까봐 한국인을 불러내다니 말이에요."

기훈은 그러면서 다시 고개를 숙여 초연에게 감사를 표했다. 그러게, 오타니는 참 좋은 사람이지, 초연은 그런 생각을 하며 기훈에게 같이 고개를 숙였다.

"그런데 저, 기훈 씨. 혹시 괜찮으시면 어머니의 그 공을 건네드리러 가기 전에 저랑 전시 하나 보고 가실래요?"

"초연 씨 그 비상구를 여실 생각이군요." 기훈은 무슨 전시인지 충분히 알 것 같다는 표정으로 고개를 끄덕이며 앞장섰다. 어차피 오타니도 이미 그곳에 와 있을 거였다. 토머슨이 초연과 오타니와 기훈을 반겨줄 거였다. 실패한 야구 선수가 아닌 초예술이 된 토머슨이 비상구를 준비한 채 말이다. ●

봄이다. 플레이볼!

서희원

0. 1970년 테드 윌리엄스의 야구

미국 프로야구 마지막 4할 타자인 테드 윌리엄스는 선수 생활을 마치고 지도자 생활을 하던 1970년 자신의 타격 이론을 집대성한 『타격의 과학』이라는 책을 집필하였다. "타격의 절반은 머리로 하는 것"이라는 자신의 지론을 논리적으로 펼쳐낸 이 책은 야구를 대단하게 여기지 않는 팬들에게는 다른 스포츠를 폄하한 것으로 악명이 높은 "수천 번 되풀이해 말하지만 모든 스포츠를 통틀어서 야구공을 때리는 것보다 더 어려운 일은 없다"라는 문장으로 시작된다.* 그리고 이 책에는 야

* 테드 윌리엄스, 『타격의 과학』, 김은식 옮김, 이상미디어, 2011, 25쪽.

구에 대한 이론 못지않게 유명한 테드 윌리엄스의 어록들이 담겨 있는데, 그중 하나는 타석에 들어설 때 긴장을 풀기 위해 중얼거리곤 했다는 다음과 같은 말이다. "나는 지금 삼진을 당하러 가는 게 아니다. 이 나무 방망이로 야구공을 저 멀리 날려 보내러 가는 거다."* 당연한 말이지만, 야구는 투수가 던진 공을 타자가 야수들이 잡을 수 없는 그라운드 안의 빈 곳이나 경기장 밖으로 날려 보내는 스포츠이다. 야구가 시작된 이래 얼마나 많은 공들을 타자들은 야구장 밖으로 날려 보냈을까? 그리고 하늘로 날아간 야구공의 작용은 그것을 바라보던 관중들의 어떠한 반작용으로 돌아왔을까?

이렇게 말할 수도 있을 것이다. 그렇게 날아간 야구공 중 몇 개는 운동장이나 관중석이 아니라 누군가의 내면으로 흘러 들어갔고, 지금까지와는 다른 삶이 시작되는, 그래서 이전까지의 시간에 마침표를 찍는 계기가 되기도 하였다고. 그것이 높게 뜬 파울이든, 관중의 함성과 함께 까마득히 날아간 홈런이든, 아름답고 다소 슬픈 포물선을 긋고 날아가 야수의 글러브로 들어간 플라이볼이든, 상관없다. 공이 하늘 높이 뜨면 그것은 푸른 공간에 찍힌 잊을 수 없는 흔적이 되기 때문이다.

* 　테드 윌리엄스, 위의 책, 45쪽.

1. 1978년 무라카미 하루키의 야구

일본의 소설가 무라카미 하루키에게도 그런 공이 하나 날아들었다. 무라카미 하루키는 자전적 에세이 『직업으로서의 소설가』에서 소설을 쓰는 것과는 상관없는 삶을 살던 자신이 갑자기 소설을 쓰고자 결심하게 되었던 순간에 대해 쓴 적이 있다. 소설을 쓰는 삶을 원하거나 고려하지 않았던 하루키는 작은 재즈 카페를 운영하며 20대의 대부분을 보내고 있었다. 그러던 1978년 4월의 맑은 오후, 하루키는 오랜 팬이었던 야쿠르트 스왈로스의 개막전을 보러 가게 된다. 응원 팀의 시즌 첫 공격인 1회 말, 1번 타자가 상대 투수의 초구를 받아쳐 좌중간 방면의 2루타를 만든다. 무언가 멋진 것이 시작되고 있다는 삼위일체의 순간 하루키는 "아무런 맥락도 없이, 아무런 근거도 없이 문득" "그래, 나도 소설을 쓸 수 있을지 모른다"는 생각이 들었다고 한다. 어떤 계시, 낭만주의적 표현을 사용하자면, 뮤즈가 날개짓을 하며 야구장에 현현epiphany한 이 순간을 하루키는 하늘에서, 그것이 정확히 무엇인지는 알 수 없는, 하지만 아름답고 운명적이라고 분명하게 말할 수 있는, 무언가가 "하늘에서 천천히 내려왔고 그것을 두 손으로 멋지게 받아낸 기분"이라고 썼다. 스왈로스의 승리로 시합이 끝난 그날 하루키는 서점에 들러 원고지와 만년필을 사서 가게 일을 끝낸 후 자정 무렵부터 새벽녘까지 소설을 쓰기 시작한다.

　스왈로스의 개막전이 있던 그날 밤부터 쓰기 시작한 소설은 야구 시즌이 끝나갈 무렵인 늦은 가을 마무리된다. 하루키는 400매 남짓한 이 소설에 '바람의 노래를 들어라'라는 제목을 붙이고 문예지『군조群像』에 투고한다. 하루키는 이 소설로 신인상을 받으며 본격적인 작가의 길을 걸어가게 된다. 참고로 말하자면 그해 만년 하위 팀이었던 야쿠르트 스왈로스는 리그 우승을 하고, 일본 시리즈에서도 승리를 하게 된다. 누구도 기대하지 않았던 야쿠르트 스왈로스의 우승이 있었고, 하루키 자신도 예상하지 못했던 소설가로서의 인생이 시작된 것이다. 4월의 어느 맑은 오후 '플레이볼'이라는 힘찬 함성으로 스왈로스의 기적 같은 시즌이 시작되었고, 아직 끝나지 않은 하루키의 문학적 나날이 출발한 것이다. 하루키는 자신의 소설 어디에서도 분명하게 쓰지 않았지만, 그가 들었던 '바람의 노래'는 어쩌면 푸른 하늘로 솟구친 야구공이 바람을 뚫고 날아가는 멋진 소리가 아니었을까. 그렇게 말하고 싶었던 것은 아닐까.

2. 1909년 이광수의 야구

　나는 하루키의 이 문장을 읽은 후 오래전에 읽었던 하나의 글을 제대로 이해할 수 있다는 강한 느낌을 받았다. 누군가에게 논리적으로 설명할 수는 없지만 그 글에 기록된 인물의 감정과 우연이라고 부를 수밖에 없는 심리의 연쇄적인 반응과 결합을 이제야 이해할 수 있다는 생각이 들었다. 그 글은 이광수가 1925년 3월과 4월에 『조선문단』에 연재한 그의 「일기」였다.

'16년 전에 동경의 모 중학에 유학하던 18세 소년의 고백'이라는 부제가 붙은 이광수의 「일기」는 1909년 11월 7일부터 1910년 1월 15일까지의 기록을 담고 있다.* "내가 일기를 쓰는데 주안으로 삼는 것은 나의 심중에 일어난 또는 나를 깊이 감동시킨 여러 가지 사건을 가장 확실하게 가장 솔직하게 기입하는 것"(31쪽)이라는 이광수의 다짐처럼 「일기」에는 사춘기 소년의 변덕스러운 마음, "악마의 포로"가 되었다는 생각까지 만들어주는 "성욕의 충동"(31쪽), 동료들에 대한 평가, 깊은 인상을 남긴 독서의 목록, 문학으로 경도되는 마음 등이 가감 없이 기록되어 있다.

그리고 이 글에는 아무런 맥락도 없이, 자초지종에 대한 어떠한 언급도 없이, 야구에 대한 두 번의 짧은 기록이 있다. 11월 16일 화요일 맑고 추운 날의 일기에 이광수는 "야구로

---

* 이광수, 『이광수 초기 문장집 I (1908-1915)』, 최주한 · 하타노 세츠코 엮음, 소나무, 2015, 31쪽. 이 책에서의 인용은 간략하게 쪽수를 인용문 옆에 병기하겠다. 가독성을 위해 현대어로 수정하였다.

네 시간이나 보내다"(35쪽)라고 쓰고 있으며, 11월 28일 일요일 맑고 따듯한 날의 일기에는 "와세다早稻田에서 동경 대학과 와세다 대학의 야구전을 보다"(38쪽)라는 문장이 적혀 있다. 그리고 「일기」의 마지막을 장식하는 1910년 1월 12일의 기록은 이런 문장으로 끝이 난다. "전차 속에서 나는 문학자가 될까, 된다 하면 어찌나 될런고. 조선에는 아직 문예라는 것이 없는데, 일본 문단에서 기를 들고 나설까—이런 생각을 하였다."(45쪽)

1909년 11월의 이광수에게 야구는 어떤 의미였는지, 그에게 어떤 기분을 주었는지, 아니 왜 이런 맥락 없는 문장이 삽입되었는지, 처음 이 글을 읽었을 때는 알 수가 없었다. 하지만 테드 윌리엄스의 야구공이 무라카미 하루키의 손으로 날아가고, 다시 그 공이 나에게서 소년 이광수에게로 건네졌을 때, 아무런 맥락도, 근거도 없지만, 이광수의 문학도 1909년 11월 하늘로 날아가던 야구공과 함께 시작된 것은 아닐까 하는 생각이 들었다. 믿거나 말거나지만, 어쨌든 그랬을지도 모른다는 말이다.

3. 1958년의 오상순과 박화성, 그리고 1959년의 문화인야구대회

야구는 그 스포츠가 한국에 소개된 이후 어떤 구기 종목보다 많은 사랑을 한국인들에게 받아왔다. 이러한 열광적인 팬의 리스트에 빠질 수 없는 것이 한국의 문학가들이다. 문학사의 전면은 아니지만 이면에 남겨진 야구에 대한 여러 기록 중 인상적인 두 가지만을 소개하겠다. 1958년 6월 『경향신문』은 '전국 군軍·실업야구쟁패전'에 문화계 저명인사들을 초대해 짧은 야구 관전기를 부탁한다. 이 자리에는 모윤숙, 전숙희, 정비석, 최정희, 이무영, 조흔파 등 소문난 야구광들이 초대되어 각자의 재담을 뽐냈다. 육군 팀과 해군 팀의 결승전이 있던 행사의 마지막 날 초대된 문인은 공초 오상순 시인과 박화성 소설가였다. 경기가 진행되고, 공초라는 호답게 연신 담배를 피우며 흥미롭게 게임을 보던 오상순은 이곳에 초대된 박화성 소설가가 잘 알지도, 좋아하지도 않는 행사에 억지로 오게 된 것은 아닌지 궁금하여 "박 선생님은 야구를 아십니까?"라고 점잖게 묻는다. 이에 박화성은 어처구니가 없다는 듯이 화를 내며 이렇게 대답한다. "이건 어떡하는 말야."* 요즘 말로 하자면, '뭥미'에 해당하는 박화성의 답변은 담배와 스포츠를 남자들의 특권적 문화 기호로 여기고 있던 꼰대의 얼굴로 날아간 역전 홈런처럼 통쾌하고, 유쾌하다.

　또 하나의 장면은 1959년 4월 11일의 야구 경기이다. 1958년 11월 『경향신문』이 후원한 자선 행사인 '문화인야구

* 「군軍·실업야구 문인관람 스냅 최종일」, 『경향신문』, 1958년 6월 24일.

대회'가 선풍적인 인기를 끌자 『경향신문』은 1959년 4월 제 2회 대회를 개최한다. 그리고 여기에 문인들은 '전국문화단체 총연합회' 일명 '문총'의 이름으로 팀을 결성해 참가한다. 신문기사에 실린 그 팀의 명단은 이렇다. "문총 팀. 고문 : 오상순 · 변영로, 단장 : 서항석, 주장 겸 주무 : 이헌구, 코치 : 주요섭, 투수 : 김세형 · 김중희 · 나조화, 포수 : 백순성 · 윤고종, 일루수 : 이무영 · 최완복, 이루수 : 박태현 · 양주동, 삼루수 : 최일 · 박상운, 유격수 : 김광섭, 김송, 좌익수 : 김용호 · 정홍교, 중견수 : 조병화, 우익수 : 이하윤. 응원단장 : 모윤숙, 부단장 : 정비석, 단원 : 최정희 · 전숙희 · 조경희 · 조애실 · 진수방 · 김백봉 · 김백초 · 김민자 · 강선영 · 박귀희"* 문총 팀은 경기 첫날 시사만화「코주부」로 유명한 김용환이 이끄는 만화가 팀을 맞아 15 대 4로 승리를 한다. 전문 선수들이 아니기에 어쩌다 배트에 공을 맞추고, 구르는 공과 함께 달려가며 같이 구르고, 송구와 포구는 감탄을 자아내는 '묘기'보다는 폭소를 유발하는 '진기'에 가까운 게임이었지만 경기장을 찾은 2만 명의 관중은 웃고, 환호하며 이 경기를 즐긴다. 아주 가끔 이들의 문장을 읽을 때, 인생을 논하는 근엄한 목소리와 아름다움을 이야기하는 단호한 어조 사이에 찍힌 동그란 마침표와

* 「제2회 문화인야구대회 11·12일(양일간) 서울야구장서」, 『경향신문』, 1959년 4월 10일.

기다란 느낌표에서 글러브로 들어오는 공의 경쾌한 포구음과 배트에 공이 맞아 나가는 시원한 타격음이 들리는 것 같은 느낌을 받는 것은 이날의 경기를, 비록 신문 기사를 통해서지만, 알고 있기 때문일 것이다.

4. 2026년 열 개의 팬심 그리고 열 편의 소설

이 야구에 대한 애정이 넘치는 책은 소설가들이 가진 야구에 대한 애정을 고백하는 것으로 기획되었다. 야구에 대한 막연한 이야기나 중복을 피하기 위해 각각의 연고지를 가진 한국프로야구의 팀 숫자에 맞는 열 명의 소설가를 섭외하였다. 열 명의 소설가 중 누구는 자신이 응원하는 팀에 대한 열렬한 팬심을 감추지 않았고, 누구는 추억의 한 페이지를 채우고 있는 야구가 있는 풍경과 그것이 만들어주는 향수와 낭만을 이야기했으며, 누구는 매년 3월부터 10월까지, 매주 화요일부터 일요일까지 경기를 진행하기에 한국인의 일상과 분리할 수 없을 정도로 밀접해진 야구와 함께 살아온 인생을 소설로 만들어 보내주었다. 누군가에게 그것은 일종의 '정신'이기도 했고, 문학을 시작하게 한 출발점이기도 했다.

야구 게임에는 승패가 있고, 승패가 쌓여 순위가 매겨지지만, 이 열 편의 소설에는 승패도, 순위도 없다. 있다면 그것은

자신이 응원하는 팀이 아름다운 경기와 플레이를 가을이 끝
날 때까지 팬들과 함께 하기를 바라는 가열찬 마음뿐이다. 이
것은 『현대문학』이 야구팬들에게 던지는 2026년의 힘찬 인사
이다.
　"겨울이 가고 봄이 왔다. 모두 힘차게 플레이볼!"

혹시, 야구 좋아하세요?

지은이 김연수 외 9인
펴낸이 김영정

초판 1쇄 펴낸날 2026년 4월 3일

펴낸곳 (주) 현대문학
등록번호 제1-452호
주소 06532 서울시 서초구 신반포로 321(잠원동, 미래엔)
전화 02-2017-0280
팩스 02-516-5433
홈페이지 www.hdmh.co.kr

ISBN 979-11-6790-357-0 (03810)

* 책값은 뒤표지에 있습니다.